LA BALLADE DE GUEULE-TRANCHÉE

GLENN TAYLOR

LA BALLADE DE GUEULE-TRANCHÉE

roman

Traduit de l'anglais (États-Unis) par
BRICE MATTHIEUSSENT

Ouvrage traduit avec le concours du
CENTRE NATIONAL DU LIVRE

BERNARD GRASSET
PARIS

L'édition originale de cet ouvrage a été publiée
par Vandalia Press, a division of West Virginia University Press,
en 2008, sous le titre :

THE BALLAD OF TRENCHMOUTH TAGGART

Photo de couverture :
© Moellenberg / Corbis
© M. H. Taylor

ISBN 978-2-246-75951-5

Celui-ci est pour Margaret

J'ai évidé le cœur d'une branche de sumac
Pour jouer un air que j'ai dans le sang.

Louise McNeill

Prologue

Le 3 décembre 2010, le vieux se cousit les lèvres avec du fil de pêche. Les douleurs et les palpitations étaient de retour. Ce jour-là, qui était aussi celui de son cent huitième anniversaire, le magazine *Time* envoya un journaliste chez lui à Warm Hollow, en Virginie-Occidentale. A cause de la réputation du vieux, et à cause de Pearl Thackery. Pearl Thackery avait été le doyen des citoyens de la Virginie-Occidentale et il était mort la semaine précédente, laissant le vieux, cet ancien inventeur, charmeur de serpents, cunnilinguiste, tireur d'élite, homme des bois, harmoniciste et journaliste, devenir le plus vieil Homo Sapiens vivant de tout l'Etat.

Il avait juste laissé un petit trou, de la taille d'un haricot pinto, afin de pouvoir ingérer avec une paille sa chicorée et son thé aux aiguilles de pin. Pour parler, le cas échéant. Et pour fumer ses Chesterfield.

Quand le journaliste du magazine *Time* s'assit en face de lui à la table de la cuisine, le vieux rompit son vœu de silence et, au bout de quelques minutes, réussit à fumer et à parler en même temps. On avait du mal à comprendre, mais c'était malgré tout des paroles. Le journaliste enfonça la touche d'enregistrement de son minuscule dictaphone en acier. Un voyant rouge, gros comme une tique, s'alluma. Cette invention émerveilla le vieux. Il fixa des yeux le petit cercle rouge sur la table de la cuisine jusqu'à ce qu'il devienne flou. Cette loupiote le mettait dans tous ses états. Il faisait tourner un cendrier en verre soufflé entre ses mains aux veines couleur prune couvertes de taches violacées. Il avait la peau très fine et une abondante crinière de cheveux blancs. Ses yeux et ses oreilles, bien qu'affaissés et plissés, étaient toujours vaillants. Il pétait à volonté.

Le journaliste se mit au travail. « Parlez-moi de votre vie, s'il vous plaît », le pria-t-il.

Le vieux se pencha en arrière sur sa chaise au bois fendillé, puis en avant. « Tu veux que je te fasse tinter les oreilles ? dit-il. D'accord. Mais tes oreilles vont jamais s'arrêter de tinter. A force, tu risques de devenir sourd. » Il prononça *sourd* comme *four*. C'était beaucoup de voix qui sortait d'un si petit trou. Il ajouta : « Je ressens la même chose que ce gros petit gars joué par cet acteur juif, là. Dustin Hoffman. *Small Big Man*. Tu l'as vu ? » Il alluma une cigarette et la planta dans le trou de sa bouche. Il tira dessus, en fit rougeoyer l'extrémité. « A une époque je n'avais que deux talents, reprit-il. Je m'exprimais dans des langues inconnues et je séduisais les femmes par leurs parties infernales. »

Le journaliste se racla la gorge.

« Comme je dis toujours : "Plutôt affronter une bouteille qu'une lobotomie frontale." » C'était un mensonge éhonté. Il ajouta : « Peut-être qu'en chemin tu as entendu dire que j'ai tué des hommes. » Il considéra le jeune homme, ses mains et sa manière de les poser sur la table. Ses yeux. Alors le vieux lui fit tinter les oreilles.

Livre I

1903-1921

Qu'on me descende à coups de canon
ou de fusil.

Cap Hatfield

Chapitre 1

Cette femme soignait les maladies

Quand Early Taggart fut baptisé dans les eaux de la Tug River en 1903, il avait deux mois. La mère d'Early, abandonnée par son époux une semaine plus tôt, avait attrapé la maladie de la religion. Elle trouvait qu'il fallait amener les agneaux dans le giron de l'Eglise avant qu'ils sachent ramper ou s'asseoir tout seuls. Avant que Satan réussisse à instiller les sept péchés capitaux dans leurs petits vaisseaux sanguins. C'était à cause de ces péchés que son mari avait décampé, voilà ce qu'elle expliquait à son poupon de six kilos qui tétait son sein.

En février, elle décida de le faire baptiser, et aucun prêcheur n'accepta de s'en charger. « Faudra casser la glace de la rivière, argua le méthodiste, et puis ce gamin est pas en âge qu'on lui mouille la tête. » Ainsi donc, Mittie Ann Taggart s'en chargea elle-même. Elle défonça les trois centimètres de glace à coups de talon de chaussure, puis saisit son bébé par les cuisses. Elle lui plongea la tête sous l'eau comme du linge sale. Il en émergea en braillant.

Elle prétendit qu'il lui parla alors, en lui crachant de l'eau sur la joue. « Comme tu voudras, comme tu voudras », furent ses paroles selon Mittie Ann. Puis il ajouta : « Le diable a mis la main sur Dieu. »

Elle le laissa tomber. La glace se brisa, le bébé coula et fut emporté par le courant sur quatre cents mètres. Ensuite, il battit des pieds pour rejoindre la berge où une femme avait fait fondre la glace en lavant un chaudron en fonte. Cette femme, Ona Dorsett, saisit le garçonnet et lui souffla dans la bouche. Elle lui assena force claques dans le dos jusqu'à ce qu'il reprenne des couleurs et que l'eau grise lui sorte par les narines. Elle l'enveloppa bien serré contre sa poitrine, sous un manteau en peau d'ours, puis le ramena chez elle.

Mittie Ann Taggart alla trouver le maire. Elle réclama qu'il exhorte tous les pasteurs du comté à renoncer à Satan en poussant un seul cri : « A bas Belzébuth ! » Quand le maire la soupçonna d'avoir jeté son nouveau-né dans la rivière, il ordonna qu'on l'arrête. Le garçon fut d'abord présumé mort. Certains parlèrent de lyncher Mittie Ann en public pour son forfait, une décision plutôt sévère, car c'était une femme, et une femme blanche par-dessus le marché. Puis l'on apprit que la veuve Dorsett avait récupéré le gamin et qu'elle le requinquait comme elle l'avait déjà fait pour l'autre môme qui vivait avec elle derrière Warm Hollow. Cette nouvelle suffit à faire taire les rumeurs de lynchage, et l'on transféra Mittie Ann Taggart en buggy au Foyer des Incurables de Huntington. Lorsqu'elle franchit à pied la distance qui séparait la prison et le buggy, des gens lui crachèrent dessus.

La veuve Dorsett avait trente et un ans. Une grande brune bien charpentée et laide. Une fillette de trois ans, prénommée Clarissa, vivait avec elle. La gamine avait été recueillie par Ona Dorsett quand une adolescente violée et incapable d'affronter sa situation décida de s'enfuir à Charleston pour y vivre. Ona Dorsett avait perdu son mari dans une mine qui s'était effondrée, en

1899. Elle n'était jamais tombée enceinte. Elle avait consacré ses journées à apprendre à lire et à écrire aux enfants. Par ailleurs, elle aidait son mari à distiller clandestinement. Après sa disparition, elle donna moins de cours aux enfants, distilla davantage, et la petite Clarissa fut une présence bienvenue dans son foyer.

Le logement était modeste, voire délabré. Un pionnier paysan l'avait construit sans les avantages d'une habitation permanente de colon. C'était un chalet en rondins bruts. Les innombrables fissures étaient colmatées et recolmatées avec de l'herbe et de la boue. Le toit était en bardeaux. La cuisinière garantissait un peu de chaleur et la fumée de l'âtre s'évacuait par une cheminée en bois couverte d'argile et de pierres posées à la main.

C'est là qu'Early Taggart devait grandir et devenir un homme. Là, avec Ona Dorsett, une femme qui savait presque tout faire, apparemment. Une femme qui gagnait sa vie en vendant de l'alcool de contrebande, via un intermédiaire qui touchait une petite commission, car on ne prenait pas au sérieux les femmes qui distillaient l'alcool. A sa connaissance, elle était la seule femme bouilleur de cru de tout l'Etat. En vérité elle était la seule femme capable de monter comme une cavalière-née le hongre de dix-sept paumes ayant appartenu à feu son mari. Un jour qu'Ona Dorsett galopait sur des collines inégales, elle descendit dans sa course un ours noir qui l'observait, sans se douter qu'un tel spectacle fût possible. Elle l'avait aligné dans la mire de son fusil Winchester avant d'expédier une balle dans le cœur palpitant d'un animal pesant cent cinquante kilos, tout en montant à cru et en tenant compte des arbres, de la distance, du mouvement du cheval sous son corps. Ensuite, elle écorcha et découpa l'ours, en fit sécher la viande. Avec cette provision et la viande de cerfs, de dindes, de faisans et d'écureuils, elle réussit à nourrir ses deux enfants adoptés. Elle n'en tirait aucun plaisir particulier, mais elle chassait pour eux et elle était fière de son adresse.

Cette femme soignait aussi les maladies. Avec l'écorce du cornouiller, elle préparait des boissons qui calmaient la fièvre. Si l'un de ses enfants souffrait de rhumatismes, elle le baignait dans l'eau qu'elle puisait chaque année dans une rivière avant le lever du soleil, le mercredi des Cendres. Afin de prévenir les rhumatismes, elle mettait leurs chaussures à l'envers avant d'aller se coucher. Pour les quintes de toux, elle s'était procuré une généreuse réserve de bistorte de Virginie. Une toux sèche se guérissait en buvant le thé au pied-d'ours, incroyablement amer. Les inflammations de la poitrine requéraient l'application de cataplasmes au radis noir et à la moutarde pour faciliter la respiration, et elle savait vous en emmailloter le buste pour fournir un réconfort maternel instantané.

Ona Dorsett prit soin des deux enfants que lui avait donnés la chance. Elle les nourrit, les vêtit, soigna toutes leurs maladies, sauf une. Car le garçon souffrit d'une infection de la bouche si précoce et si violente que la veuve ne put rien pour lui. Une semaine après avoir été repêché de la rivière, maintenant tout à fait remis et bien au chaud dans de lourdes couvertures en coton et une peau de cerf, Early Taggart se mit à crier dans la nuit. Il se débattait sans relâche pour arracher ses lourds habits. La veuve n'y comprit rien avant que la lueur de sa lanterne n'éclaire brièvement les gencives du gamin. Elles étaient rouge sang, tout enflées et percées de trous, telles des fourmilières de chair. Elle fit venir le médecin, un homme qui avait bien connu son mari, un homme qui appréciait beaucoup la gnôle qu'elle distillait. Le docteur

Warble déclara que le garçon souffrait d'un excès de calcium, qu'à deux mois et demi il avait les dents qui poussaient avec cinq mois d'avance. Mais ce n'était pas tout. Le médecin pensait que les gencives étaient déjà fendues et que ses dents poussaient déjà au moment de la tentative de noyade. Il croyait aussi que les dépôts de charbon présents dans l'eau avaient infecté les orifices des gencives. Cette infection avait évolué en ce qui ressemblait à une maladie de la bouche incurable chez les personnes âgées ; les gencives pourrissaient et saignaient sans discontinuer, où les dents se cariaient et empestaient. Ce spectacle rappela au docteur Warble, qui seulement cinq ans plus tôt avait été infirmier parmi les *Rough Riders* à la bataille de San Juan Hill, la maladie qu'il avait remarquée chez les soldats espagnols morts et gisant bouche bée dans leurs tranchées. Il était inexplicable qu'un nouveau-né pût souffrir d'une telle maladie, mais c'était pourtant le cas. Le garçon avait la gueule-tranchée.

Chapitre 2

Arriva un homme

La bouche est un curieux orifice. Lorsqu'elle souffre d'une maladie quelconque, ses palpitations sont aussi impitoyables que le marteau entre les mains de John Henry. En comparaison, les migraines sont de simples inconforts – de modestes douleurs lancinantes qu'on ignore aisément. Mais cette maladie des dents et des gencives qui toucha le bébé relevait de la véritable torture. Il fut bientôt évident pour Ona Dorsett que la poudre de perlimpinpin du docteur Warble serait inefficace. Elle prit l'habitude de chanter pour son bébé et se rappelant l'expression qu'avait utilisée le docteur Warble : Gueule-Tranchée, elle décida qu'il conserverait ce surnom. Elle prit aussi l'habitude de tremper chaque soir un doigt dans le pichet de gnôle maison, puis de frotter ce doigt contre les gencives et les dents inégales du petit. Les gémissements de douleur de l'enfant se calmaient. Il s'apaisait. Il s'endormait. Ce geste devint un rituel.

L'alcool clandestin d'Ona Dorsett n'était pas une recette ordinaire de la région. Feu M. Dorsett avait peaufiné un procédé mis au point avant lui par son père. Ona avait encore amélioré la distillerie, ses possibilités. Elle avait ajouté quelques ingrédients inédits. Le résultat était ce qu'on pourrait qualifier de miraculeux. Les hommes payaient cet alcool rubis sur l'ongle, tout en ignorant son origine. L'intermédiaire qui le leur vendait avait juré le secret absolu à la veuve Dorsett et il avait la ferme intention de ne pas piper mot. Le bruit courait qu'une seule goutte de ce breuvage suffisait à vous faire tourner la tête comme une toupie et bander comme un âne. Cette gnôle ne dégageait aucune odeur.

Ona en absorbait aussi, une première fois au coucher de Gueule-Tranchée et de Clarissa, une seconde lorsqu'elle-même se mettait au lit. Elle avait remarqué depuis longtemps que sa mixture n'entraînait aucun effet secondaire désagréable comme les autres alcools. Bien au contraire, le distillat d'Ona Dorsett lui permettait de lire la nuit et contribuait ainsi à enrichir son vocabulaire. Il rendait les choses aussi claires que les nouvelles vitres en verre récemment installées par les citadins. Les migraines et les difficultés d'élocution ne faisaient jamais partie du programme. La seule modification physique qu'un observateur aurait pu remarquer affectait l'œil. En effet, après la première rasade et durant une minute, la pupille grandissait pour envahir tout l'iris. Elle explosait comme une planète parfaitement noire. Cela donnait au buveur un air animal. C'était l'œil de la bête.

Un samedi soir de mai 1903, Ona Dorsett était assise à la table de sa cuisine tandis que ses pupilles retrouvaient peu à peu leur taille normale. A la lumière d'une lanterne, elle lisait *En suivant l'équateur* de M. Samuel Clemens. Il était presque onze heures du soir quand on frappa. Elle leva les yeux vers le grenier où les petits dormaient à poings fermés, puis elle quitta sa chaise pour aller ouvrir. Sur le chemin de la porte, elle plongea la main dans une grande boîte vide contenant d'ordinaire de la farine pour y prendre son Remington Double Derringer. Elle le cacha derrière son dos avant d'ouvrir.

Un homme se tenait debout devant elle. Il était crasseux, ses vêtements usés, déchirés et rapiécés, avaient presque dépassé leur espérance de vie. La robe d'Ona et les tissus dont elle habillait ses enfants n'étaient guère en meilleur état ni moins démodés, mais cet homme incarnait autre chose. Il avait une barbe de deux semaines du côté droit du visage, d'un mois du côté gauche. Quand il souriait, ses dents jaunes exhibaient des bouts d'emballage de cigare gros comme des cafards. « Comment va, ma p'tite dame ? dit-il.

— Que puis-je faire pour vous ? » s'enquit doucement Ona.

L'homme regarda derrière elle dans la maison. Ses yeux roulèrent à gauche, à droite, en haut et en bas, comme s'il désirait s'orienter mais en était incapable. Une habitude d'homme rusé qui a perdu la main. « Sans doute que tes petits roupillent au grenier, pas vrai ? » A l'endroit du seuil où il se trouvait, il leva les yeux vers un lieu pour lui invisible.

« Que puis-je faire pour vous ?

— Tu peux lâcher le tromblon que tu planques entre tes omoplates. » Son sourire s'élargit. Malgré le froid extérieur, la sueur perlait sous le bord de son chapeau mou et brun. « T'as qu'à le poser là par terre. J'ai pas l'intention de te l'arracher des mains. »

Ona fit descendre son arme contre sa hanche, feignit de la lâcher avant de la faire pivoter vers le cou du visiteur. Il lui saisit le poignet dans sa main gauche avant qu'elle n'ait eu le temps de braquer le Derringer vers l'épaule du misérable. Elle ne tira pas. Alors l'homme recula d'un pas, puis avança violemment la tête pour que son front percute le nez d'Ona. L'os craqua comme une mince tige de maïs. Ona s'écroula sur le plancher.

Pendant que l'homme considérait le pistolet en se frottant le front, elle lutta contre les ténèbres et les petites étoiles clignotantes qui les trouaient. Il rajustait son chapeau quand elle retrouva la vue et sortit de sa chaussure en feutre un couteau au manche en bois de cerf. Elle bondit du sol comme un serpent venimeux et lui enfonça les vingt centimètres de lame dans le cou avant qu'il ne comprenne ce qui lui arrivait. En silence, elle retira puis enfonça à nouveau le manche en corne, le manœuvrant pour que la lame ressorte quasiment de l'autre côté du cou.

Les genoux de l'homme ne cédaient pas. Il restait debout, le pistolet tombé à ses pieds, un bras tout mou, l'autre levé vers son cou qu'il palpait, ainsi que cette chose qui l'embrochait. Il gargouillait un peu. Il prononça des paroles qu'Ona ne réussit pas à comprendre. Il avait fait un pas à l'intérieur de la maison quand elle lui colla la semelle de sa chaussure contre le ventre et le propulsa dehors les quatre fers en l'air. Elle rangea le pistolet dans la boîte à farine, prit une ceinture dans le pot de la maison, franchit la porte. Elle se campa au-dessus de l'homme, maintenant mort, un large ruisseau de sang s'écoulant sous sa tête. Elle ne dit rien, même si elle ressentait le désir inexplicable de lui cracher dans les yeux. Au lieu de quoi elle tourna les talons et alla chercher la pelle.

Ona noua une grosse corde au cou de la mule qu'elle dut frapper pour la faire avancer. L'autre extrémité de cette corde entourait la base des toilettes extérieures. La mule, nommée Faîne, banda ses vieux muscles rouillés et tira la structure en bois à deux bons mètres de son emplacement originel au-dessus du trou. Ona la félicita. Le trou était à moitié rempli. Deux mois de merde et de pisse. La veuve réfléchit. Elargir le trou d'un mètre vingt, le rendre plus profond d'un mètre. Elle se mit à creuser la tombe de l'homme.

C'était le moment du printemps où la terre redevenait enfin meuble.

Trois heures plus tard, avant de le rouler dans le trou, elle lui fit les poches. Un demi-dollar et un harmonica en argent et usé, mais de facture correcte. Un cigare bon marché et des allumettes de cuisine, en vrac, sans boîte. La photographie pliée d'une femme en robe bordée de dentelle et chapeau de fourrure. Ona lança la photo de la femme au fond de la tombe, puis fit rouler l'homme par-dessus. Il s'immobilisa au fond, le ventre en l'air. Il restait de la terre au bout de la pelle. Elle la brandit au-dessus du visage du mort, fit tomber la moitié de cette terre dans un œil ouvert, puis la seconde moitié dans l'autre. « Je te connais », dit-elle. L'homme semblait maintenant affublé de grosses lunettes, aux verres teintés d'un noir boueux.

Il avait roulé aisément jusqu'à sa nouvelle demeure à près de deux mètres sous la fosse des toilettes extérieures. La terre retourna tout aussi facilement à l'endroit d'où elle venait, tassée sans anicroche comme si elle n'avait jamais quitté ce lieu. Ona recreusa le trou destiné aux déjections, puis Faîne tracta la cabane en bois jusqu'à son emplacement originel. Elle lui donna une pomme, dont la mule se délecta.

Une fois de retour dans la maison, Ona gravit l'échelle du grenier avant de se laver les mains. Les deux enfants étaient là, le petit garçon dans son berceau en osier, la fillette de trois ans sur le matelas en crin de cheval. La veuve les regarda dix bonnes minutes avant de redescendre pour se laver au-dessus de la cuvette avec l'eau glacée du puits. Elle enfila une chemise de nuit ayant appartenu à sa belle-mère, elle remonta l'échelle et se coucha entre ses deux enfants, écoutant le rythme de leurs respirations et souriant lorsque leurs souffles s'accordèrent.

Chapitre 3

Grimper et creuser devinrent des activités naturelles

Au printemps 1906, il fut évident que trois choses séparaient Gueule-Tranchée des garçons ordinaires de deux ans. Il y avait bien sûr son problème à la bouche, qui à mesure qu'il prenait du poids, requérait des doses de plus en plus fortes de gnôle nocturne. Mais les deux autres points étaient remarquables pour des raisons entièrement différentes. Le garçon grimpait et creusait avec une agilité dont seuls faisaient preuve des garçons trois fois plus âgés que lui. Il gravissait les flancs de colline comme une antilope tibétaine, et ses mains plongeaient dans la boue comme celles d'un terrassier. « Grimper et creuser sont des activités qui viennent naturellement aux garçons, disait volontiers la veuve Dorsett, mais celui-ci est plus naturel que les autres. »

Gueule-Tranchée enfouissait des choses. Il en déterrait aussi. Un penny décoré d'une tête d'Indien de 1859. Le squelette d'un chat au crâne troué par une balle de calibre .22. Dix-sept billes d'argile.

Par une chaude journée voilée du début mai, le garçon fit ce qu'il faisait souvent alors qu'il était censé goûter aux joies de la sieste. Il se dressa dans le berceau fabriqué par la veuve, en sortit, puis descendit l'échelle du grenier vers le rez-de-chaussée. Les bébés de deux ans ne devraient pas – et la plupart en sont incapables – faire ce genre de choses, mais ce gamin était ainsi : déterminé. Sa mère et sa sœur ôtaient les vers sur les plants de tomates jaunes Hillbilly qui venaient de pousser. Gueule-Tranchée atteignit le loquet de la porte, l'ouvrit, et se précipita.

A deux ans et quatre mois c'était un gros garçon. Depuis longtemps débarrassé des couches et expert dans l'usage des toilettes extérieures. Ce jour-là, sentant l'avoine matinale gronder dans son ventre, il se dirigea vers la cabane de derrière ainsi que l'appelait Ona. La découpe de la porte en forme de demi-lune était barrée d'une toile d'araignée. A l'intérieur, l'assise était percée de deux trous, un grand pour la veuve, un petit pour Gueule-Tranchée et Clarissa. Il grimpa. Ensuite, comme on le lui avait appris, il tendit la main vers le sac et fit tomber un peu de chaux dans le trou, au-dessus de sa grosse commission. Quelque chose le poussait toujours à décamper de là au plus vite, une puanteur insituable.

Il soulevait des pierres. Pendant qu'Ona et Clarissa s'occupaient des plantes, Gueule-Tranchée rejoignait la grange pour lancer des cailloux et des mottes de terre sur la mule Faîne. L'animal agitait la queue et secouait la tête. D'habitude, il se moquait d'être bombardé par de tels projectiles et faisait contre mauvaise fortune bon cœur. Il clignait les yeux. Renâclait. Le garçon rit et rejoignit la sellerie. Il savait que, dans un sac de selle accroché en hauteur, la veuve gardait un sachet en papier rempli de morceaux de sucre. L'art de grimper était bien pratique.

Derrière la grange, le garçon suçota un cube, puis le posa par terre et regarda les mouches se poser dessus. Les mouches atterrissaient seulement sur les morceaux de sucre léchés, jamais sur les secs. Le petit Gueule-Tranchée faisait déjà certaines constatations plutôt utiles.

Il enfouit de nouvelles billes d'argile au fond d'un trou creusé à la va-vite à côté d'un autre qui contenait une mâchoire de renard. Il reviendrait chercher tout ça en temps voulu. Chaque chose trouverait alors son utilité.

Quand il arriva à leur hauteur, elles étaient pliées en deux, Ona solide, d'âge mûr et maigre, Clarissa une version miniature de toutes ces choses. On les aurait dites du même sang. Leurs robes étaient taillées dans de vieux rideaux.

« Fais la chasse aux insectes », commanda la veuve à Gueule-Tranchée. Depuis belle lurette elle avait renoncé à le gronder quand il refusait de faire la sieste.

« Fais la chasse aux insectes », répéta aussitôt Clarissa. Elle aimait singer sa mère. Grande et mince, elle n'était pas tout à fait en âge d'entrer à l'école primaire, mais elle dépassait déjà par la taille les garçons et les filles des cours préparatoire et élémentaires.

Gueule-Tranchée leur adressa un bruit qui n'était pas sans rappeler le miaulement du chat avant le combat. Un bruit profond, presque un hurlement. Le garçon était doué physiquement et il comprenait très vite le fonctionnement de certaines choses, mais il ne pouvait ou ne voulait pas parler. Il se contentait de gémir, de hurler, de grogner et, lorsqu'il était vraiment énervé, il se frappait les deux côtés de la tête avec ses petites paumes.

Il se mit à faire tomber vers et insectes en se servant de ses minuscules ongles carrés. Il était accroupi. Concentré. L'œil écarquillé, il suçotait ses gencives à vif et ses dents pourries. Le vent charria soudain une odeur nauséabonde et Gueule-Tranchée se redressa pour humer l'air. Cette pestilence fit frissonner sa lèvre. Son sens olfactif se révolta devant cette chose affreuse, cette puanteur que jamais encore il n'avait perçue aussi fort. Sous ses yeux, la tomate

Hillbilly devint floue, emplit son champ visuel d'une tache rouge, ses oreilles tintèrent. La terreur le submergea, brusque et inexpliquée. Il cracha, grogna, se précipita vers sa mère, s'accrocha à la jupe en mousseline cousue à la diable, jusqu'à ce que l'ourlet gris se déchire et que la veuve se débarrasse de lui comme un chien mouillé s'ébroue.

Chapitre 4

Frank Dallara fabriqua un outil

Tous les trois mois, Ona Dorsett emmenait ses enfants au marché de gros de Williamson pour y acheter parmi d'autres denrées du lait en poudre, des haricots, des sardines, du sel de table et des savons de toilette. Une fois, elle leur avait offert un morceau de chocolat fantaisie Mungers, car son alcool de contrebande se vendait particulièrement bien durant les mois d'hiver.

Juste avant la fête de Thanksgiving 1909, ils partirent tous les trois. A cette époque déjà, certains conduisaient une Ford Model T, mais la veuve et ses deux enfants firent le trajet dans un chariot bâché tiré par un cheval.

Gueule-Tranchée avait presque six ans, sa sœur neuf, et l'on n'aurait guère pu imaginer enfants plus différents. Elle fréquentait l'école, lui n'y était pas encore. Elle parlait avec courage aux adultes et aux enfants de son âge, alors que le garçon s'exprimait oralement le moins possible. Ce n'était pas à cause d'une quelconque carence intellectuelle, mais bien plutôt du désir de ne pas montrer l'intérieur de sa bouche aux gens. Ainsi, les rares fois où il parlait, il s'arrangeait pour incurver ses lèvres au-dessus de ses gencives enflées et de sa denture chaotique. Un marmonneur, disaient certains. Sinon, un bon et beau garçon aux cheveux châtains qui s'exprimait comme si on lui avait soudé les mâchoires pour l'empêcher de les ouvrir en grand.

Au marché, Clarissa tendait des fruits ou des légumes à sa mère pour qu'elle les mette dans son sac pendant que Gueule-Tranchée courait à en perdre haleine au milieu des travées, ses chaussures laissant de grandes traînées à chaque virage un peu sec. Dans un de ces virages, alors qu'il ne regardait pas où il allait, il finit le visage enfoui dans une jambe de pantalon. Assis sur le carrelage du sol, il leva les yeux pour voir qui il venait de percuter ainsi. « Désolé, monsieur », bredouilla-t-il.

L'homme ne répondit pas. Il était grand, mince et, bien qu'âgé de moins de trente ans, il avait le visage ridé d'un bouledogue. Il avait aussi le dos voûté. Sur ses mains était incrusté le résidu noir permanent de l'habitué des galeries souterraines : tout comme son père avant lui, il était mineur. Son père était né en Italie, et il faudrait encore une autre génération avant que la prononciation du nom de famille ne mue, ne se débarrasse de la désagréable consonance étrangère. Quand il sourit à Gueule-Tranchée, il révéla une dentition presque aussi déplorable que celle du garçon, ce qui fut assez réconfortant. « Tu files plus vite qu'un train de charbon, pas vrai, fils ? » dit-il. Il sortait d'un sac de sucre des morceaux de bois taillé. Ces bouts de bois étaient munis d'un élastique.

Gueule-Tranchée le regarda disposer ses marchandises sur l'étagère du magasin, l'une après l'autre, bien alignées.

« Des frondes », lui dit l'homme. Il considéra un moment celle qu'il tenait en main, réfléchit, puis la tendit au garçon, qui venait de se relever. « Va dégommer Goliath sur les fesses », ajouta-t-il. Gueule-Tranchée avait envie de prendre cette arme, mais il ne le fit pas avant que l'homme n'ait saisi la main du garçon pour y poser l'objet. Puis l'homme, qui s'appelait Frank Dallara, finit d'installer ses frondes sur l'étagère. « La plupart des garçons me les achètent dix cents pièce. Tu viens de faire une affaire.

— Merci, monsieur », dit Gueule-Tranchée.

Frank Dallara remarqua la bouche crispée, les lèvres qui en dissimulaient l'intérieur. Puis il regarda le garçon droit dans les yeux et dit : « Je suis prêt à parier mon dernier dollar que d'ici une semaine tu seras un vrai champion de la fronde. Je vois ça en toi. »

La veuve arriva derrière lui, Clarissa à ses côtés. « Frank, dit-elle.

— Madame Dorsett », fit-il en portant les doigts à son chapeau. Quelque chose ou quelqu'un en avait arraché une partie du rebord avec les dents. « J'ai deviné que celui-ci était à vous. Ça pousse comme les mauvaises herbes, n'est-ce pas ?

— Oui. »

Dallara se tourna alors vers Clarissa. « Mon fils Frederick est dans ta classe, si je ne m'abuse, ma jeune dame ?

— Oui, c'est bien le cas, monsieur, répondit Clarissa. Il ne parle pas beaucoup, mais quand il ouvre la bouche ce n'est pas pour dire des méchancetés comme les autres garçons.

— Eh bien, heureux de l'entendre. Il dit beaucoup de bonnes choses sur toi. »

Pour une fois, Clarissa ne sut pas quoi répondre. Ses joues rosirent un peu.

« Vous voilà vendeur, maintenant, Frank ? s'enquit Ona.

— J'ai quitté la mine, définitivement. Trop de morts à cause d'une bêtise ou d'une autre. » Il la regarda, puis baissa les yeux, comme s'il n'aurait pas dû dire une chose pareille en présence d'une veuve de mineur. « Je vends ces trucs-là pour me faire un peu d'argent de poche, mais je travaille comme charpentier à l'hôtel Urias de Matewan.

— Tant mieux. C'est moins dangereux, j'imagine. »

Gueule-Tranchée tira sur le caoutchouc et tendit le bras. Il ferma un œil comme s'il visait pour la centième fois avec cette fronde. Il ne fit pas claquer l'élastique, il resta là immobile telle une statue.

« Je lui ai dit que c'était clair comme de l'eau de roche, ajouta Dallara. Ce garçon semble né avec une fronde dans la main. Je suis sûr que c'est un tireur d'élite comme je n'en ai jamais vu. »

CHAPITRE 5

L'œil de la bête et autre chose encore

1911 devait être une mauvaise année pour la région isolée et ondoyante du sud de la Virginie-Occidentale. La mort et la découverte du malheur seraient le lot de plus d'une famille dans les gisements de charbon, et Gueule-Tranchée, âgé de huit ans, en resterait marqué à vie.

Un troisième talent se révéla chez lui, aussi naturel que son habileté à grimper et à creuser, activités qu'il pratiquait tous les jours. Les prédictions de Frank Dallara se réalisèrent : Gueule-Tranchée pouvait abattre une corneille perchée sur une branche d'érable à sucre à trente mètres en se servant uniquement de ses yeux et de ce petit propulseur de fusée en bois qu'il avait reçu en cadeau au marché.

Frank Dallara emmenait le garçon s'entraîner le week-end. « Les hommes d'autrefois ne pouvaient pas emporter partout un arc et des flèches, ou une lance, dit-il. Ils avaient besoin d'une arme poids plume. » La précision fut enseignée par la répétition. « David protégeait ses moutons avec le même bidule que tu tiens en main, sauf que M. Goodyear nous a fait don du caoutchouc vulcanisé, aimait déclarer Frank Dallara. Et puis ce bon vieux David a aussi tué un géant avec. » On trouvait des pierres partout, et de toutes tailles. Des petites, bien lisses, pour la précision du tir tendu. Les grosses et les lourdes pour les trajectoires en cloche. Dallara était mineur et charpentier de son état, mais à l'entendre parler de vélocité, de gravité et d'inertie à Gueule-Tranchée, il aurait aussi bien pu être physicien.

Il enlaçait les épaules du garçon après un tir particulièrement réussi, comme si Gueule-Tranchée était son propre fils. Comme la plupart des gens, il l'appelait « GT », mais dans sa bouche ces initiales sonnaient mieux. Ça n'était pas grand-chose pour Frank Dallara, mais c'était un changement considérable pour ce garçon de huit ans.

Il apprit aussi le maniement des armes à feu. La veuve lui enseigna la sécurité avant tout et le reste ensuite. Elle lui apprit à se servir d'un calibre 10 sans chien ayant appartenu à son mari. Frank Dallara le laissa s'habituer à un fusil de calibre 22 qui appartenait à son fils Frederick. Tous trois allaient chasser l'écureuil le dimanche, après quoi, à chaque fois, Clarissa et Frederick, qui allaient sur leurs douze ans, se faisaient les yeux doux. Ils s'isolaient un moment sur la véranda pour parler à part.

Cette habitude mettait vaguement en colère Gueule-Tranchée. Et ce pour trois raisons. La première était une propension naturelle à protéger sa sœur, et qu'elle fût plus âgée ou plus jeune ne changeait rien à l'affaire. La deuxième était son aversion pour la nature placide de Frederick Dallara. Aucune passion ne bouillonnait jamais en lui. Il avait de bons résultats à l'école, mais ne sautait jamais dans un train en marche. Quand les autres garçons attrapaient et dépiautaient des serpents noirs ou bien se cachaient pour lancer des grenouilles-taureaux sur les Model T qui roulaient en ville, Fred Dallara ne se départait pas de son calme et rentrait chez lui pour travailler. C'était un rabat-joie et Gueule-Tranchée n'appréciait pas les rabat-joie. Il voulait être dans le coup à tout moment et partout ; d'ailleurs, il avait les cicatrices pour le prouver. La troisième raison pour laquelle l'engouement de sa fausse sœur pour l'autre gamin déplaisait à Gueule-Tranchée était simple : Clarissa n'était pas de son sang, moyennant quoi lui-même aurait pu jouer vis-à-vis d'elle le rôle ambitionné par Fred Dallara. Car Gueule-Tranchée était un tout petit peu amoureux de Clarissa, autant qu'un gamin de huit ans peut l'être.

Un dimanche soir de l'hiver, debout à la lueur d'une lanterne sur la pelouse de la veuve, Gueule-Tranchée, Frank et Fred nettoyaient les quatre écureuils roux qu'ils avaient tués cet après-midi-là. Ils leur entaillaient le ventre et les dépiautaient. Dans la maison, Ona faisait cuire de la graisse de bacon sur la cuisinière noire Acme. Clarissa regarda d'une fenêtre jusqu'à ce que les écureuils soient coupés en deux, puis en quatre, après quoi elle sortit. Il faisait le genre de froid qui s'insinue jusqu'aux os et vous prend par surprise. « Vous avez besoin d'aide ? proposa-t-elle.

— On a presque fini », répondit Frank Dallara.

Le garçon et la fille de presque douze ans se firent les yeux doux. Gueule-Tranchée observa leur manège.

Quand Frank Dallara et lui emportèrent les petites pattes et les abdomens minuscules dans la maison pour les rincer et en ôter la chevrotine, Fred et Clarissa restèrent devant la porte. De la cuisine, le garçon les surveilla. Ils s'embrassaient.

Gueule-Tranchée se leva et rejoignit la porte comme s'il venait de s'asseoir sur un clou. Une fois dehors, il ne ralentit pas. Il mit à terre le garçon plus gros que lui en lui percutant les hanches avec son épaule droite. Ensuite, pendant qu'une Clarissa paniquée portait les mains à sa bouche en baissant les yeux vers eux, Gueule-Tranchée chevaucha Fred et entreprit de le rouer de coups de poing. On aurait dit le trépan d'un puits de pétrole emballé, montant et s'abattant, et lorsque Fred Dallara comprit enfin ce qui se passait et qu'il repoussa le jeunot, il avait les lèvres et le nez fendus, barbouillés de liquide écarlate. Tous deux s'assirent par terre. Clarissa allait se pencher pour s'occuper de ce garçon dont elle venait d'embrasser les lèvres, et Fred allait se précipiter sur son agresseur, lorsque Gueule-Tranchée, maintenant accroupi comme pour revenir à la charge, plissa les yeux soudain réduits à deux minces fentes, retroussa des lèvres qui servaient d'ordinaire à dissimuler mais qui exhibèrent alors le fouillis de plaies, de renflements et de calcium acéré et tordu, puis il siffla. Dans la faible lueur de la lanterne, il émit un bruit réservé au cougar acculé contre une paroi rocheuse. Puis il bondit comme cet animal et enfonça ses dents pourries dans la joue gauche de Fred Dallara. Lequel poussa un affreux hurlement.

Gueule-Tranchée s'enfuit dans les bois.

Il ne revint pas avant leur départ. Pas avant que la veuve n'ait préparé un cataplasme au tabac humide pour la joue de Frederick. Frank Dallara et elle s'occupèrent de lui sans échanger un seul mot. Fred étouffa un cri confus. Et Clarissa alla se coucher au grenier où elle regarda longtemps les poutres en bois.

Frank Dallara dit pourtant une chose avant de partir ce soir-là, une chose que Gueule-Tranchée, dissimulé derrière les toilettes extérieures, entendit. « Votre garçon n'aurait pas dû faire ce qu'il a fait, dit Frank à Ona Dorsett. Je l'aime bien, je le traite comme un fils, mais ce qu'il vient de faire là, c'est autre chose. » Cette autre chose dont il parlait, c'était bien plus que de protéger sa sœur contre un premier amour.

La veuve ne dit rien. Gueule-Tranchée perçut de la déception dans le silence de sa mère, dans la voix de l'homme qu'il considérait comme son papa, et il en fut peiné.

*

Tous lisaient le journal. La veuve avait fait en sorte que ses deux petits sachent lire à l'âge de six ans. Tous les jeudis, un certain Orb leur apportait le *Williamson Daily News*. A soixante-quatorze ans, il aimait gravir les montagnes et descendre au fond des vallons, mais seulement s'il avait une destination, une pièce de dix cents qui l'attendait en échange de sa livraison. Un jeudi du début janvier, ils avaient déjà appris presque toutes les nouvelles par les gens qui passaient chez eux et désiraient parler de la mort. Mais, lorsque Orb frappa à leur porte ce soir-là, aucun d'entre eux, ni Ona, ni Clarissa, ni Gueule-Tranchée ne s'attendaient à lire ces mots imprimés dans le journal.

Gueule-Tranchée ayant encore besoin de s'entraîner à la lecture, il déchiffra les syllabes à voix haute tandis que les deux autres épluchaient les haricots. Les deux premiers articles ne leur apprirent pas grand-chose de plus sur la tragédie dont la veille on les avait abondamment informés de vive voix. « Huit morts, récita Gueule-Tranchée. Thacker. Huit mineurs ont trouvé la mort – deux Américains et six Italiens – suite au déraillement d'un wagon de mine dans le gisement de Lick Fork exploité par la Red Jacket Coal Company. » Ce déraillement avait démoli des soutènements et provoqué l'effondrement de tonnes d'ardoise sur les mineurs. Le journaliste terminait son article en donnant le nom du propriétaire de la mine et en déplorant l'état désormais « très endommagé » de l'exploitation.

Clarissa se leva, en tenant sa robe lestée de cosses de haricots entre ses doigts comme un sac. Elle marcha ainsi avec précaution jusqu'au seau qui servait de poubelle, et les y jeta. Gueule-Tranchée lut l'article suivant. « Rupture de câble. Bluefield. Huit hommes ont été tués, et deux grièvement blessés, dans la galerie en pente d'une mine proche d'ici. Ces hommes… » – il venait de rencontrer un mot qu'il ne parvint d'abord pas à prononcer, mais c'était un garçon déterminé – « gravissaient la pente dans un wagon de charbon quand le câble s'est rompu, laissant les wagons de charbon redescendre à toute vitesse et percuter les dix hommes. Huit des victimes ont été enfouies sous des tonnes de charbon et tuées sur le coup.

— Huit morts à chaque fois dans deux accidents séparés. Ça paraît incroyable », dit Clarissa.

La veuve ne quitta pas ses haricots des yeux. « Ne cherche pas une explication là où il n'y en a pas, Clarissa. Tous ces malheurs n'ont pas de sens caché.

— Commerce illégal d'alcool », poursuivit Gueule-Tranchée. Sa mère leva les yeux et le regarda. « Huntington. Mme Caroline Carpenter, cinquante ans, originaire de Burdette, comté de Putnam, réputée être la seule femme bouilleur de cru de toute la Virginie-Occidentale, a été arrêtée et placée en détention en attendant la décision du jury fédéral. Selon les fonctionnaires de la police, Mme Carpenter avait chez elle un alambic qui était le seul de tout le district du comté de Putnam ; au cours des derniers mois elle a engrangé de substantiels bénéfices en vendant l'alcool qu'elle distillait clandestinement. »

Le veuve se leva et alla jeter ses épluchures de haricots. Elle s'essuya les mains. « A mon avis, dit-elle, certaines personnes ne peuvent pas s'empêcher de montrer qu'elles ont de l'argent. Il faut que nous soyons plus prudents que jamais, les enfants. Faut qu'ils continuent de croire qu'il y avait une seule femme qui distillait en douce dans tout l'Etat. » Elle leur ordonna de la regarder et ils obéirent. « Le moment est venu de le planquer à nouveau dans la pierre tombale. » Elle parlait de stèles à whisky. Car elle cachait sa gnôle dans une stèle creuse du cimetière de l'église méthodiste, où le revendeur venait la récupérer.

Gueule-Tranchée baissa les yeux vers son journal et lut en silence. Quand sa mère lui commanda de la regarder encore, il ne le fit pas. Elle n'avait pas tout dit sur l'importance du changement qui affectait désormais son existence. « Mon garçon, reprit-elle, tu ferais bien d'écouter. »

Mais il continua de lire. « Un incendie catastrophique à Matewan, dit-il. Un mort. » Il avait maintenant des larmes plein les yeux. C'était difficile de lire, mais il s'obstina. « Mercredi, vers six heures et demie du matin, peu après que le train de passagers numéro 2 eut quitté la gare de Matewan, un incendie s'est déclaré à l'hôtel Urias, dans le bâtiment du saloon propriété d'Anse Pilcher, juste en face de l'endroit où se dressait il y a peu l'hôtel Belmont récemment détruit par un incendie, et en voie de reconstruction. Frank Dallara (italien), âgé de quarante ans, a trouvé la mort parmi les flammes, après être entré dans l'hôtel Urias, où il travaillait comme charpentier. George Bowens, un autre ouvrier, lui-même grièvement brûlé aux bras, a déclaré que Dallara essayait de sauver un enfant porté disparu. » Le garçon ne continua pas sa lecture à voix haute. Il lisait maintenant pour lui seul. Le reste était sans importance ; l'enfant ne se trouvait pas dans ce bâtiment, les blessés étaient soignés à l'hôpital du YMCA, la ville entière était un monceau de ruines fumantes, et ainsi de suite. Gueule-Tranchée venait de lire les mots concernant l'homme qui s'était occupé de lui, qui l'avait regardé droit dans les yeux, et qui quatre soirs plus tôt avait été déçu par sa propre sauvagerie. Maintenant, il était mort.

Le garçon sortit en courant.

Quand la veuve le retrouva, il était assis sous un bouleau et tremblait de tous ses membres en émettant un cri muet. Elle tenait un petit sac de voyage rempli de bocaux d'alcool clandestin. On avait jeté une femme en prison pour ce breuvage. Le moment était venu de vider la cachette de la maison. Du sac elle tira un petit bocal à conserve. Il était à moitié plein de la gnôle la plus puissante qu'elle eût jamais distillée. L'espace d'un instant, Ona resta debout devant lui. Il était incapable de la regarder, il savait qu'un garçon n'était pas supposé pleurer de la sorte. Elle se pencha pour lui écarter les cheveux sur le front, le bout de ses doigts effleurant la peau comme seuls les doigts d'une mère savent le faire. « Ce soir, tu as droit à un petit extra à cause de ton chagrin », dit-elle en dévissant le couvercle.

Malgré sa respiration haletante, il réussit à boire un peu d'alcool, qui l'apaisa. La veuve continua de lui frotter le visage, les joues, le cou, jusqu'à ce qu'il s'endorme presque sur place. Elle reprit le bocal, en but elle-même une rasade, puis saisit la main du garçon pour le remettre sur pieds. « Rejoignons le cimetière avant neuf heures, dit-elle. Tu n'es pas obligé d'aller à l'école demain. »

Une fois sur place, ils se mirent au travail. Il n'y avait pas de temps pour les larmes. Il fallait faire le guet à cause de la police ou des gens rendant visite à leurs morts. Il fallait trouver la pierre tombale d'un mètre vingt portant le nom de Mary Blood, creuser un peu dessous et déterrer le châssis métallique creux qui attendait la livraison. C'était la paranoïa qui les poussait, le meilleur antidote au chagrin.

Mais le désespoir revenait toujours. Cette nuit-là, bien après minuit, bien après que l'effet engourdissant de l'alcool se fut dissipé, Gueule-Tranchée s'agita dans son lit. Il semblait au garçon que le monde était en feu, que les hommes étaient attirés vers son centre pour y mourir, et qu'il était en quelque sorte responsable de leur mort. Il lui semblait aussi qu'à l'intérieur de la maison l'air était irrespirable. Il descendit donc l'échelle et sortit en pyjama et en chaussettes.

Une autre odeur envahit bientôt ses narines. Il l'avait déjà humée maintes années auparavant, le jour où il avait chassé les insectes dans le jardin. Cette nuit-là, après la mort des mineurs et celle de M. Dallara brûlé vif, il faillit la reconnaître. L'odeur de la pourriture et du regret. De la rencontre inopinée avec le Créateur.

Il la traqua comme la veuve lui avait appris à traquer le cerf la nuit. L'arôme de la merde et des glandes vivaces. Mais c'était autre chose. Son nez le mena jusqu'aux toilettes extérieures, puis vers le monticule tout proche, puis vers un troisième monticule un peu plus éloigné. Gueule-Tranchée posa un genou en terre et respira à pleins poumons. Ce n'étaient pas des mouvements intestinaux que son nez venait de détecter.

Il faisait un froid à fendre les os.

Un garçon de sa taille maniait parfaitement la pelle. Il n'avait pas beaucoup de poids pour en enfoncer le tranchant dans le sol, mais il sauta plusieurs fois sur le fer, en s'égratignant la plante du pied, suffisamment pour toucher au but en moins d'une heure. Malgré la couche de terre gelée, Gueule-Tranchée réussit à creuser. Là où d'autres renonçaient vite, il atteignait toujours son objectif. Il creusa sous le chaos pétrifié de déjections humaines vieilles de huit années, puis continua de déblayer pendant deux heures encore. Il remarqua alors une petite chose grise dans la faible lueur de sa lanterne. Il se pencha au-dessus, l'approcha de ses yeux. C'était le pouce d'un homme.

Gueule-Tranchée ne cria ni ne jeta la chose au loin. Il se pencha encore et déterra la main dont sa pelle avait sectionné le doigt. Elle était incolore et la peau perforée de trous, de tunnels pour des espèces inconnues d'insectes fouisseurs et de larves depuis longtemps repues. Les vêtements étaient intacts mais fragiles. Et lorsque Gueule-Tranchée se fut servi de ses doigts pour creuser et écarter la terre restante, un visage lui rendit son regard, hâve et terrifié. Creusé et rouge brique. Il examina ce visage et, lorsqu'il leva de nouveau la main vers son nez, autour de lui les montagnes parurent s'arracher à leurs fondations, et puis les arbres et le ciel virèrent au rouge. Ensuite tout, tout sans exception, bascula dans le néant.

Le garçon ressentit l'envie inexplicable de cracher dans les orbites vides du cadavre.

Il resta assis jusqu'à l'aube près de l'homme enterré. Quand Ona Dorsett marcha vers la grange en serrant sa peau d'ours autour de son buste, elle ne manifesta aucune surprise de le trouver là. Elle retourna chercher les chaussures et le manteau de laine en sergé du garçon, puis les lui tendit sans un mot. Ses doigts presque engourdis retrouvèrent lentement et par à-coups un peu de chaleur. Il ne la regarda pas.

« Tu sais qui c'est ? demanda-t-elle.

— Non, m'dame.
— Pourquoi il est enterré là ?
— Non, m'dame.
— Je l'ai occis. »

A cette époque, dans cette région, tout le monde, indépendamment de l'origine ou de l'éducation, employait le verbe *occire*. « Il s'est faire occire parce qu'il y a des gens qu'il faut occire » était une phrase qu'on entendait une ou deux fois par an, et entendre la veuve s'exprimer ainsi était moins monstrueux qu'un enfant aurait pu s'y attendre.

Gueule-Tranchée fixait ses lacets de chaussures.

« Tu me demandes pas si j'avais une bonne raison pour ça ? » Elle parcourut du regard les collines environnantes, en pivotant sur place.

Il attendit, puis parla : « Je suppose que tu ne l'aurais pas fait sans une bonne raison.

— Cet homme, là, est ton papa », dit-elle.

Le garçon fit rouler ses lèvres sur ses dents comme si les pointes allaient en crever la chair. Il éternua, plusieurs fois, sans raison.

« Il est venu te chercher quand tu n'étais qu'un bébé, un petit bébé, expliqua la veuve. Il est arrivé ivre mort, fou furieux, inapte à s'occuper de la moindre créature vivante. Ton père était un homme mauvais. » Les nuages de vapeur qui lui sortaient de la bouche s'attardaient dans l'air.

Gueule-Tranchée se leva. « Il m'aurait pris à toi », dit-il. Il la dévisageait comme un fils regarde sa mère quand il a besoin de davantage que des mots.

« Il l'aurait fait.

— Il t'aurait occise pour ça.

— Oui, il l'aurait fait. » Elle prit dans sa poche de chemise l'harmonica du mort et le donna au garçon. « C'était à lui, dit-elle. Tu en feras sans doute bon usage. »

Le garçon considéra le petit instrument en argent et en bois, puis il eut un haut-le-cœur à l'idée de le porter à ses lèvres. Quand Ona l'attira contre elle, il lui enserra les hanches et enfouit le visage contre le ventre de sa mère. Un gamin de huit ans sait parfois beaucoup de choses, et en même temps très peu. Ce matin-là, dans le cimetière improvisé des toilettes extérieures, Gueule-Tranchée Taggart comprit qu'il avait été élevé par la seule femme capable de l'élever. Il comprit que, sans elle, il serait sans doute mort de faim ou d'autre chose. Et il comprit aussi que, depuis l'époque de sa dernière couche en tissu, quelque six années plus tôt, tous les jours de sa jeune existence il avait pissé et chié sur son propre père. Ce qui lui convenait parfaitement, décida-t-il.

Ce soir-là, la veuve s'assit avec ses enfants et leur dit des choses qu'elle ne leur avait jamais dites. Le moment était venu de leur apprendre la vérité.

Elle dit entre autres choses à Clarissa : « Ta mère était trop jeune, et elle s'est très certainement retrouvée dans cet état à cause d'un ivrogne. » La veuve connaissait certaines choses relatives à la jeune mère, son nom par exemple, Cleona Brook. Son domicile, à Huntington, près de Charleston. Sa profession, actrice. La veuve savait même que Cleona tenait la vedette dans *La Fille du Far West*, la pièce qu'on jouait actuellement au théâtre de Huntington, à moins de deux cents kilomètres de là.

Ce ne fut pas une coïncidence si ce soir-là elle se tourna vers Gueule-Tranchée pour évoquer des informations similaires, une géographie comparable. Pendant que Clarissa pleurnichait près de la cuvette à la cuisine, bouleversée par ces découvertes, pendant que le soleil mourait derrière les fenêtres, et que la pièce virait à un orange velouté, la mère adoptive du garçon lui parla de sa vraie mère. « Elle est toute seule dans une chambre au Foyer des Incurables de Huntington, dit Ona Dorsett. Elle s'arrache les ongles. Elle croit que Satan est parmi nous. » Le nom de cette femme fut prononcé avec moins de sympathie que celui de la mère de Clarissa. « Mittie Ann Taggart. »

*

Le train de la Norfolk & Western quittait tous les jours Williamson à une heure cinquante de l'après-midi. Columbus et Cincinnati, toutes les destinations situées à l'ouest et au nord-ouest. Mais ce train s'arrêtait à Kenova et Huntington, et Ona Dorsett pensait que ses enfants, âgés de huit et douze ans, tireraient le plus grand profit d'un voyage de deux jours, sans adulte. On dorlotait trop les enfants, telle était sa conviction.

La vente d'alcool de contrebande paya bien sûr les frais de l'excursion, et les mini-sandwiches de la voiture-bar ne ressemblaient à rien de ce que Gueule-Tranchée avait pu manger jusque-là. En mastiquant, il faillit exhiber sa dentition.

Toutes ces nouveautés, le wagon luxueux, les petits sandwiches raffinés, permettraient au garçon d'oublier un moment Frank Dallara.

Huntington était une grande ville. Un contrôleur du train, qui avait pris les deux enfants en pitié, leur dessina des cartes sur des serviettes en papier. « Le théâtre et l'asile ? s'étonna-t-il. Pas vraiment les sites les plus visités par les touristes, mais des endroits néanmoins faciles à trouver. »

Le frère et la sœur se quittèrent au carrefour de la Troisième Avenue et de la 20e Rue, Gueule-Tranchée se dirigeant vers le nord et la maison de fous perchée sur la colline, Clarissa vers l'est et le théâtre. Il faisait froid et elle tenait la main de son petit frère depuis leur descente du train, une faiblesse qu'il ne lui avait jamais permise à la maison. Tandis qu'ils marchaient tout seuls en échangeant parfois des regards inquiets, il leur semblait s'être toujours tenus par la main.

Le théâtre de Huntington était une grande bâtisse à la façade en érable minutieusement sculptée, peinte en or, rouge et bleu. A l'intérieur, le rideau en velours rouge était taché et l'ourlet avait besoin d'être recousu. Clarissa demanda à une femme qui fumait une cigarette où elle pourrait trouver Cleona Brook.

« Quel âge as-tu ? » rétorqua la femme. Elle parlait par le nez, arborait une plume de poulet fichée dans ses cheveux argentés, crachait des brins de tabac entre sa langue et ses dents du haut.

« Douze ans, répondit Clarissa.

— Trop jeune pour qu'on te dise la vérité, trop âgée pour qu'on te mente. » La femme montra une porte située à côté de la scène, puis s'éloigna.

Clarissa s'engagea dans un couloir éclairé par une seule lampe à gaz fixée au mur. Derrière une porte close elle entendit des gémissements. Une femme ou un homme, elle n'aurait su dire. La porte suivante était ouverte, et à l'intérieur une jeune dame aux poignets minces se tapotait les joues devant un miroir pour y mettre un peu de couleur. Elle avait les cheveux tirés en arrière grâce à tout un assortiment d'épingles. « Excusez-moi », dit Clarissa.

La femme se tourna sur sa chaise, puis examina Clarissa des pieds à la tête. Elle était assise, les jambes écartées, vêtue seulement d'un soutien-gorge, de bas et d'un short d'homme. « Tu aurais quelque chose pour la toux ? demanda-t-elle à Clarissa. J'ai une toux atroce. » Elle imita un raclement de gorge.

« Non, madame. » Clarissa songea à poursuivre son chemin dans le couloir. « Etes-vous Cleona Brook ?

— Cleopatra Brook. Qui t'a parlé de Cleona ? Tu viens de chez l'apothicaire ?

— Désolée, je m'appelle Clarissa. Ma mère adoptive est Mme Ona Dorsett, du comté de Mingo. Elle…

— Ona Dorsett. Je connais ce nom. S'agit-il de cette femme morte de gonorrhée à Detroit ? La spécialiste de Shakespeare ? » Elle jeta autour d'elle des regards effarés, sans doute pour admirer une affiche de théâtre sur les murs bruns couverts de coupures de presse, d'affichettes bon marché et de fleurs séchées punaisées au plâtre.

« Non, madame. Ona Dorsett m'a élevée après que vous m'avez déposée chez elle. J'étais à peine un bébé, et vous-même étiez jeune. » Clarissa avait du mal à s'exprimer avec sa confiance habituelle.

« Mon chou, j'ai jamais été jeune », dit la femme. Elle se retourna vers le miroir et grogna. Cracha dans la poubelle à ses pieds. « J'ai été Cleona Brook, c'est certain, mais j'ai jamais été jeune. Jamais eu le moindre bébé dans le comté de Mingo. Non, non, pas de bébé à Mingo. » Elle sourit alors, inclina la tête afin de voir le reflet de sa fille dans le miroir. « Mais maintenant j'en ai plusieurs. Un prénommé Jack, un autre Phillip et un autre Bill. C'est tous des bébés, même si c'est des adultes. Ils font ce que je leur demande, ils pleurent quand je leur crie dessus. Tu sais, je gifle ces trois bébés et ils m'appellent maman, ils m'embrassent les pieds. Un vrai rêve. » Elle ouvrit le tiroir de sa coiffeuse et prit une pincée de tabac à priser. « Montre-moi un peu tes dents, ma fille. »

Clarissa retroussa les lèvres. Elle essaya de transformer sa grimace en sourire.

« D'une blancheur parfaite. Continue comme ça, dit Cleona.

— Vous êtes ma mère.

— Compte là-dessus. »

La représentation commençait dans deux heures. Clarissa regarda sa mère fermer la porte avec ses doigts de pied. Elle dut reculer pour éviter que le panneau de bois ne la frappe au visage. Un gros homme à quatre pattes balayait le couloir. Le manche de son balai s'était brisé à vingt centimètres des poils, et il chassait la poussière de gauche et de droite, en la respirant au ras du sol avant de l'expulser hors de ses poumons en toussant.

*

Le Foyer des Incurables était une grande bâtisse de pierre qui comptait plus de deux cents chambres. Une infirmière affligée d'un bec-de-lièvre et de mollets gros comme des pastèques se prit d'affection pour Gueule-Tranchée, et bien que ce genre de visiteur et ce genre d'histoire soient inhabituels, elle le guida jusqu'à la chambre de Mittie Ann Taggart. Le très évident problème de l'enfant lui rappela le sien, et elle décida de laisser le garçon voir sa mère, à condition qu'elle-même supervise leur rencontre. « Aujourd'hui, elle est particulièrement active, déclara l'infirmière. Dès son réveil, elle s'est mise à brailler encore plus fort que d'habitude. Elle a même essayé de frapper Betty. » Elle expliqua à Gueule-Tranchée que Mittie Ann serait attachée sur son lit, que c'était pour son propre bien et qu'en présence de son fils elle proférerait certainement quelques insanités.

« Bien, madame », dit-il.

Ils l'entendirent depuis le bout du couloir. Elle s'exprimait dans des langues inconnues, sans aucun doute. Quand l'infirmière fit entrer le garçon dans la chambre, Mittie Ann se tut. Elle regardait le plafond, lequel était couvert de boulettes de beurre de cacahuète séchées. Gueule-Tranchée les regarda, puis se tourna vers l'infirmière. « Le dessert, lui dit-elle. Mittie Ann ne croit pas au dessert. » Le store était tiré. Sa mère transpirait. Son visage sans rides était vert sous les yeux et aux pommettes.

« Je savais que tu viendrais, alors je t'ai préparé un gâteau à la merde », dit-elle, les yeux toujours tournés vers le plafond. Malgré les liens qui l'empêchaient de bouger les bras ou les jambes, elle réussit à tourner ses hanches pour montrer une tache marron au milieu du dos de sa chemise de nuit blanche.

« Ce n'est pas comme ça qu'on parle ou qu'on se comporte devant un garçon », la réprimanda l'infirmière. Elle prit sur la table de chevet une serviette, avec laquelle elle cacha les fesses de la femme. Gueule-Tranchée se pinça le nez en essayant de ne pas pleurer.

« C'est pas un garçon, dit Mittie Ann. C'est le rejeton de Belzébuth. L'enfant de celui qu'on a envoyé dans le brasier.

— C'est les mêmes âneries que vous avez braillées à votre réveil, madame Taggart. Ça n'a rien à voir avec lui.

— Mais c'est lui ! Je me suis réveillée en criant parce que je savais qu'il allait venir. T'as la comprenette un peu lente, face de lièvre. »

L'infirmière regarda ses chaussures.

Gueule-Tranchée voulut dire quelque chose, mais en fut incapable.

« J'ai autrefois connu un garçon comme toi », reprit sa mère. Puis elle se tourna vers la fenêtre et fixa des yeux le store fermé. Des grains de poussière volaient en suspension dans le rai de lumière. « Je vois à travers les choses, comme ce store. » Tout s'apaisa alors au deuxième étage de l'hôpital psychiatrique. « J'ai essayé de ne pas voir à travers un petit bébé alors qu'il tombait sous le sens que c'était une abomination, mais il m'a craché au visage et il m'a parlé dans la langue anglaise, sauf que ce n'était pas de l'anglais, ses mots y ressemblaient simplement dans l'air de la rivière. Vous imaginez ça, un bébé qui parle à deux mois ? » Les mains de l'infirmière se mirent à trembler, et elle les coinça sous ses aisselles pour arrêter ces tremblements.

« J'ai attrapé une maladie de la bouche à cause de l'eau de la rivière », dit Gueule-Tranchée. Ce n'était pas beaucoup plus qu'un murmure haché, articulé par une gorge desséchée.

« J'ai vu ce garçon mourir sous la glace, ajouta sa mère. Ce garçon est mort. »

*

Ils avaient appris ce que la veuve avait deviné qu'ils apprendraient. Ce qu'une partie d'elle-même désirait qu'ils découvrent. Il y a des mères en ce monde qui, pour des raisons liées à leur expérience ou à certaine incapacité, ne peuvent pas s'occuper de leurs enfants. Et ces enfants ont besoin de s'en rendre compte par eux-mêmes avant de pouvoir vivre réellement. Clarissa et Gueule-Tranchée venaient de le comprendre.

Ils se tenaient la main dans le wagon vide du train de nuit qui les ramenait chez eux. Les passagers de Cincinnati et de Columbus dormaient dans leur couchette, mais le frère et la sœur qu'aucun sang ne reliait restaient éveillés. La fille parce que ses pensées battaient la campagne, le garçon parce qu'il n'avait pas eu sa dose de gnôle.

Elle ne remarqua pas son haleine fétide quand il lui parla de la femme entravée sur son lit d'hôpital. Elle était habituée à cette odeur. Et il huma le souffle de sa sœur lorsqu'elle lui parla de l'actrice vulgaire du théâtre. Si elle avait voulu, il l'aurait écoutée pendant des heures.

Ainsi leurs épaules osseuses continuèrent-elles de se heurter au rythme des cahots du train. Leurs genoux se touchèrent et leur destin partagé d'enfants déracinés les poussa à se rapprocher encore. Tout cela finit par un baiser qui devait être leur seul baiser avant le suivant, trente-quatre ans plus tard, quand Clarissa serait mariée à un homme qu'elle n'aimerait pas, et Gueule-Tranchée recherché pour meurtre.

CHAPITRE 6

Autres désespoirs, autres effrois

Les mots jaillissaient de la bouche du prêcheur telle une crise d'asthme. Malgré sa petite taille, il avait le verbe haut, puissant et rauque, éructé comme une quinte de toux. « Les désespoirs de la mort m'ont transi, hurla-t-il. Et les souffrances de l'enfer ont fondu sur moi. Alors j'ai découvert la peine et le chagrin. » Le corps de Frank Dallara fut descendu en terre dans un cercueil grossièrement taillé et trempé de pluie. « J'ai invoqué le nom du Seigneur, poursuivit le prêcheur. O Seigneur, je t'implore de délivrer mon âme. »

Debout, Gueule-Tranchée écoutait. Un temps, il fut davantage en colère que désespéré. Les gens avaient beaucoup parlé d'Anse Pilcher, le propriétaire de l'hôtel détruit par l'incendie. Anse souffrait d'une maladie. Il avait les os mous. Comme du cartilage. Ses os se laissaient transpercer comme de la chair, si bien que la plupart des gens se refusaient à dire du mal de « l'infirme », comme on le surnommait. Mais il avait des ennemis et Frank Dallara avait été l'un d'entre eux. Ceux qui parlaient affirmaient qu'Anse avait dit à Frank qu'une fillette était à l'intérieur de la construction en flammes, qu'il avait menti pour faire mourir le charpentier dans l'incendie. Gueule-Tranchée remâcha cette information durant l'enterrement. Ses épaules, qui s'élargissaient, faisaient presque éclater les coutures de la chemise confectionnée par la veuve la veille au soir. Quand le cercueil de Frank Dallara toucha le fond de la tombe et que les hommes de peine retirèrent leurs cordes, le garçon faillit voir s'envoler le peu de sang-froid qu'il lui restait. En une semaine, il avait perdu l'homme qui avait presque été un père pour lui, et appris le destin tragique de son vrai père. Il avait vu sa mère biologique cracher vers lui son venin. Et il avait embrassé sa propre sœur sur la bouche. A neuf ans, cela faisait beaucoup.

Le prêcheur continua de prêcher. « J'ai dit dans ma hâte que tous les hommes sont des menteurs. »

Alors le garçon comprit que Dieu était fait pour les imbéciles, que la religion était une affaire de représentants de commerce. L'homme de Dieu lui-même l'avait dit : « des menteurs ». Gueule-Tranchée tourna les talons et s'éloigna de la petite foule. Mal à l'aise dans leurs vêtements de deuil, les gens écoutaient ces mots d'une oreille distraite : « sauver mon âme de la mort, mes yeux des larmes, mes pieds de la chute ». Mais Gueule-Tranchée les chassa de son esprit. Il sifflota en s'éloignant à grands pas. Cette attitude choqua particulièrement un endeuillé, Hob Tibbs, l'horrible beau-frère de Frank Dallara, qui la jugea affreusement irrespectueuse.

Il suivit le garçon à l'écart du cercle funèbre. Il le tira par le bras derrière un gros arbre, puis il le frappa. « Ne te montre pas irrespectueux envers les morts », dit-il. Il le frappa encore. « Et surtout, ne te montre pas irrespectueux envers le Seigneur, tu m'entends ? »

Les gens réagissent à l'effroi de diverses manières. Curieusement, ce gamin de neuf ans le savait, et cette intuition l'empêcha de frapper à son tour cet homme hideux. Mais Hob Tibbs venait de se faire un nouvel ennemi, qui s'ajouta à une liste déjà longue, et quelque chose dans son faciès se grava de manière indélébile dans le cerveau de Gueule-Tranchée. Tibbs ajouta : « Tu vas aller à l'église tous les dimanches, tu m'entends ? Je vais te faire bosser pour Dieu. Avec ta salive tu vas astiquer une croix si je te le demande. Tu vas nettoyer les vitraux, espèce de sale gosse qui oses te détourner d'un enterrement. »

Gueule-Tranchée dit ce qu'il avait dit toute sa vie : « Oui, monsieur. »

CHAPITRE 7

Plus dure sera la chute

L'église et l'école. Voilà bien des endroits qui n'intéressent guère un garçon de dix ans. Ce n'était pas que Gueule-Tranchée détestait l'écriture ou ne pouvait pas apprendre ses leçons. Il en était parfaitement capable. C'était l'existence de ceux qui cherchaient à le ridiculiser à cause de sa maladie, à l'isoler et à le harceler pour le faire craquer. Il y avait des garçons à l'école qui ne pensaient qu'à ça. Et à l'église, bien sûr, il y avait Hob Tibbs.

Comme promis, il avait enchaîné Gueule-Tranchée à la congrégation méthodiste. Il lui fit récurer le cuivre avec sa salive et nettoyer les vitraux. Durant les services religieux du dimanche, le garçon était forcé d'attendre pour ranger l'autel après la communion. Il fallait replier les chasubles, défroisser les ourlets. Et Gueule-Tranchée devait subir des critiques incessantes relatives à sa bouche. « Tu sais qu'il existe des types qu'on appelle les dentistes, mon garçon ? se moquait Tibbs. Ils pourraient te fabriquer une brosse avec un bout de bois et des aiguilles de pin. Tu sais ce que c'est, une brosse à dents ? Oh, ajoutait-il en se penchant tout près des lèvres hermétiquement closes, je parie que non. »

Gueule-Tranchée possédait une brosse à dents. Il la faisait aller et venir dans sa bouche quand il le supportait, mais la douleur qu'il ressentait alors, ainsi que ses saignements, auraient fait douter n'importe qui de la valeur d'une telle pratique. Autrefois, il avait essayé et renoncé à utiliser un rince-bouche homéopathique de Sears Roebuck, et il se servait maintenant d'une décoction inventée pour lui seul par la veuve, un liquide amer et piquant pour la bouche, dont elle refusait de lui révéler la composition.

C'était un dimanche estival, après que le pasteur méthodiste eut terminé de distribuer la communion, quand Gueule-Tranchée, désormais acolyte contre son gré, aidait Tibbs à la sacristie. Ils versaient dans le pichet le jus de raisin inutilisé. Le garçon en répandit un peu sur le devant de la chemise de l'homme colérique.

« Espèce de sale petite merde ! » éructa Tibbs en grinçant des dents. Il saisit Gueule-Tranchée par le col. « T'as rien dans ta petite tête, tout comme t'as pas de dents. T'es incapable de faire la moindre tâche pour le Seigneur sans tout bousiller. » Il donnait libre cours à cette chose mystérieuse qui le rongeait sans relâche. « T'as pas de maman à proprement parler, en dehors de celle qui vit dans sa cabane, et même cette veuve voit bien que t'as le diable en toi. Le Malin suinte de tes gencives, pas vrai, mon gars ? » Un furoncle s'épanouit à l'intérieur de Gueule-Tranchée, le même qui avait pris naissance lors de l'enterrement de Frank Dallara, lors de cette première rencontre avec Tibbs. Il allait éclater et tout emporter sur son passage. L'homme continua : « Et si tu crois que Frank Dallara était pour toi une sorte de père adoptif, tu ferais bien de réfléchir un peu. Il avait que de la pitié, un point c'est tout. De la pitié pour un infirme dont le vrai père était pas meilleur qu'un nègre. » Ce dernier mot était très laid, même à cette époque. « D'ailleurs, certains disent qu'il en était à moitié un, un sang-mêlé. » Tibbs laissa un petit sourire se dessiner sur son visage.

Sans vraiment réfléchir, Gueule-Tranchée plia un genou et ramena la cuisse en arrière. Il prit un formidable élan, puis lâcha tout et propulsa en avant sa chaussure noire. C'était l'inertie. Il percuta les roustons de Hob Tibbs avec la force d'une mule, comme cette bonne vieille Faîne quand elle mourait de faim. Tibbs aspira un grand volume d'air. Il se plia en deux. Sur le plancher de bois sombre de la sacristie, il se recroquevilla en fœtus et gémit de même, rendu muet par la douleur.

Le garçon se pencha au-dessus de lui. « Si quelqu'un a sa place en enfer, c'est bien toi, enculé. » Il avait entendu un poivrot lancer cette injure au cours d'une rixe devant une salle de billard, et depuis lors il attendait l'occasion de l'utiliser. « Et tu ne me reverras plus ici dans cette église, plus jamais. Je ne te conseille pas de venir me chercher. Parce que si tu le fais, je t'attendrai en haut d'un arbre, derrière un fusil. » Un gamin ordinaire n'aurait jamais eu le culot de prononcer ces mots, mais il le fit, et il n'en avait pas encore terminé. Il se pencha au-dessus de la tête de Tibbs et conclut : « Tu percuteras le sol aussi violemment que Goliath, *enculé.* »

Tibbs se contenta de geindre et de se recroqueviller encore. Gueule-Tranchée laissa la salive s'amasser contre ses lèvres, juste devant ses gencives sanguinolentes. Quand il en eut assez, il ouvrit la bouche en un sourire qui n'était pas sans évoquer celui que Tibbs venait de lui adresser ce matin-là. La salive, épaisse et couleur de rouille, resta suspendue une ou deux secondes avant de céder à son propre poids et de s'écraser dans l'œil gauche de Hob Tibbs.

Gueule-Tranchée arracha sa cravate offerte par l'église, puis franchit les lourdes portes. Il en avait marre. Pendant le restant de ses jours, il emploierait le mot « monsieur » pour s'adresser à un homme plus âgé que lui, à l'exception notable de Hob Tibbs. Cette crapule avait trouvé une place dans le cerveau et le cœur du garçon, une place réservée à quelques-uns seulement. A ces individus qui passeraient leurs jours et leurs nuits à regarder par-dessus leur épaule et à renifler l'air comme des chiens.

*

C'était la même chose à l'école. Sous un plafond si bas qu'un mineur aurait d'instinct rentré la tête dans les épaules, étaient assis des enfants de tous âges et de tous niveaux. L'institutrice, Mlle Varney, cinglait les mollets pour des délits allant de l'excès de langage à la tenue incorrecte. Elle inscrivait sur le tableau noir flambant neuf des formules pour enseigner l'écriture, la lecture, l'arithmétique, la géographie et l'histoire. Mais ses deux sujets préférés étaient l'hygiène et le chant. Un jour, après que Doc Taylor fut venu à cause des poux, Mlle Varney dit aux élèves de sa classe : « Si vous vous souciez si peu de vous-mêmes que vous laissez cette vermine infester vos cheveux, eh bien pour moi vous êtes presque aussi répugnants qu'un clochard affligé d'une gueule-tranchée. » Clarissa baissa la tête de honte.

Quand les élèves chantaient en chœur à la fin de chaque journée d'étude, des chansons comme *A l'ombre du vieux pommier*, Mlle Varney disait inévitablement à Gueule-Tranchée : « Rappelle-toi de garder ta bouche bien fermée, jeune homme. De la part d'une boîte à pus comme toi, la classe ne supporte que le fredonnement. »

Dès que Mlle Varney quittait la classe, Mose Crews trottinait régulièrement jusqu'au tableau noir pour y dessiner de petits croquis figurant des nuages de mouches et une bouse de vache à l'intérieur de l'orifice ouvert du jeune Gueule-Tranchée. Il griffonnait ses phrases préférées, comme *G.T. = K.K.* et *G.T. qui pue cause pas, il pète.*

Mais Gueule-Tranchée ne baissait jamais la tête. Il regardait droit devant lui une chose que personne d'autre ne voyait.

A l'automne 1913, une nouvelle fille vint s'asseoir à côté de Gueule-Tranchée dans cette salle de classe, et elle seule eut l'énergie d'affronter la fixité de ce regard. Elle eut même l'énergie de le faire penser à autre chose que Clarissa, qui l'ignorait depuis le fameux baiser dans le train.

Elle s'appelait Ewart Smith. Elle venait du Tennessee avec son père, qui avait trouvé du travail à la mine. Ewart était bronzée. Plus bronzée même que Gueule-Tranchée qui, après un été consacré à grimper et à creuser torse nu, avait la peau plus sombre que les gamins de cette école qui appliquait la ségrégation. Mais Ewart avait des cheveux blonds et des yeux verts, et puis des dents aussi blanches que la craie de Mlle Varney. Au début de son premier jour d'école, quand on la présenta, son nom fut salué par un tonnerre de rires et de cris étonnés. Elle réagit en croisant les pieds pour faire la révérence, une main en travers des hanches, l'autre écartée du corps. Il y avait plusieurs places libres dans la classe, mais elle choisit de s'asseoir à côté de Gueule-Tranchée Taggart, G.T. Qui Pue.

Avant les vacances d'hiver, elle lui prenait la main après l'école et il écartait presque les lèvres quand il lui souriait.

CHAPITRE 8

Qui parmi nous a lu les signes

C'était vraiment une idée très simple. L'acier à la place du bois. Il suffisait que les gens comprennent que le bois de construction appartenait au passé et que l'acier était l'avenir, pour éviter peut-être que des villes entières ne s'embrasent. Peut-être que des hommes de bien ne mourraient pas. Et peut-être que, si les ouvriers formés sur le tas qui posaient des rails comme des allumettes parmi les collines méridionales de Virginie-Occidentale, si ces hommes comprenaient seulement qu'ils pouvaient construire des chevalements de mine de charbon plus solides à partir du produit même qu'on exploitait parmi ces collines, c'est-à-dire le coke bitumineux, peut-être que ces petits gars aussi s'enrichiraient. Voilà comment fonctionnait le cerveau de Gueule-Tranchée. Ce gamin gravissait tous les jours le mont Sulfur Creek pour rejoindre sa planque secrète, une espèce de bunker souterrain d'une seule pièce, équipé d'une table à dessin bricolée, avec règle, compas d'architecte et crayons volés à l'école. Là il dessinait des plans. Des inventions. Là, il concevait des villes d'acier, des ponts suspendus, des chevalements de mine. Il n'avait jamais laissé personne y pénétrer avant de connaître Ewart Smith. Elle seule connaissait l'emplacement de cette planque, et elle avait juré de garder le secret.

Certain après-midi de mars, en pleine débâcle, Ewart frappa contre la trappe du bunker. Il la fit entrer. La trappe était reliée à une poulie équipée de fil de pêche, si bien que, lorsqu'on la refermait, une écuelle basculait et projetait de la terre dessus.

A l'intérieur il essayait de ne pas regarder l'harmonica qu'il avait posé sur la table à dessin, l'harmonica de son père défunt. Il ne l'avait toujours pas porté à ses lèvres, redoutant que, ces parties de son anatomie s'infectant pour un rien, il n'attrape cette mystérieuse maladie qui avait conduit son géniteur sur la route de l'enfer. Il se remit au travail : avec les bouts de métal qu'il avait ramassés parmi les déchets de la mine, il bricolait un chevalement et une grue miniatures. En se servant d'un marteau et d'un poinçon, il avait très habilement percé des trous dans les minces feuilles métalliques. Des fentes pour assembler et construire. Ewart considéra avec étonnement ce qui allait certainement devenir une ville minuscule, là, sur cette table.

« Tu passes tout ton temps ici, ta maman va te voler dans les plumes, dit-elle.

— Elle est pas à la maison. » Gueule-Tranchée ne dit pas où était la veuve, mais depuis que cette femme de Huntington s'était fait pincer avec son alcool de contrebande, sa mère n'arrêtait pas de déplacer sa gnôle d'une cachette à l'autre, d'effacer ses traces, de se rendre invisible. Depuis le voyage en train à Huntington, leur maison avait souvent été désertée. « Ton père risque de te passer un savon si tu viens sans arrêt ici.

— Il est pas à la maison », répondit Ewart.

Gueule-Tranchée n'était même pas sûr qu'elle eût une maison. Elle disait seulement qu'ils habitaient Sprigg, à deux kilomètres de la Tug. « J'arrive pas à savoir dans quelle équipe il bosse. » Il se désintéressa de sa construction en métal pour regarder la jeune fille.

Elle se mordit la lèvre. Parut plongée dans ses réflexions. « Combien de secrets peux-tu garder ?

— A peu près deux cents, je crois.

— Combien en as-tu en stock actuellement ?

— Peut-être quatre-vingt-dix. »

Les facéties de Gueule-Tranchée ne la faisaient pas rire comme d'habitude. « Mon papa n'est pas mineur, déclara-t-elle.

— Il fait quoi alors ?

— Prêcheur. »

Son ventre se crispa. Il regarda de nouveau son dessin, reprit le crayon.

« Tu n'aimes pas les prêcheurs ? »

Il haussa les épaules.

« Ecoute, G.T. C'est pas un prêcheur comme tu crois. Mon papa était comme cul et chemise avec un certain Hensley, là-bas à Cleveland, Tennessee. Ils se sont fâchés parce que papa était meilleur que lui et tout le monde le savait. M. Hensley, il a alors fondé une église… » Ewart se remordit la lèvre. Gueule-Tranchée le remarqua, changea de position et ne la quitta plus des yeux. « Sans doute que je vais remplir les cent cases vides qu'il te reste », dit-elle. Il acquiesça. « M. Hensley a pris un serpent.

— Quoi ?

— C'est pas comme l'église que tu connais. Les gens prennent des serpents à pleines mains. Parfois, même qu'ils se roulent par terre avec.

— Des serpents ?

— Des serpents. » Elle faillit éclater de rire, car elle l'avait enfin dit à quelqu'un. « Y a même des gens qui se font mordre. » Gueule-Tranchée ouvrit de grands yeux. « Deux ou trois sont morts. »

*

On aurait pu appeler ça une boîte, une cage en bois. Des vipères cuivrées et des serpents à sonnette se bousculaient à l'intérieur, leurs flancs sombres et translucides se cognant contre les interstices.

« Qui a fabriqué cette boîte ? lui demanda Gueule-Tranchée.

— Papa. » Ils étaient dans une petite pièce située derrière la ferme d'Ewart. Elle l'avait finalement emmené voir où elle habitait. Les murs, à demi couverts de papier peint, étaient maculés de taches, comme si on avait abandonné l'endroit en plein milieu du chantier. De l'étage descendaient les bruits du monde adulte. Au-dessus des deux enfants, on déplaçait des meubles en raclant le plancher, on entendait les voix basses et incompréhensibles d'un homme et d'une femme. « Il est là-haut en train de prêcher à une nouvelle recrue, dit Ewart. Il la convertit. » Elle se pencha, puis approcha les doigts d'un des petits trous arrondis. Les serpents étaient calmes.

« Tu en as déjà pris un ? » Gueule-Tranchée n'avait pas cessé de regarder cette boîte. On aurait pu en améliorer la construction.

« Non, répondit-elle. Les serpents ne m'intéressent pas. »

Alors il se pencha tout près d'elle et il retrouva l'émotion qu'il avait connue dans le train cette nuit-là avec Clarissa. Son genou toucha celui d'Ewart et, à travers les épaisses couches de laine, les deux peaux parurent s'échauffer. Gueule-Tranchée tendit la main afin de la toucher, mais pour une raison inconnue sa main changea de destination. Du pouce et de l'index il ouvrit le petit loquet de cuivre et fit basculer le couvercle. Puis il plongea la main dans le monticule qui s'agitait doucement et en ressortit une vipère cuivrée enroulée autour de son poignet. Ce serpent était peut-être endormi, mais Ewart bondit et s'adossa au mur opposé. Un lé de papier peint s'effondra derrière elle.

Le serpent remonta lentement et méthodiquement le long du bras de Gueule-Tranchée. S'il avait décidé de mordre le garçon, il allait avoir du mal à le faire à travers le veston, la chemise et les sous-vêtements, mais il ne manifesta aucune agressivité. Gueule-Tranchée examina la tête minuscule, sa forme géométrique, chaque rangée d'écailles parfaites. Il le scruta et le serpent lui rendit son regard, jusqu'à ce que ce regard se brouille entre eux, jusqu'à ce que le reptile eût remonté le long du bras, du biceps, de l'épaule, de la clavicule. Il s'arrêta.

Il savait qu'Ewart ne le quittait pas des yeux, il savait qu'il ne lui avait jamais montré son mal, mais le garçon ouvrit grand la bouche, car cela semblait la seule chose à faire à cet instant précis. Et, comme si c'était là un numéro qu'ils avaient déjà exécuté ensemble lors d'innombrables foires de comté devant une foule de gamins aux yeux écarquillés, la vipère cuivrée se glissa sans la moindre hésitation entre les lèvres ouvertes comme si elle venait de trouver là son nid. Puis elle posa la tête sur la langue du garçon.

Ewart avait porté les mains à sa propre bouche, à la fois pour contenir un cri et garder un danger à distance. Elle se mit à respirer pesamment, sans même s'en rendre compte. Son souffle ralentit encore quand elle vit son ami refermer lentement ses gencives perforées et ses lèvres gercées autour du serpent. Le garçon ne le mordit pas, il se contenta de l'englober peu à peu si bien qu'elle eut l'impression qu'il avalait la créature.

A l'étage, les voix basses se firent plus fortes, les raclements de meubles et les grincements de plancher devinrent assourdissants, comme si le plafond risquait de s'effondrer sur eux. Mais Gueule-Tranchée ne faisait pas attention à ces bruits. Il garda la pose, les yeux rivés à ceux d'Ewart, puis il ouvrit de nouveau la bouche, avec la même lenteur et la même décision qu'il avait mises à la fermer. Il tira doucement sur la queue de la vipère cuivrée pour l'inciter à bouger, et la fille regarda le reptile tourner la tête vers elle, adopter la forme d'un sucre d'orge incurvé, avant de se remettre à glisser le long du bras. Puis le serpent se figea.

« Tu en dis quoi ? » demanda Gueule-Tranchée.

Elle laissa ses bras retomber contre son corps. « Il faut que tu partes », dit-elle dans un souffle.

Il se pencha vers la boîte ouverte et laissa la vipère retomber vers ses congénères. « Je t'ai fait peur ?

— Papa a fini sa conversion. Tu entends comme c'est silencieux maintenant ? »

Dès l'instant où il avait ouvert cette boîte, tout son univers avait été plus paisible que jamais. D'un calme que l'on devait connaître sous terre.

« Papa n'aimerait pas te découvrir ici. Il faut que tu partes. »

Il remit en place le loquet de cuivre et se redressa. Il marcha vers elle et l'embrassa sur la joue. La peau était chaude et sèche, sans l'électricité de Clarissa. Puis il se glissa par la porte ouverte de la petite pièce de derrière, son veston arrachant des écailles de peinture aux moulures, et il sortit de la ferme. Le prêcheur et la nouvelle convertie descendaient l'escalier intérieur, en riant.

*

La veuve Dorsett savait bien que pour son garçon l'école était un véritable supplice. Et elle ne dit pas un mot lorsqu'il annonça qu'il venait de passer son dernier dimanche à l'église méthodiste. Clarissa et elle continuèrent d'y aller sans lui, et lui continua d'incliner la tête et de leur tenir la main avant la bénédiction du repas. Peu d'autres paroles furent échangées à propos de l'exil de Gueule-Tranchée. On accepta en toute simplicité que le garçon ne serait accepté nulle part. L'essentiel, c'était qu'il apprenne. Et qu'il égale, voire surpasse, ceux qui ne l'acceptaient pas. Surtout, qu'il ne devienne pas mineur. C'était pour cette raison que, presque tous les jours, la veuve laissait le journal sur la table de la cuisine afin qu'il le lise. Les articles qu'elle jugeait instructifs, elle les signalait à l'encre noire, avec des commentaires du genre *Réfléchis-y une seconde* ou bien *As-tu déjà pensé à essayer ça ?*

Gueule-Tranchée rentra de l'école un mardi et découvrit l'une de ces notes sur le journal. Il faisait assez chaud dehors pour qu'il n'eût pas à remettre du charbon ou du bois dans le poêle, une tâche qui lui incombait au retour de l'école durant les mois d'automne ou d'hiver. Il rompit un morceau de la miche de pain de maïs que la veuve avait sorti à son intention, puis s'assit pour lire. Le journal le calmait comme peu d'autres choses réussissaient à le faire. Cette lecture était presque aussi réconfortante que la gnôle de contrebande.

Au-dessus d'un article intitulé *Un wagon dévalisé*, elle avait griffonné *J'espère que tu ne fréquentes pas ces canailles*. Des gamins des environs avaient dévalisé un wagon et volé toutes les marchandises destinées au kiosque à journaux local. Un peu plus tard, ils avaient été surpris endormis dans une caverne qu'ils avaient aménagée au sommet du mont Horsepen, pas très loin de la planque de Gueule-Tranchée. Ils dormaient à côté des caisses ouvertes et des cartons de cigarettes, de cigares, de chewing-gums, de bonbons, de pop-corn, de fruits et de denrées diverses, de romans et de revues, sans doute ivres de romance et de sucre.

Gueule-Tranchée déchira un bout de journal et écrivit dessus *Déplacer la cachette par mesure de sécurité ?* Puis il le fourra dans sa poche.

Une page plus loin, la veuve avait noté *Tu crois qu'un jour j'en aurai un ?* au-dessus d'une publicité pour un four. L'annonce disait *Toute femme qui a envie de posséder une cuisinière en acier achètera forcément la Peninsular si jamais elle y jette un coup d'œil.* Pour ce faire, il suffisait de se rendre à la quincaillerie A.H. Beal de Williamson. La puissance de l'acier. Il y en avait partout. Gueule-Tranchée regarda le pauvre fourneau Acme installé contre le mur. Il avait connu des jours meilleurs.

La porte s'ouvrit et Clarissa entra avec Fred Dallara derrière elle. Gueule-Tranchée leur adressa un signe de tête puis se replongea dans son journal.

« Salut », dit Clarissa. Elle était devenue une belle jeune fille.

« Salut, petit G.T. », dit Fred. Pendant l'hiver, sa voix avait soudain mué, son buste s'était épaissi. Il portait une moustache qui ressemblait à deux traces de doigts sales à demi effacées au-dessus de la lèvre supérieure. Fred adorait souligner leur différence d'âge.

Les deux tourtereaux montèrent l'échelle jusqu'au grenier, puis la maison redevint silencieuse.

Gueule-Tranchée savait que Fred et Clarissa échangeaient là-haut des baisers. Les bruits feutrés résonnaient dans ses oreilles. Il devinait qu'ils savaient que la veuve travaillait de nouveau dans sa distillerie clandestine, déplaçant et cachant ses bocaux, effaçant ses traces, et qu'elle ne risquait pas de revenir pour les surprendre. Il arracha deux minuscules morceaux de pain de maïs, les fourra dans chacune de ses oreilles et reprit sa lecture.

Tu vois ça ? avait-elle écrit au-dessus d'un autre article. *Tu as simplement davantage de cerveau que nous tous, dans davantage d'endroits, et plus de détermination.* C'était une autre trouvaille récente des scientifiques qui n'arrêtaient pas de faire des découvertes. *Le cerveau de gorge enfin prouvé*, annonçait le titre. Et ensuite : *Les scientifiques affirment que la matière grise se trouve dans les doigts, et ses cellules dans les orteils. D'innombrables organes de la pensée sont ainsi distribués à travers le corps tout entier.* A en croire le journaliste, l'extrémité des doigts des aveugles contenait du tissu cérébral, tout comme la gorge. Si un chirurgien de la gorge ratait son opération, le cerveau de gorge réagissait en refusant de coopérer.

Le garçon ne put s'empêcher de se demander ce qu'on avait bien pu faire à son cerveau de bouche pour le rendre aussi peu coopératif.

Croyant entendre un gloussement en provenance du grenier, il s'enfonça la mie de pain plus avant dans le conduit auditif et poursuivit sa lecture. Au-dessus du titre *Le chemin de fer progresse,* elle avait écrit *Quand ils auront achevé la ligne, tu pourras voir le monde si tu en as envie.* Les malabars de la N&W et de la C&O fonçaient à travers les collines et les vallées, creusaient des tunnels à coups d'explosifs, construisaient des baraquements pour les ouvriers. Le mot *tonnage* était sans cesse employé pour décrire la quantité de charbon qui justifiait l'arrivée du chemin de fer en Virginie-Occidentale. Le tonnage étant ici, ils venaient s'en emparer. Pour le transporter vers tous les autres habitants du continent américain.

Gueule-Tranchée songea à tous les chevalements de mine qu'il avait vus construits en bois. Il se demanda pourquoi on pouvait fabriquer une cuisinière en acier, mais pas un chevalement de mine. Il déchira un autre bout de papier journal et y esquissa un nouveau dessin. La puissance de l'acier. Il était partout.

Un autre gloussement. Ça le rendait malade. Il enfonça encore un peu les boulettes de pain dans ses oreilles et se mit à lire à voix haute. Presque à hurler. « On investit des millions de dollars dans des gisements de charbon, qui en moins d'un an fourniront leurs tonnages aux chemins de fer, dont la construction coûte plusieurs millions de dollars. » Une chaussure lancée du grenier rebondit violemment sur sa clavicule. Il ne leva pas les yeux, se contenta de frotter l'endroit touché. Eût-il levé les yeux vers le grenier, eût-il ôté le pain de ses oreilles, il aurait entendu Fred Dallara dire : « Baisse d'un ton, petit », et il aurait aperçu Clarissa dressée sur ses coudes, le cou tendu pour l'observer, un mélange d'inquiétude, de tristesse et de défaite dans le regard.

Mais il ne leva pas les yeux vers eux. Il continua de lire.

Il apprit ainsi que le pharmacien local était cloué au lit. Comme d'autres habitants du comté, il souffrait de la fièvre typhoïde.

C'est alors que Gueule-Tranchée vit la publicité pour

jouets. *Jeu de construction Mysto de structures en acier*, disait l'annonce.

Le garçon en resta bouche bée.

Sous cette annonce figurait une image presque identique au chevalement métallique qui se dressait sur la table à dessin dans le bunker. L'image montrait de minces bandes de métal, percées de trous, et reliées ensemble grâce à d'autres trous. C'était un jeu de construction en acier, et un certain A.C. Gilbert s'attribuait cette invention.

A son insu, Gueule-Tranchée avait créé un jouet, et maintenant un autre type touchait de l'argent pour cette invention. Ce qu'il avait considéré comme un élément décisif pour le progrès de la civilisation n'était rien de plus qu'une distraction d'adolescent.

Il soupira, se tassa sur sa chaise, regarda dans le vide.

Il avait les oreilles bouchées pendant que sa sœur lui brisait le cœur à deux pas de lui, et il comprit peu à peu qu'on pouvait voler une idée avant même qu'elle en devienne réellement une. Mais ni ce jour-là ni un autre, aucune larme ne souillerait le papier imprimé, aucune en tout cas tombant des yeux de Gueule-Tranchée. Il n'avait pas encore douze ans et il avait déjà perdu tout ce qu'il aimait. Ce jour-là il comprit néanmoins ceci : comme les jouets, les larmes étaient pour les gamins, et il était temps de laisser toutes ces choses derrière lui. Il était temps de devenir un homme.

CHAPITRE 9

Les femmes tremblaient et gémissaient

La planque était en ruine et la gnôle de cuisine se faisait rare. Gueule-Tranchée, l'homme-garçon, avait détruit ses inventions qui ne lui appartenaient pas. Il avait pris l'habitude d'embrasser Ewart sur le cou et les pommettes après l'école, qu'elle en ait envie ou pas. Cette fille l'aimait bien, mais la bouche difforme l'effrayait malgré tout, et elle refusait de la laisser approcher de la sienne. Il avait aussi pris l'habitude de siroter de la gnôle matin, midi et soir ; d'ailleurs, qu'aurait pu dire la veuve en constatant une légère diminution de son stock ? A douze ans, Gueule-Tranchée était davantage un homme qu'un garçon. Sa voix changea. Il marchait et parlait maintenant comme un homme. Il construisit une nouvelle cachette pour les opérations illicites de sa mère. Une cabane massive, en billes de bois et ficelle, façonnée par ses propres mains calleuses, à la sueur de son front et de son dos. A quoi bon lui reprocher de picoler, si l'alcool lui permettait de tenir le coup ? Ce garçon était un infirme, après tout. Pourquoi cracher sur ce qui nous aide ?

Et puis, ce monde n'avait que faire des jouets ou des idées enfantines. En Europe, les gens s'étaient mis à s'entre-tuer à cause de leurs idées d'adultes incompatibles. A la maison, la Nouvelle Liberté prônée par Woodrow

Wilson ne semblait pas particulièrement nouvelle ni particulièrement libre à la veuve ni à aucun autre habitant des collines.

Il y avait des distilleries d'alcool à cacher. Du bois à couper. Des volatiles, du gibier à poil et des quadrupèdes cornus à traquer, abattre, dépecer et saigner. Des dieux à prier préalablement pour qu'ils accordent leurs conseils.

Gueule-Tranchée fit toutes ces choses entre les mois de juin 1914 et 1915. Si autour de lui les garçons fantasques et stupides s'étaient donné la peine de l'écouter, il leur aurait déclaré à tous qu'il était capable d'effectuer cinquante-neuf pompes d'affilée. Que son œil de chasseur était acéré, et son amour du whisky plus fort encore. Que son zizi était maintenant entouré de poils et souvent aussi dur qu'une pointe de rail, et que comme les autres il cherchait à le tremper dans le pot à miel de quelque jolie donzelle. A vrai dire, il ne pensait qu'à ça.

Curieusement, l'occasion allait se présenter parmi les femmes de l'Eglise de Dieu aux Signes Manifestes. Des gens qui professaient de ne pas connaître le péché. Ni whisky, ni tabac, ni aucun rapport charnel. Mais comme chez la plupart des êtres confits en religion, la bigoterie et les prêches savonnent copieusement le toboggan du stupre. Et c'est parmi eux que la virilité de Gueule-Tranchée s'accomplirait.

Le 4 juillet 1915 tomba un dimanche. Chez les méthodistes, la confusion fut à son paroxysme quand les célébrations de la fête nationale s'achevèrent et que les gueules de bois s'installèrent. La gueule de bois du sabbat, la pire de toutes. Mais pour les disciples de J.B. Smith, citoyen né au Tennessee et grand convertisseur de l'Eglise de Dieu aux Signes Manifestes, de telles gueules de bois et autres douleurs intestinales n'étaient pas un problème. Sans doute parce que ces gens qui parlaient en des langues inconnues, ces manipulateurs de serpents, ces amateurs de strychnine, ne buvaient ni ne fumaient ni ne forniquaient.

Ce jour-là, appuyé contre la cabane délabrée qui leur servait de lieu de culte, crachant dans la poussière, Gueule-Tranchée ne marcha pas dans la combine. Ces adorateurs hurlaient leurs absurdités à l'intérieur et s'écroulaient par terre comme si le cœur venait de les lâcher ; il entendait le bruit sourd de leur corps heurtant le sol. Mais pour ce qu'il en savait, c'était de la frime. Et du haut de son mètre quatre-vingts à pas encore treize ans, Gueule-Tranchée savait distinguer la vraie marchandise et la camelote frelatée.

« Harla harla harla la la la da la da hardala atta », hurla quelqu'un à l'intérieur de l'église. Un autre bruit sourd s'ensuivit.

Ewart était parmi les fidèles. Au premier rang. Mais son papa ne faisait pas confiance à Gueule-Tranchée, il n'aimait pas les garçons de son âge. Et il ne permettait certainement pas aux individus qui selon lui convoitaient sa fille de rejoindre le giron de sa religion. Le garçon était tenu à l'écart depuis maintenant un an, il n'avait parlé à personne de sa rencontre inopinée avec les serpents enfermés dans la boîte, ce fameux jour, sous le toit des Smith. Ewart non plus n'avait pas pipé mot. Ainsi, même si on lui permettait de la courtiser discrètement et de venir à la maison, l'enceinte du Seigneur lui restait interdite.

Mais en ce dimanche patriotique, l'homme-garçon décida d'y entrer. Peut-être obéit-il aux langues inconnues qu'il entendit très fort ce jour-là, résonnant comme les vitupérations de sa mère biologique s'étaient jadis répercutées contre les murs de l'asile de fous. Ou peut-être était-ce la flasque de gnôle dans sa poche revolver, dont il buvait de fréquentes rasades. Quoi qu'il en soit, il quitta l'endroit où il ruminait ses pensées, gravit les trois marches branlantes qui aboutissaient aux deux vantaux de la porte de l'église, et les poussa avec vigueur.

Les rayons du soleil semblaient bizarres à l'intérieur. Ils entraient par les trois fenêtres qui perçaient chacun des murs de l'endroit, mais il y avait tellement de poussière dans l'air que la lumière zébrait l'espace comme des poutres de bois translucides et parfaitement horizontales. Ça puait là-dedans. De la sueur fraîche sur de la vieille sueur, et des culottes sales qu'on n'avait pas changées depuis belle lurette. L'odeur du sexe humée par celui qui n'y a pas encore goûté. Les yeux de Mr. J.B. Smith, dressé sur la chaire, rencontrèrent ceux de Gueule-Tranchée. Le prêcheur, vêtu d'une chemise ordinaire et d'un pantalon brun, se balançait sur les talons. On distinguait les poils de son torse sous le tissu trempé de sueur, et il s'essuya le front avec une main qui tenait une bible. Il sourit.

Alors il hurla « Hooo ooo hooo hay om in addeyayamana » avant d'éructer un borborygme que l'on ne saurait transcrire avec les mots connus de tout un chacun.

Ces cris secouèrent tant le garçon qu'il quitta son état d'homme-garçon pour redevenir un garçon. L'espace d'un instant, il crut que tout ce cirque était peut-être de la vraie marchandise. Il faillit agiter les jambes et ouvrir la bouche. Il faillit s'effondrer sur place, au diapason de l'Esprit saint. Au lieu de quoi il avança dans la travée centrale. Il dépassa des rangées de chaises et de bancs dépareillés, où s'entassaient des disciples aux yeux révulsés. A l'avant, Ewart oscillait paresseusement sur ses orteils et agitait doucement la tête. A côté d'elle un grand type se pencha, puis se releva avec une poignée de serpents qui électrisa la foule. Il se tourna vers elle et brandit victorieusement les quatre reptiles au-dessus de sa tête. L'un d'eux s'énerva et mordit le bonhomme au poignet, juste au-dessus de la manche de chemise, là où la peau est la plus tendre et blanche. Là où le sang affleure.

Il tressaillit et continua de danser.

Ses cheveux restaient collés au crâne malgré son agitation, lustrés, gras et crasseux.

Gueule-Tranchée examina le maigrichon, l'ossature de son visage semblable à des éclats de silex sous la peau, une série d'angles aigus au-dessus des dépressions ombreuses des joues. Il blanchit très vite, ce visage, après la morsure du serpent, et l'homme se pencha de nouveau pour les remettre dans leur boîte, mais seulement après avoir tenu le coup encore un peu afin de prouver que tout cela n'était rien pour lui.

Les femmes tremblaient et gémissaient, surtout la belle plante qui se démenait de l'autre côté d'Ewart. Malgré les vêtements amples et laids de rigueur, Gueule-Tranchée remarqua le derrière parfaitement arrondi, qui tremblait juste comme il fallait, était juste assez ferme. Les cheveux noirs de cette femme lui tombaient lourdement sur les épaules et brillaient au milieu des particules de poussière en suspension dans les rais de soleil.

Telle était la vraie religion. Il se sentit prêt à tous les sacrifices pour les rondeurs de cette femme.

Ce qu'il fit. Continuant d'avancer dans la travée, il dépassa le maigrichon, qui pâlissait à vue d'œil, restait assis immobile et tâchait de ne pas mourir. Il dépassa Ewart, qui déglutit avec difficulté en remarquant la présence du garçon, et regarda son père, lequel sourit et baissa les yeux vers Gueule-Tranchée. Il longea toute la travée, jusqu'à la chaire, en effleurant au passage la manche de la beauté à la lourde chevelure noire. Il se pencha comme il l'avait fait ce jour-là dans la petite pièce de la maison d'Ewart, sous les vociférations fracassantes du prêcheur. Et comme ce jour-là, il se redressa en brandissant une vipère cuivrée. On aurait dit la même. Mais bientôt, il s'empara de tous les serpents présents dans la boîte, neuf au total pour être précis, et n'eut aucun mal à le faire, car ils se glissèrent vers ses bras tendus comme pour s'enrouler autour des branches de l'arbre qui était leur vrai foyer.

Ils se frayèrent un chemin jusqu'à la tête du garçon et se lovèrent autour, laissant çà et là une ouverture permettant à Gueule-Tranchée de jeter un coup d'œil à la congrégation, qui martelait les planches du sol avec une force et un sens du rythme sans cesse croissants. Certains firent silence quand un serpent pénétra dans sa bouche ouverte aux dents pourries, d'autres martyrisèrent leurs cordes vocales en poussant des cris plus perçants, éructant des syllabes inédites.

Gueule-Tranchée ne dansait pas. Il ne remua absolument pas lorsque J.B. Smith descendit de son pupitre pour décrire un cercle autour du soupirant de sa fille en le regardant comme une œuvre d'art. Le prêcheur Smith faillit crier « Alléluia ! », mais s'en abstint. Il préféra attendre. Gueule-Tranchée ne tarda pas à tirer doucement sur la queue de la vipère cuivrée, et tous les autres reptiles firent demi-tour. Ils battirent en retraite le long de ses bras, aussi docilement qu'ils y étaient montés. Il les enferma dans leur boîte. Quand le garçon se redressa, J.B. Smith le prit dans ses bras, lui délivra le Saint Baiser de l'Eglise de Dieu aux Signes Manifestes, un bouche à bouche pratiqué par les disciples du même sexe, signifiant son entrée dans l'ordre sacré.

Jamais une autre bouche ne s'était approchée aussi près de la sienne.

Plus tard, pour certains d'entre eux, viendraient l'onction des huiles, l'absorption du poison. L'épreuve du feu infligée à la chair. Mais ce matin-là, le spectacle du gamin à la bouche infectée et des serpents sinueux suffit. Les disciples présents sentirent qu'ils venaient d'assister à un événement miraculeux, même s'ils ne savaient pas très bien de quoi il retournait. Ils restèrent silencieux tandis que J.B. Smith remontait en chaire pour lire un passage du livre de Luc, chapitre 10, verset 19. Gueule-Tranchée s'assit entre Ewart et la belle plante. Chacune lui saisit une main et la garda dans la sienne. L'une avec quelque chose qui ressemblait à de l'amour, l'autre avec ce qui ressemblait à de la concupiscence.

Sur leur gauche, le maigrichon s'effondra et sa main vira à un gris noirâtre. Il espérait ne pas mourir de ses plaies, mais l'idée de consulter un médecin ne lui traversa même pas l'esprit. Car cette dernière possibilité, qui équivalait selon lui à un manque de foi en Dieu, l'aurait à jamais banni de la demeure sacrée.

Gueule-Tranchée s'étonna de la lente reptation du petit doigt de la femme qui tenait sa main droite et il fit appel à toute sa volonté pour faire disparaître la bosse qui tendait l'entrejambe de son pantalon. Le prêcheur Smith continua de déblatérer à propos des valeureux qui marchaient sans trembler sur un tapis de scorpions, et de la puissance de l'ennemi ; tout était presque aussi tranquille que si le garçon avait eu les oreilles bouchées par de la mie de pain. Et ce calme était désormais de cette espèce paisible que les fidèles souhaitent goûter dans la maison du Seigneur, mais connaissent rarement à cause de l'air brûlant et étouffant qui y stagne. L'homme-garçon perçut la présence de Dieu, et Dieu était une femme.

*

Si Gueule-Tranchée avait cru vivre enfin une expérience religieuse ce matin-là, il devait réviser son jugement durant la soirée. La belle plante s'appelait Anne Sharples et elle aimait assez coucher avec les membres du clergé, mais bien plus encore picoler de l'alcool de contrebande. Selon toutes les apparences, c'était une ancienne dévote de la congrégation baptiste de Kermit, et actuellement une dévote de l'Eglise de Dieu aux Signes Manifestes de Sprigg. En toute discrétion, c'était le genre de jeune veuve de mineur qui simulait le deuil quand son mari canait et qui imaginait qu'elle s'envoyait en l'air avec le saint homme en train de prononcer l'éloge funèbre du défunt tandis que les croque-morts descendaient le cercueil en terre. Anne Sharples avait peu de scrupules.

Cet après-midi-là, elle avait attiré Gueule-Tranchée à l'écart du pique-nique organisé devant la petite église pour la fête de l'Indépendance. Sous la nappe, il lui avait déjà donné une rasade, ou plutôt quatre, de sa flasque. Ils finirent dans les bois, puis dans la cachette du garçon, un local qui depuis peu ne servait plus aux inventions et était en attente d'une affectation nouvelle. Qu'elle ne tarda pas à trouver.

Anne s'allongea sur le sol en terre battue comme si c'était là une chose parfaitement normale. Au-dessus d'elle, de minces rayons de lumière lunaire réussissaient à traverser la canopée des arbres, puis les planches de la trappe d'accès. Cette pénombre providentielle lui permettait de croire que ce gamin de presque treize ans, affligé d'une répugnante maladie, était un homme adulte. Mais lorsque Gueule-Tranchée dégrafa sa ceinture avec l'impression que son entrejambe allait exploser, elle fit valoir les quelques scrupules qui lui restaient. « Je refuse d'embrasser un petit garçon, dit-elle. Et je refuse aussi de le laisser planter son poireau en moi. Ils sont capables de m'envoyer au cabanon pour ça.

— Je ne vois aucun petit garçon dans les environs, répondit Gueule-Tranchée en tremblant malgré la chaleur nocturne.

— Tu es en âge de te battre ou de voter ?

— En âge de boire », dit-il en sortant une fois de plus la flasque de la poche de son pantalon, lequel venait de tomber autour de ses genoux. Elle but une gorgée et toussa. Il but et sourit. Au clair de lune, elle aperçut encore ces gencives, ces dents et leurs interstices ulcérés. Pas question de laisser une horreur pareille approcher de sa bouche. Elle eut soudain une autre idée.

« Contente-toi de faire ce que je te dis, et nous serons tous les deux heureux », lui intima Anne Sharples. Elle l'attira vers elle tout en poussant sur les épaules du garçon pour les faire descendre le long de son propre corps. Il s'arrêta à hauteur de la poitrine, découvrant de nouvelles courbes appétissantes. Mais elle continua de le pousser vers le bas, et quand sa tête arriva à la hauteur des hanches de la femme, elle se cambra, remonta son jupon en mousseline blanche, abaissa son slip et guida l'orifice souvent moqué de l'homme-garçon vers un autre orifice secret de sa propre anatomie, un orifice dont il rêvait chaque nuit depuis des mois. Il se sentit un moment décontenancé et se figea. Il n'y voyait pas grand-chose, mais il sentit des poils lui chatouiller le nez et respira un parfum inconnu. C'était à tout point de vue le contraire de l'odeur qu'il avait suivie durant tant d'années jusqu'à la tombe dissimulée par les toilettes extérieures. A l'inverse de la mort, c'était le parfum de la vie, comme la sève de l'arbre, la sueur et les arômes culinaires secrets et très anciens. Gueule-Tranchée y enfouit son visage.

D'abord il tâtonna, et Anne Sharples faillit permettre à sa conscience de percer la brume réconfortante de la gnôle pour interrompre les efforts de son partenaire. Mais quelque chose changea alors. Gueule-Tranchée, presque ravi jusqu'à la nausée, se mit à ressentir une émotion qu'il n'avait jamais connue à l'église, méthodiste ou reptilienne. Ce qui le matin même l'avait frappé comme étant une foi frelatée chez le maigrichon mordu, ce qui avait sonné faux chez tous ces crédules marmonnant leurs absurdités, le submergea soudain de manière si palpable qu'il ne put le retenir. De son entrejambe comprimé jaillit une espèce de feu qui lui brûla les tendons. Cela lui réchauffa le ventre, lui chatouilla les cordes vocales. Cela explosa par sa bouche et lui transit le bout de la langue, laquelle commença à décrire d'elle-même les cercles et les latitudes d'une géométrie inconnue, plus rapides et mieux formés que ceux du plus adroit des serpents. Tandis qu'Anne Sharples ruait et ahanait, Gueule-Tranchée lâcha une succession de mots qui n'étaient pas sans rappeler ceux des piliers de l'Eglise de Dieu aux Signes Manifestes. « Harla harla la da hey hoo woo adeyanamana harla da da da », bredouilla-t-il. Le fredonnement de toutes ces syllabes issues des fibres de sa langue et de ses papilles gustatives contamina Anne Sharples, mais certes pas de la maladie de son partenaire.

Gueule-Tranchée découvrit ainsi la religion dans les parties infernales de cette femme, et pour cette femme, épuisée et indiciblement choquée, un prêcheur venait de trouver sa vocation.

Chapitre 10

Puissants et opprimés

D'aussi loin qu'il s'en souvienne, on l'avait toujours tenu à l'écart des parties de Plante-lame. Un jeu de gamin. Dès qu'un gosse était capable d'ouvrir et de refermer un canif de poche sans perdre tout son sang, il trouvait des parties de Plante-lame auxquelles participer. Après l'école, ou les jours d'été quand la terre était meuble et que la lame s'y enfonçait bien profond, les occasions abondaient de montrer son savoir-faire. A l'automne 1916, presque âgé de quatorze ans, Gueule-Tranchée était trop vieux pour y jouer, du moins selon l'appréciation de la plupart des garçons. Mais un groupe de quatre petits l'avaient vu déambuler, et ils avaient apprécié sa grande taille, ses chaussures bien cirées à semelle épaisse, sa manière de cracher son jus de tabac du coin de la bouche. Ils l'invitèrent donc à rejoindre le sommet d'une petite colline, un champ entouré d'arbres aux feuilles rouges, orange et jaunes. L'un d'eux seulement, un nommé Crews, dont Gueule-Tranchée connaissait bien le frère, et dont il connaissait encore mieux la mère, exprima quelque objection à frayer avec G.T. Qui Pue.

Mais toute réticence fut bientôt oubliée quand Gueule-Tranchée, lors de la première manche, accomplit vingt-deux plantés d'affilée sans commettre la moindre faute. Il ouvrit son canif Cattle King avec précision. Le manche en corne de bison réfléchissait la lumière quand il le lançait depuis tous les endroits prescrits : le poing, les doigts, à partir des oreilles et en travers du buste, le nez, les yeux, les genoux, le haut du crâne. Chaque fois, la lame se fichait profondément en terre. Les garçons regardaient, bouche bée, en poussant des *oh* et des *ah* admiratifs. Leurs conceptions étriquées sur les capacités des jeunes orphelins difformes comme Gueule-Tranchée volèrent en éclats. Ils sentirent leur ignorance se métamorphoser en peur, voire en envie.

Chacun d'eux progressa dans la partie en tâtonnant et en marmonnant, jusqu'à ce que le dernier fût battu, et Gueule-Tranchée, vainqueur, enfonça la lame dans le sol en tenant son couteau par le manche. Six bons coups atterrirent à toute volée, comme d'un marteau de charpentier. Il avait complètement enterré la lame, si bien que le perdant, Warren Crews, dut accomplir son gage. Warren était celui qui s'était opposé à faire venir Gueule-Tranchée. C'était le frère benjamin de Mose Crews, le meilleur ami de Fred Dallara. Mose était arrière dans l'équipe de football, le plus méprisable et le plus méchant de toute la bande G.T. Qui Pue.

« Déterre, déterre ! » beuglaient les garçons en forçant le petit et gras Warren Crews à s'agenouiller. Il ne voyait même pas le sommet du canif, aucun d'eux ne le voyait. Gueule-Tranchée l'avait enfoncé profondément. Les mains derrière le dos, le gamin Crews se pencha pour l'attraper avec les dents, ainsi que l'exigeaient très clairement les règles du jeu. Encore et encore il se redressa pour respirer, la boue noire et limoneuse recouvrant toujours un peu plus son visage. Debout autour de lui, les autres riaient. C'était de la taquinerie dépourvue de méchanceté, même chez Gueule-Tranchée, qui ne tenait aucunement rigueur au garçon d'avoir pour frère une ordure, mais Warren Crews était mauvais perdant. A force de se redresser la bouche éternellement vide, et parce que les garçons tenaient manifestement à aller jusqu'au bout de la partie, Warren Crews jetait autour de lui des regards désespérés. Il faillit oublier son âge et crier à G.T. Qui Pue de s'allonger et de déterrer lui-même le canif, vu que sa bouche à lui était déjà sale, ses dents pleines d'immondices. Warren pensa que son frère n'aurait pas hésité à le faire. Mais Warren Crews pensait mal et, durant un bref instant, il eut de la chance.

D'abord, il ignorait que Mose le footballeur ne se permettait plus d'injurier Gueule-Tranchée en face. En privé, Mose et les autres continuaient à dire du mal du handicapé de la bouche. Ils faisaient même des dessins injurieux et inventaient des chansons blessantes. Mais depuis belle lurette ils avaient renoncé à apostropher Gueule-Tranchée dans la rue pour se moquer de lui, en fait ils évitaient même de croiser son regard. Depuis le jour où il avait attaqué Fred Dallara comme un cougar, et encore plus depuis qu'il arborait une carrure impressionnante et une belle moustache, et depuis qu'il avait remporté tous les concours de tir au fusil organisés par le comté, les garçons raillaient seulement G.T. Qui Pue derrière son dos. S'ils avaient su qu'en une seule année Gueule-Tranchée avait pratiqué ses vocalises dans l'anatomie intime de neuf femmes, ils se seraient sans doute évanouis de stupéfaction. Mais Gueule-Tranchée avait une pléthore de secrets et il ne comptait certainement pas révéler celui-ci.

Ainsi, Warren eut de la chance, car ignorant tout cela il ne calomnia pas Gueule-Tranchée et n'eut donc pas à en payer le prix. Il en fut empêché par l'apparition d'Arly Scott Jr. qui passait par là.

La chance, la malchance. L'une remplace l'autre en un clin d'œil.

Comme Gueule-Tranchée, Arly Scott Jr. avait presque quatorze ans. Et comme Gueule-Tranchée, il était plus costaud que les quatre autres garçons. Mais Arly était noir, et cela signifiait qu'une bande de gamins chétifs de dix ans pouvaient le réduire à merci s'ils le désiraient.

« Hé ! cria Warren au garçon qui marchait au loin sur un rail de la voie de chemin de fer pour tester son équilibre. Hé, le nègre ! »

Arly s'arrêta, posa les pieds de part et d'autre du rail. Il se retourna vers le groupe.

« Pourquoi tu viendrais pas faire un tour par ici ? » Warren cracha de la terre, retira des brins d'herbe de sa langue et de ses lèvres en se servant de ses dents et de ses ongles.

Arly les considéra tous un moment, puis se dirigea vers eux. Gueule-Tranchée ne le connaissait pas, mais il l'avait déjà vu dans les environs. Comme toutes les autres familles noires du comté de Mingo, celle d'Arly était venue du Sud profond à cause de la mine. Son père travaillait dans la numéro un à Red Jacket. Et comme toutes les autres familles noires de Mingo, il habitait Mitchell Branch et vaquait à ses occupations quotidiennes dans un environnement scolaire et religieux entièrement noir. Arly était presque identique à Gueule-Tranchée en termes de taille et de poids ; ses muscles naissants étaient tout aussi durs et déterminés.

Lorsqu'il marcha vers eux, les plus petits se sentirent mal à l'aise et commencèrent à s'agiter. Ils avaient entendu leur père, leur mère, leurs oncles et leurs frères employer le terme péjoratif que Warren Crews venait d'utiliser, mais ils étaient encore assez jeunes pour sursauter quand on le criait en présence de l'individu qu'il était censé décrire.

« On joue au Plante-lame chez toi au Texas ? » demanda Warren Crews. Curieusement, il était resté à genoux, les mains serrées derrière le dos durant tout cet épisode, comme si rompre la pose eût constitué un péché.

« En Georgie, rectifia Arly.

— En Georgie alors. Les nègres, ils jouent au Plante-lame en Georgie ? »

Arly se contenta de dévisager le garçon. Les autres s'agitèrent encore un peu plus. L'un émit un petit rire en essayant de jouer au dur. Un autre serra les cuisses autour de son zizi pour essayer de ne pas se pisser dessus comme cela lui arrivait souvent dès qu'il se trouvait en fâcheuse posture.

Gueule-Tranchée observa les yeux d'Arly Scott, les lourdes paupières, les sourcils touffus. Une petite cicatrice indiquait qu'il savait encaisser les coups. Il comprit à cet instant que Warren Crews n'aurait jamais dû s'en prendre à ce Noir.

« Alors ? insista Warren. C'est tout ce que tu sais dire ? "En Georgie" ? Les instits de là-bas, ils t'apprennent qu'un seul mot ? Le nom de l'Etat ? » Il éclata de rire, puis se retourna vers les autres pour s'assurer qu'ils faisaient de même. Mais il n'eut pas le temps de voir que non. Avant que Warren Crews ait eu le loisir de remarquer les grimaces horrifiées qu'arboraient tous les petits garçons juste avant l'impact, il se retrouva K.O. C'était un large crochet du droit, un vrai coup de maître décoché du haut vers le bas, avec toute l'énergie de la rotation des hanches au-dessus de pieds fermement ancrés au sol. Arly Scott Jr. était un boxeur chevronné.

Certains restèrent figés comme des épouvantails, d'autres prirent la poudre d'escampette. Dans les deux cas, ils étaient complètement sidérés de voir un jeune Noir frapper un jeune Blanc qui venait d'insulter sa race. Ce genre de chose n'arrivait jamais en Georgie, ils l'auraient juré, et ça n'arrivait pas non plus dans le sud de la Virginie-Occidentale. Pourtant, ça venait de se passer sous leurs yeux effarés : Warren Crews piquait son roupillon, allongé pour le compte, un sang épais mêlé de terre coulant abondamment de son nez et de sa bouche.

Finalement, tous abandonnèrent leur camarade âgé de dix ans à son triste sort, un seul d'entre eux ayant le cran de crier une promesse de revanche. Arly et Gueule-Tranchée restèrent seuls. Ils baissaient les yeux vers le corps prostré de Warren, le jeune Noir frottant ses phalanges palpitantes, le jeune Blanc se frottant le crâne. Ils semblaient perplexes.

Gueule-Tranchée décida qu'il ne plaignait pas vraiment le plus petit des Crews. A onze ans, il était assez mûr pour ne pas commettre l'erreur de traiter un autre garçon de la sorte. La veuve avait enseigné à Gueule-Tranchée, ainsi qu'à Clarissa, dès leur plus jeune âge, de ne jamais jouer au jeu de la supériorité blanche. « Nous sommes tous façonnés dans l'argile divine, disait-elle volontiers, et peu importe la teinte. » Par ailleurs, Gueule-Tranchée avait toujours été moins blanc que les Blancs, surtout en été, un fait que les autres gamins attribuaient à une épaisse couche de crasse sur sa peau. Et s'il avait vu son père autrement que dans son costume grumeleux de macchabée déterré, il aurait su qu'il y avait de l'Indien de ce côté-là de sa famille, ou peut-être même du métis. Néanmoins, toute son apparence extérieure l'incluait parmi les Blancs.

« Je m'appelle Gueule-Tranchée Taggart », dit-il en tendant la main.

Arly tourna la tête vers lui. Il ne répondit ni ne changea son regard, lequel était si calme qu'il laissait aussi bien présager un uppercut qu'une poignée de main.

Ce fut agréable de le constater chez autrui ce « truc différent » dans le regard. Il avait été gêné de révéler cette caractéristique personnelle après que Fred Dallara eut embrassé Clarissa. Ce truc venait d'un endroit plus secret qu'un régime régulier de gnôle clandestine et de vexations. Ce truc spécifique était là avant tout le reste.

Gueule-Tranchée hésita à dire à l'autre garçon qu'il avait autrefois mordu un gamin qui embrassait sa sœur, mais cela lui parut idiot, absurde. A la place, il dit : « Je crois qu'après ça il faudra que ton papa te planque un moment. » Il montra Warren Crews, qui gémissait et tentait de se relever sur les coudes.

Arly serra aussitôt les poings et regarda de nouveau le garçon allongé à ses pieds, comme s'il allait remettre ça. Mais le geignement vira aux pleurs, et Arly se détendit. Il répondit à Gueule-Tranchée sans le regarder : « Tu te fourres le doigt dans l'œil jusqu'à l'os. Mon papa m'a dit : "S'ils commencent à te regarder de haut, fais-leur baisser les yeux." » Il avait une voix encore plus grave que celle de Gueule-Tranchée, un accent épais et rond.

Avant de s'éloigner, Arly ricana deux fois, réunit tout ce qu'il pouvait dans sa gorge, puis cracha par terre devant Warren Crews, qui à ce moment-là pleurait toutes les larmes de son corps comme on pleure pour attirer l'attention de sa maman, le genre de pleurs dont il lui faudrait se débarrasser d'ici un an ou deux s'il comptait faire quelque chose de sa vie.

*

Gueule-Tranchée n'oublia pas Arly Scott Jr. Il devinait que la poignée de main qu'il avait proposée serait un jour acceptée. Et l'issue qu'il redoutait, la vengeance contre la famille Scott après qu'un des leurs eut frappé un garçon blanc, n'arriva jamais. C'était à cause des turbulences qui agitaient les collines. Tout d'abord, Arly Scott Sr., le père du petit Arly, était un mineur paisible mais plein d'autorité qui, de notoriété publique, avait été champion de boxe dans sa jeunesse, si bien que tout le monde le respectait. Arly Sr. avait de lui-même intégré les réunions tardives qui préludaient à la création d'un authentique syndicat des mineurs de charbon, et même si certains le détestaient à cause de cette intégration, la plupart reconnaissaient que leur ennemi avait certes la peau noire, mais surtout des mains pleines de vigueur.

La deuxième raison pour laquelle personne ne vint chercher noise aux Scott fut que George Crews, le père du gros Warren, montait en grade parmi les opérateurs locaux des mines de charbon et qu'un sentiment nouveau de son image publique et des bonnes manières le dissuada d'exercer une justice expéditive. Et puis, les copains pleins aux as de George lui dirent que les petits Scott vivant parmi eux seraient très bientôt écrasés à cause de leur tentative de rébellion.

La troisième raison, inconnue de la plupart des gens, tenait au fait que le patriarche de la famille Crews désirait à tout prix ne pas attirer l'attention sur son clan pour continuer d'espérer devenir vraiment riche. Car il venait tout juste de découvrir que son épouse avait trahi leurs traditions méthodistes. Quelques mois plus tôt seulement,

George avait découvert le pot aux roses. Tous les dimanches matin de bonne heure, madame prétendait se rendre au chevet de sa sœur malade à Williamson alors qu'en réalité, ainsi qu'il devait l'apprendre grâce aux rumeurs de plus en plus insistantes entourant cet endroit, elle se rendait à l'Eglise de Dieu aux Signes Manifestes. Elle avait été comme ensorcelée par un charmeur de serpents du Tennessee, et George n'avait réussi à la ramener dans le droit chemin qu'en menaçant de la battre, de divorcer et de provoquer la ruine financière de son épouse. S'il avait su qu'elle comptait aussi parmi les neuf femmes prêtes à payer une fortune chaque dimanche pour rendre visite à un adolescent dans sa cachette montagnarde, qui sait ce qu'il aurait pu faire ! S'il avait appris que, comme ces autres femmes, elle dépensait dans cette tanière des sommes sans cesse croissantes soustraites à l'argent de son époux pour s'offrir la douce brûlure d'une exquise gnôle de contrebande et l'épuisement céleste procuré par un cunnilinguiste ventriloque s'exprimant dans des langues inconnues, George Crews aurait peut-être tué sa femme. Ou bien il aurait été réduit à quia. Contraint aux pitoyables pleurnicheries que l'enfant adresse à sa maman et que son propre fils avait émises après avoir commis l'erreur de croire ce que tant de puissants croyaient. A savoir que les choses resteraient en l'état. Que les puissants demeureraient là, au pouvoir, et que les opprimés resteraient des opprimés, la peau toute noire, salie par la poussière de charbon, et la bouche pourrie. Et peut-être que le statu quo serait respecté encore un moment, mais le changement arrivait, aussi rapide et implacable que les lignes de la N&W et, sitôt mis en branle, ce bouleversement imminent abattrait les arbres et les hommes aussi bien.

Chapitre 11

Il y a des gens capables de vous ratiboiser au premier regard

Cette année-là, l'hiver arriva prématurément. Tous les dimanches, les longs trajets entre son domicile et l'Eglise de Dieu aux Signes Manifestes fendaient les lèvres de Gueule-Tranchée, anesthésiaient ses doigts et ses orteils. Mais il arrivait toujours à l'heure et obéissait aux sempiternelles instructions que J.B. Smith lui ressassait chaque semaine : assure-toi de bien prendre tous les serpents d'un coup. N'ouvre pas la bouche, n'en laisse pas entrer un seul, les gens n'ont pas très bien su quoi faire de ce truc-là. Ne reste pas planté comme un piquet. Bouge un peu les pieds. Agite ta langue. Si tu ne sens pas le Seigneur s'exprimer à travers toi, invente quelque chose.

Le numéro du garçon rameutait davantage de brebis dans le troupeau, et ce numéro devint le clou du rituel dominical. J.B. Smith savait que le baragouin du gamin était du flan, mais ces syllabes incompréhensibles ajoutaient du panache à son magnétisme naturel avec les serpents, ce panache mettait des culs sur les chaises, ces culs assis mettaient des pièces dans les chapeaux, et ces pièces dans les chapeaux mettaient des plats sur la table ainsi que de la gnôle sous les marches de l'entresol. Enfin, ces pièces convertissaient les putains au Seigneur.

Gueule-Tranchée avait même commencé à inventer son baragouin quand il avait le nez dans la partie inférieure d'une anatomie féminine. La vraie marchandise, le Dieu qu'il avait découvert si bas le jour de la fête de l'Indépendance, avait cessé de lui souffler le saint babil. Après la sixième ou la septième fois, il avait dû feindre. Durant toute sa prestation. Ce qui avait été, au moins la première fois avec Anne Sharples, un éveil, se transforma bientôt en corvée. Elles ne le laissaient jamais les embrasser sur la bouche ni planter son poireau. Certaines avaient même émis de telles inquiétudes sur le caractère contagieux de sa maladie qu'il s'était procuré un almanach médical pour leur prouver qu'elles ne risquaient rien. Ewart refusait désormais de mettre les pieds dans sa cachette et elle ne lui adressait jamais la parole à cause de la tendance nouvelle du garçon à l'éviter, voire à l'ignorer. Néanmoins, entre ces femmes et les modestes honoraires qu'il réclamait à J.B. Smith en échange de ses services dominicaux à l'église, la cagnotte de Gueule-Tranchée grossissait à vue d'œil. Il économisait en vue de quelque chose, simplement il ne savait pas quoi.

Un dimanche après-midi particulièrement froid, Gueule-Tranchée était assis en silence à la table de la cuisine avec Clarissa et la veuve. En cette période difficile de l'adolescence, ils ne parlaient presque pas. Le frère et la sœur allaient jusqu'à éviter de se regarder. Mais leurs mains se rencontraient malgré tout chaque fois que la veuve prononçait le bénédicité.

« Nous te remercions, ô Seigneur, pour les aliments posés sur cette table et les membres de notre famille à nos côtés. » Tous disaient *amen*. Puis tous mangeaient. Le bois humide craquait et sifflait dans le poêle, où l'on mettait aussi de petits bouts de charbon et de coke volés sur les crassiers ou ramassés entre les rails du chemin de fer. Le tuyau en acier n'était pas resté longtemps étanche. La veuve toussait. Les vitres s'embuaient d'une vapeur opaque, laiteuse.

Clarissa savait que sa mère savait que Fred Dallara mourait d'envie de coucher avec elle. Gueule-Tranchée savait que sa mère savait qu'il prenait des serpents à pleines mains et qu'il se ridiculisait dans un temple du blasphème. Mais elle croyait que les adolescents devaient commettre certaines erreurs, qu'elle-même les mette en garde contre elles ou pas, et elle restait donc silencieuse.

Ce dimanche-là, le silence devint trop pesant. « En cette vie, leur dit la veuve, il y a des gens qui veulent vous forcer la main. » Les doigts luisants de graisse, elle arrachait la viande sur le dos du poulet dans son assiette. Elle ne leva pas les yeux vers eux. « Ce qu'il faut se demander, c'est pourquoi vous les laissez faire. Ça vous rapporte quoi ? Il y a des embobineurs parmi nous, et si l'un d'eux vous emberlificote suffisamment de fois, vous oubliez ce que c'est d'être vivant, d'être libre et autonome. » Ensuite, elle choisit ses mots avec soin : « Vous vous faites à l'idée que la vie se résume à deux situations : se faire embobiner ou embobiner autrui. Mais on ne vit pas vraiment quand on fait l'un ou l'autre. » Portant la nourriture à sa bouche à l'aide de ses deux mains, elle fit pivoter la carcasse du poulet comme un épi de maïs, en arrachant avec ses dents jusqu'au plus petit morceau de viande.

Clarissa s'excusa et gravit l'échelle du grenier pour écrire une énième lettre qu'elle ne réussissait jamais à envoyer. Elle la cacherait à l'endroit où elle en avait déjà caché tant d'autres.

Gueule-Tranchée resta assis avec la veuve pour manger et consulter de temps à autre sa montre de gousset.

« Tu as un rendez-vous ? s'enquit-elle.

— Non, m'dame », dit-il. Une femme deux fois plus âgée que lui l'attendrait dans une heure au lieu de rendez-vous fixé. Ce serait sa deuxième fois, elle savait donc qu'il était à l'heure et qu'il ne fallait pas s'inquiéter quand il lui mettait un bandeau sur les yeux pour l'emmener jusqu'à sa cachette, quelque part sur le mont Sulfur Creek. Voilà comment on procédait, lui avaient dit les autres femmes, « pour que nous ne sachions pas où c'est au juste ». Cette femme allait attendre et frissonner en sachant que bientôt ses frissons seraient d'un tout autre ordre, et que la chaleur monterait, depuis les orteils vers la tête, comme un flot de feu, simplement parce qu'un pauvre garçon difforme qui saisissait les serpents à pleines mains pouvait faire une chose qu'aucun homme adulte ne pourrait ni ne voudrait faire. Mais ce jour-là, elle allait attendre longtemps. Ses frissons seraient d'une seule sorte. Gueule-Tranchée ne viendrait pas.

A la place, il resta assis en silence avec sa mère, puis il l'aida à faire la vaisselle. Et il regarda, à travers les vitres embuées, les bois, les branches anguleuses des arbres privés de feuilles. Ces branches sur fond de ciel, minces et fouailleuses, comme les vaisseaux sanguins qu'ils avaient examinés dans l'almanach médical. Les paroles de la veuve l'avaient touché. Il avait entendu quand la plupart des gens se contentaient d'écouter. La part qu'il touchait dans ce jeu qu'il avait créé de toutes pièces ne valait pas la chandelle. Il croyait embobiner, quand c'était lui qui se faisait embobiner, et le moment était venu de mettre fin à ce manège.

Le décès de Frank Dallara l'avait attiré vers les austères rituels méthodistes, mais il s'était fait duper et il n'avait réussi à s'échapper qu'en cassant la figure à Hob Tibbs.

Le désir qu'il éprouvait pour Ewart Smith l'avait ensuite entraîné vers l'Eglise de Dieu aux Signes Manifestes, mis entre les griffes des charmeurs de serpents, des vociférateurs en langues inconnues, et des parties les plus saintes de l'anatomie féminine. Mais là encore, il s'était fait avoir, et il s'en tirerait seulement en obéissant aux paroles de la veuve.

Il regardait par la fenêtre, loin au-delà du potager où les tomates s'étaient épanouies au printemps. A la lisière des bois se dressait une silhouette. Un garçon, ou un homme de petite taille. Il disparut aussi vite qu'il était arrivé.

Au bout d'un moment, quand la vaisselle fut terminée, essuyée et rangée, le garçon et la veuve retrouvèrent leurs places respectives autour de la table et elle leur servit un petit whisky de derrière les fagots. Puis elle sortit un journal de la poche de son tablier et le glissa vers lui, avec bien en vue un passage marqué d'une étoile. *Des Balou partout*, annonçait le titre. L'article concernait Huntington. *Pour l'ouverture de la saison du gros gibier, les amoureux de la chasse se rassemblent en masse dans les montagnes afin de traquer l'ours, qu'on dit très abondant en cette période de l'année.* L'article décrivait comment les chasseurs, aidés par une meute de chiens, traquaient l'ours jusqu'à sa caverne et le tuaient. La théorie était la suivante : la mère ourse retournait dans sa caverne pour protéger ses petits oursons, ce qui expliquait la violence du combat qui s'ensuivait. L'article s'achevait sur cette phrase : *Certes c'est un sport dangereux, mais aussi très excitant.* Gueule-Tranchée leva les yeux vers Ona. Elle faillit sourire, puis parla : « Je crois qu'à nous deux, nous n'avons pas besoin de chiens de chasse.

— Non, je crois pas », confirma-t-il.

Une semaine plus tard il aurait quatorze ans. Elle avait déjà été acheter son cadeau à Williamson. Il était dissimulé sous le matelas d'Ona, enveloppé dans du papier de boucher. Une Winchester modèle 1907 fournie par un officier de police devenu prêteur sur gages, un homme prêt à sacrifier un testicule pour une goutte de tord-boyaux. C'était un calibre 351, à chargement automatique. Un chargeur contenant cinq balles, une poignée-pistolet en noyer. Jusqu'à ce dimanche-là, elle n'avait pas décidé si elle garderait encore l'arme cachée sous son matelas ou si elle la donnerait au garçon. Jusqu'à cet instant où ils étaient tous deux attablés pour savourer un verre de gnôle, la puissance du mot écrit et le plaisir partagé de traquer et d'affronter la plus bestiale des bêtes. Les garçons de l'âge de Gueule-Tranchée filaient doux ou filaient un mauvais coton, et la veuve venait de le ramener dans le droit chemin.

*

Une semaine plus tard, le garçon et la veuve se retrouvèrent dans le journal. Quand la rumeur de l'ours noir abattu se répandit, le photographe du *Williamson Daily News* arrangea un rendez-vous avec eux en ville. Devant la banque, il installa sa chambre pliante Eastman Kodak et appuya sur le petit bouton. L'image fut publiée dès le lendemain : *Un garçon de la région (14 ans) et sa tutrice décrochent le trophée.* Sur la balance l'ours noir pesait deux cent trente kilos et il mesurait plus d'un mètre. De mémoire d'homme, ces deux chiffres constituaient des records locaux. Sur la photographie, sa nouvelle Winchester dans une main et la puissante patte de l'ours dans l'autre, Gueule-Tranchée affichait un large sourire. Il avait bel et bien ouvert la bouche pour que tous les curieux puissent voir à l'intérieur.

L'un des lecteurs du journal fut un certain Arthur H. Estabrook, de Washington. Son associé Ivan E. McDougle et lui-même traversaient la région pour rentrer chez eux après avoir séjourné parmi les collines de la Blue Ridge, en Virginie. Là, ils menaient des expériences prolongées sur les habitants, dont ils sondaient et palpaient l'anatomie dans l'espoir d'expliquer pourquoi des individus aussi minables continuaient d'exister et de menacer l'Américain racialement pur, intelligent, spirituel et bien élevé. Ces habitants des collines aux ancêtres mélangés, ils les avaient surnommés « la Tribu BIN ». Ce qui voulait dire Blanc, Indien et Nègre. La circonférence crânienne des BIN, la longueur du pied et du talon d'Achille, l'inclinaison des sourcils et la propension à la dysenterie, la grammaire défaillante, le régime alimentaire catastrophique, la consanguinité et surtout le mélange interethnique, tous ces facteurs devaient les aider à comprendre comment ces gens des collines pouvaient bien exister, et comment nous pourrions tous éviter de devenir comme eux.

L'eugénisme était la doctrine prônée par ces hommes, et en prenant son café du matin M. Estabrook braqua sa loupe sur la photo du journal et en particulier sur la bouche de ce gamin pas tout à fait blanc qui avait abattu un ours géant. « Nous devons trouver ce garçon pour l'analyser », dit-il à son associé.

*

La déesse de la Liberté qui figure sur le billet certifié de deux dollars argent ouvre largement les bras en signe de protection. Ce billet-ci était vieux et fripé. Gueule-Tranchée avait déjà vu de plus grosses coupures. Avant de jeter l'éponge, il avait accumulé un trésor fourni par ces femmes qui avaient besoin de son contact physique. Mais ce billet-ci attira son regard pour trois raisons. D'abord, on le lui tendit dès qu'il ouvrit la porte où l'on venait de frapper. Ensuite, l'homme qui le lui tendait était mieux habillé que tous les individus jamais rencontrés par Gueule-Tranchée, tout comme son acolyte. Leur Mackintosh en cachemire et leur pantalon sur mesure inspiraient le respect. La troisième raison pour laquelle le garçon accepta le billet tendu et les invita à entrer fut que, derrière eux, mal à l'aise et affublée de bésicles, se tenait une jeune femme dont vous ne vous seriez pas détourné au cas où elle vous aurait appelé. C'était une citadine. Chapeau en velours noir, veston à revers et boutons fantaisie. Sous sa jupe plissée en satin elle portait sûrement un corset d'hiver, mais ses formes, avec ou sans corset, auraient suffi à faire se dresser le piquet de tente de n'importe quel gars de la campagne.

Il était seul à la maison.

Ils mirent une minute à s'habituer à leur nouvel environnement, même s'ils avaient déjà vu bien pire. « Comme je l'ai déjà dit, nous travaillons sous les ordres du docteur Charles B. Davenport, du Bureau de l'eugénisme, annonça M. Estabrook en s'essuyant le nez avec un mouchoir.

— Vous voulez me mesurer la tête ? » demanda Gueule-Tranchée.

M. McDougle cessa d'examiner les murs rafistolés en écarquillant les yeux et en s'interrogeant sur le contenu du grenier. « Tu sais ce qu'est l'eugénisme ?

— Je lis le journal. » Gueule-Tranchée adressa un clin d'œil à la jeune femme. Elle détourna les yeux, griffonna quelque chose sur son carnet.

« Je dois reconnaître que je suis impressionné, dit M. McDougle.

— Dis-moi, tu es né dans la région ? s'enquit M. Estabrook.

— J'ai pas bien entendu le nom de la dame.

— Voici Mlle Margie Avon, notre assistante en dernière année d'études à l'université. Elle est la première jeune femme à s'initier à la sociologie à l'université William and Mary. » Estabrook ne fit pas un geste vers elle pas plus qu'il ne la regarda en prononçant son nom. McDougle ne broncha pas non plus. Elle continua de griffonner sur son carnet.

Gueule-Tranchée eut l'impression qu'ils ignoraient la fille en public, mais faisaient le contraire en privé. « William et qui ?

— William and Mary, la plus vieille…

— Dites-moi, fit Gueule-Tranchée en employant la même formule de début de phrase que ses visiteurs, Mlle Avon fait-elle chambre à part à l'hôtel, ou bien dormez-vous tous ensemble dans une grande chambre ?

— Je te demande pardon ? » McDougle fit semblant d'être offusqué.

Gueule-Tranchée ne quittait pas des yeux la donzelle. Elle restait concentrée sur son carnet, mais son visage devint aussi rouge qu'une pomme bien mûre. « J'ai dit : est-ce que vous campez pendant vos voyages d'études quand il n'y a pas de place à l'auberge ? »

Les eugénistes en restèrent comme deux ronds de flan. Estabrook baissa la voix et avança d'un pas. « Nous arrivons tout juste de Grundy, en Virginie. Connais-tu cet endroit ? » Sa moustache était trop lustrée.

« Et comment ! répondit Gueule-Tranchée en regardant droit dans les yeux son interlocuteur aussi grand que lui. J'ai passé un mois dans leur taule. » Il n'avait jamais entendu parler de Grundy.

« Et pour quelle raison, si je puis me permettre ? » Malgré toutes ses connaissances livresques en sociologie, McDougle ignorait tout de la pratique du terrain. Il ne remarquait jamais quand on se payait sa tête.

« Rapports illicites avec la mule de la caserne des pompiers », répondit Gueule-Tranchée.

Bestialité, écrivit Miss Avon sur son carnet.

Estabrook y alla carrément : « Tes ancêtres vivaient à Grundy ?

— Non, m'sieur. »

Un ange passa. Gueule-Tranchée se servit d'un chiffon pour prendre la cafetière cabossée sur la cuisinière.

« Puis-je te demander où vivaient tes ancêtres ? »

Il versa le café dans une tasse en étain, qu'il posa sur la table avant de s'asseoir. Ils le regardèrent siroter son café en tenant la tasse d'une seule main tout en se balançant sur les deux pieds arrière de sa chaise. A travers les volutes de vapeur, il les regarda écrire dans leurs calepins. « Où vivaient mes ancêtres ? Paris France Londres Angleterre, répondit Gueule-Tranchée. Vous allez vraiment me mesurer la tête ? »

Ils demandèrent la permission de le regarder manger, suggérèrent que l'heure du dîner approchait. Il ouvrit une boîte de sardines, puis, à l'aide de son couteau de poche et d'une fourchette, il découpa chacun des petits poissons huileux en cinq morceaux d'égale longueur. Ensuite, il les aspira sur l'assiette, en avançant les lèvres pour attirer chaque morceau de sardine dans sa bouche, comme une espèce d'aspirateur automatique, un morceau, puis un autre, puis encore un autre. Il versa un peu de café au creux de sa paume et le but en l'aspirant de la même manière. Les visiteurs notaient furieusement.

Il prononça un bénédicité à la fin de son repas plutôt qu'au début. Il marmonna des paroles incohérentes, entrelardées de la liste des comtés environnants, le tout en chuchotant. Ils essayèrent de transcrire ses borborygmes, tentèrent de noter ses absurdités à côté des pages où ils avaient décrit d'autres âneries rencontrées au cours de leur voyage d'études. *Nègres affranchis. Mulâtres sang-mêlé. Métis misérables.*

Ils lui mesurèrent la tête après qu'il l'eut redemandé. Et quand il insista, ce fut la fille qui s'en chargea. Ils acceptèrent à condition qu'elle porte des gants. Le plaisir divin de ce contact faillit l'endormir.

Il évoqua des coutumes inventées de toutes pièces afin qu'ils en prennent bonne note. Boire du sang d'écureuil pour éliminer les champignons des pieds, glisser un tisonnier brûlant dans l'oreille contre les brûlures d'estomac. Quand on l'interrogea sur la veuve, ses sources de revenus et sa capacité à gagner sa vie, il mentit de manière convaincante. La culture du tabac, expliqua-t-il, la construction de toilettes extérieures. Elle allait devenir très riche. Quand on lui demanda pourquoi il ne portait pas le même nom de famille qu'elle, il mentit encore. Son nom de famille, dit-il, devait rester celui de son père afin de perpétuer la filiation, car son géniteur s'était fait la malle à Paris France Londres Angleterre.

Ils notèrent scrupuleusement tout cela.

Le moment arriva où McDougle demanda : « Et ton problème buccal ? A mon avis, une gingivite chronique ? As-tu consulté un médecin ?

— Belzébuth, fit Gueule-Tranchée.

— Je te demande pardon ?

— Celui qu'on a envoyé dans le brasier. Il m'a fait don de cette bouche. » Au creux de sa paume il aspira encore un peu de café, désormais froid, le fit circuler à l'intérieur de sa bouche, puis le cracha par terre devant les chaussures pointues, en beau cuir, de Mlle Avon. « Flocons de poussière au fleuve de l'air, ajouta Gueule-Tranchée, exactement comme ceux-là. » Il tendit la main vers les grains de poussière qui tourbillonnaient dans les derniers rayons de soleil entrant par la fenêtre de la cuisine. « Ils peuvent infecter le corps, à travers les gencives, la bouche et le cerveau de la gorge. Les cellules de Belzébuth, faut pas les emmerder. » Il sourit largement. Ils cessèrent aussitôt de le dévisager d'un air ahuri, baissèrent la tête, reprirent leurs notes.

« Je vois à travers les choses », déclara ensuite Gueule-Tranchée.

La porte s'ouvrit brusquement et la veuve entra, le doigt sur la détente d'un Derringer planqué dans la poche de son manteau. Elle les avait entendus parler à dix mètres de là et elle s'était préparée à rencontrer les hommes qui voulaient lui bousiller ses petites opérations de vente d'alcool clandestin. « Qui êtes-vous ? » demanda-t-elle. Gueule-Tranchée resta assis et regarda, derrière la silhouette de sa mère, sa sœur qui tenait un sac de commissions. Elle semblait minuscule dans l'encadrement de la porte ouverte. Il cessa de sourire.

« Je m'appelle Arthur H. Estabrook, de la Carnegie Institution, madame. » Il voulut continuer, mais elle le coupa aussitôt.

« Dehors », commanda-t-elle. Mlle Avon s'était déjà faufilée par la porte.

« Nous espérions pouvoir nous entretenir aussi avec vous.

— Dehors », dit-elle plus fort, et les deux hommes l'écoutèrent et se tinrent cois, hormis quelques formules de politesse en partant.

Clarissa entra et se mit à déballer les courses faites chez l'épicier. La veuve dévisagea le garçon jusqu'à ce qu'il décide de faire de même.

Après toutes ces allées et venues assez incohérentes, la porte était restée trop longtemps grande ouverte. Une journée suffirait à peine pour chasser le froid hors de la maison.

*

La veuve n'aimait certes pas que des inconnus mettent les pieds chez elle, mais elle se retint un bon moment de punir le garçon. Le lendemain, en ville, elle se rendit à l'hôtel où étaient descendus les trois citadins sophistiqués. Ils logeaient à l'Urias, reconstruit après l'incendie où Frank Dallara avait trouvé la mort. Anse Pilcher, le propriétaire, ne se montra guère pressé de parler à la veuve, et elle pas davantage encline à lui adresser la parole, car, comme Gueule-Tranchée, elle détestait cet homme. Le bruit courait toujours qu'il avait envoyé Frank Dallara dans les flammes, qu'il aurait pu le sauver, mais qu'il ne l'avait pas fait.

Les eugénistes étaient partis. Elle posa quelques questions. Ils voyageaient, lui dit-on. Des espèces de professeurs. La capitale de la nation.

Elle attendit encore un jour avant de parler au garçon. Alors, après le dîner, une fois Clarissa montée au grenier afin de se soustraire aux seuls habitants de cette planète qui l'aimaient assez pour mourir pour elle, la veuve arrêta de sécher des vêtements à l'essoreuse en fer et en caoutchouc, pivota sur les talons et frappa durement Gueule-Tranchée au front. Il s'attendait à ce qu'elle lui dise que ses tâches étaient terminées.

« C'est pas tant que tu aies laissé ces gens entrer ici », expliqua-t-elle. Leur maison, comme celle de tous les habitants de ces montagnes, avait toujours été ouverte aux voyageurs de passage. « C'est que tu sois resté assis avec eux en les laissant t'étudier comme un singe de la jungle. Je sais très bien ce qu'ils manigancent, et comment ils s'y prennent avec les gens comme nous. Et toi, tu leur as servi la soupe jusqu'à plus soif. »

Il voulut lui répondre que ce n'était pas le cas. Qu'il avait jeté une bonne poignée de sable dans leur machinerie scientifique, saboté leur baratin raffiné avec ses propres sornettes. Des sornettes si délirantes qu'elles allaient ébranler leurs âneries eugénistes. Mais il ne dit rien, car il savait que c'était le moment d'écouter, et puis il ne savait plus si, après tout, ce qu'il venait de faire était vraiment révolutionnaire. Rétrospectivement, c'était peut-être complètement idiot.

« Ces types-là, tout ce qu'ils veulent c'est te cataloguer, t'enfermer dans un tiroir. » Elle avait les poings sur les hanches et Gueule-Tranchée, tout penaud, ne levait pas les yeux plus haut que ça. « Ils veulent te traquer comme un chien de chasse lancé sur une piste sanglante, te qualifier de mi-Powhatan mi-nègre, expliquer aux messieurs qui montent dans les tramways pourquoi on pourrait bien avoir envie d'habiter un trou paumé entre deux collines. » La veuve s'inquiétait de l'avoir de nouveau perdu au profit des embobineurs, juste après l'avoir sauvé de sa vie dissolue. Voilà qu'il se faisait encore avoir ! Ses mains quittèrent ses hanches pour lisser ses cheveux. Il leva un instant les yeux et remarqua des fils gris dans la chevelure de sa mère, des fils qui n'étaient pas là la dernière fois qu'il avait regardé. « Si on les écoutait, reprit-elle d'une voix plus calme, plus lasse, nous serions tous pareils.

— Comme eux ? demanda-t-il avec sincérité.

— Tous pareils. » Elle regarda la peau rougie par le coup qu'elle venait de lui donner, et regretta de ne pas pouvoir effacer cette marque. « Ou peut-être qu'ils se débrouilleraient pour que nous n'existions tout bonnement plus. »

Chapitre 12

Arrivèrent alors une guerre ou deux

La raison pour laquelle M. Estabrook et ses semblables étaient fascinés par les dépossédés s'enracinait dans un sentiment qui ressemblait à l'envie. L'envie pour ceux qui s'en tiraient à la force du poignet. L'envie pour tous ces gens qu'ils ne comprenaient pas : ces habitants des collines qui, envers et contre tout, manifestaient le désir implacable de maîtriser un savoir-faire ou un autre. Et Gueule-Tranchée faisait partie de ceux-là. En plus de ses talents pour creuser, grimper, inventer et plaire aux femmes, des talents connus d'une petite poignée de gens seulement, il y avait son aptitude évidente à mettre en joue et à tirer. Ainsi, avec presque n'importe quelle arme, il était capable de viser et de descendre la plupart de ses cibles. Ce que Frank Dallara avait constaté durant toutes ces années, l'entraînement l'avait plus que confirmé. Le garçon au coup d'œil fatal venait de tuer un ours colossal. L'as de la gâchette collectionnait les trophées. Et cette adresse phénoménale avec les armes à feu ne passa pas inaperçue en cette époque de guerre mondiale imminente où les marchands de canons se frottaient les mains. Même dans les collines du sud de la Virginie-Occidentale, tout le monde était sur le qui-vive depuis le jour où un gamin de Sarajevo guère plus âgé que Gueule-Tranchée avait collé son revolver à l'intérieur de la voiture de l'archiduc et appuyé sur la détente. La Main Noire avait parlé et le monde devait écouter son oracle. Moins d'un an plus tard, les journaux parlaient des Allemands et de leurs gaz mortels.

Quatre petits mois après le quatorzième anniversaire de Gueule-Tranchée, son président déclara la guerre à ces Allemands gazeux. L'homme-garçon se souhaita plus vieux de quelques longueurs de calendrier. Il eut envie de dégommer autre chose que du gros gibier.

Le 5 juin 1917 arriva et passa. On appelait ça la conscription. Le *Williamson Daily News* déclara *Il n'y a pas de tire-au-flanc à Mingo* et c'était la vérité. Tous les hommes en âge de se battre s'engagèrent. A l'exception des mineurs de charbon, dont le devoir civique consistait à assurer la production en temps de guerre. Mais à Mingo, même les mineurs ne purent s'empêcher d'aller à la guerre et beaucoup d'entre eux revinrent les pieds devant pour y jouir d'un repos éternel. *Nulle part sur terre on ne trouvera des jeunes gens plus courageux et plus décidés à se battre, et chacun semble prêt au combat quand résonne dans ce comté l'appel du clairon,* poursuivait le journaliste. La tranche d'âge située entre vingt et un et trente ans était mobilisée d'office, ce qui n'empêcha pas des hommes plus jeunes de s'engager. Pourtant, malgré sa taille et sa mine qui suggéraient un garçon plus âgé, Gueule-Tranchée était un peu trop jeune. Ainsi, tandis que le procureur sommait tous les shérifs de comté de lui signaler les noms des tire-au-flanc – ceux qui devaient s'engager, mais ne le faisaient pas –, Gueule-Tranchée regarda deux fois en frissonnant *La Révélation*, un film qu'on projetait au cinéma de l'Hippodrome. Sur l'écran, alors que l'orchestre rugissait, le valeureux bandit Ice Harding dressait un cheval sauvage et l'appelait King. Ensemble, ils attaquaient les diligences. Enfin, le bandit quittait la ville à cheval. Pour un garçon de seize ans, il n'y avait rien de plus beau qu'un bandit s'en allant vers l'horizon, libre.

Pendant que les garçons plus âgés combattaient et mouraient, Gueule-Tranchée s'entraîna au tir et peaufina son regard de bandit. De temps à autre, il boxait avec Arly Scott Jr., devenu un jeune amateur très prometteur.

A dix-sept ans, Gueule-Tranchée renonça à fréquenter l'école.

Lorsque J.B., le père d'Ewart Smith, mourut d'une morsure de serpent, le garçon profita de la vulnérabilité de la jeune fille pour enfin tremper son biscuit dans ce pot de miel qu'elle lui avait tant de fois refusé. Pour elle, ce fut très douloureux. Pour lui, décevant. Terminé en un rien de temps et d'une maladresse insigne. Il se mit donc à éviter Ewart coûte que coûte.

Il évitait aussi Clarissa, Hob Tibbs et Ann Sharples, laquelle avait tant bien que mal installé un bordel à l'hôtel Urias dans la grand-rue. L'une de ses premières recrues fut la malheureuse Ewart Smith abandonnée.

Lorsque l'une ou l'autre de ces connaissances passées traversait le champ de vision de Gueule-Tranchée, il changeait de direction ou de trottoir. Il buvait tout seul dans sa cachette. Ses années d'adolescence l'avaient rendu morose, et quand le journal annonça la fin de la guerre, une autre, plus proche de chez lui, se prépara à éclater. C'était une époque étrange, et le journal en parlait aussi. Ses pages étaient remplies de demandes publiques de port d'arme. Gueule-Tranchée n'était pas le seul à avoir des démangeaisons.

Le *Daily Mail* annonça le nom du lauréat du prix Nobel de chimie, un Allemand qui avait inventé un gaz mortel, une saleté asphyxiante jaune-vert. Apparemment, l'éthique comptait désormais pour du beurre. Seul importait le pouvoir d'une invention. Et face à ce pouvoir, d'honnêtes ouvriers se trouvaient capables de faire appel à leurs instincts les plus bas.

*

Les hommes marmonnaient et s'organisaient, ils écoutaient déjà John L. Lewis et ses déclarations tonitruantes, quand le quartier général de Superior-Thacker explosa. Le siège de la compagnie charbonnière fut pulvérisé le premier jour de l'année 1920 et, dans un rayon de plus de trois kilomètres, les fenêtres des particuliers et les vitrines des commerçants payèrent leur tribut en bris de glace. Comme d'habitude, la compagnie déclina toute responsabilité.

Les camions de charbon grondaient partout, lancés à pleine vitesse dans les rues tortueuses, dont ils défonçaient la chaussée comme des rivières recouvertes de glace, et là encore aucun dédommagement ne fut versé par l'entreprise minière. Au nord de Matewan, à Kermit, la compagnie charbonnière Grey Eagle décréta unilatéralement que les routes publiques étaient désormais privées et, pour protéger son nouveau bien, elle les fit garder par de sinistres sbires armés de fusils.

Les mineurs parlaient entre eux de tous ces méfaits. Tous ces actes illégaux subis en silence et métamorphosés en une rage terrible. Cette rage était si puissante qu'elle transforma en improbables camarades des hommes sinon séparés les uns des autres et supposés inégaux. Des Blancs et des Noirs qui normalement ne mettaient jamais les pieds chez les membres de l'autre race. Tôt le matin et tard la nuit, des hommes comme Arly Scott Sr. et Bill Blizzard discutaient de la situation devant une tasse de café et parfois un verre de whisky. Et de plus en plus souvent, ils l'évoquaient devant leur épouse et leurs enfants. Ils avaient davantage de temps pour le faire, car ils s'étaient fait virer sans préavis pour avoir arboré les insignes du syndicat District 17 durant une tournée de mobilisation générale qui avait traversé les collines en une vague salvatrice.

Voilà comment Gueule-Tranchée apprit de première main que le syndicat, comme celui des chemins de fer avant lui, était monté en puissance. Et avec lui arriva le jour qui devait le rendre célèbre.

C'était un dimanche après-midi. Chez les Scott, Gueule-Tranchée et Arly s'entraînaient avec deux paires de vieux gants défoncés d'Arly Sr. L'ancien champion prônait une pratique quotidienne de la boxe, la corde à sauter, les pompes et les flexions-extensions. Cet entraînement avait rendu de grands services à Arly Jr., qui restait invaincu après quatre combats amateurs. Calme et pondéré pour son âge, il semblait promis à un bel avenir.

A la cuisine, les garçons entendirent Bill Blizzard se lever et déclarer : « Bon Dieu, il est plus que temps d'arrêter la parlote et de passer à l'action ! » Gueule-Tranchée cessa de balancer des coups de poing pour regarder dans cette direction et encaissa aussitôt une bonne droite de son ami. Il atterrit sur le cul, le nez un peu douloureux mais l'oreille toujours aux aguets. Arly aussi écouta la conversation. Arly Sr. leur lança un rapide coup d'œil. Dans ce regard, les deux garçons lurent l'ordre de poursuivre l'entraînement. Ils se mirent donc à faire des pompes, avant de passer aux flexions-extensions.

« Sid nous soutiendra », assura un type affable nommé Ed Chambers. Le Sid en question était Sid Hatfield, le chef de la police de Matewan, récemment nommé par le maire Testerman et entièrement acquis à la cause des mineurs. Hatfield était un homme dur et jeune, au regard implacable et à la détente facile. Il avait franchi ces gros nids-de-poule en voiture, tout comme les autres, il savait comment la compagnie traitait ses ouvriers, ce qu'elle faisait des récalcitrants. Il pouvait lancer une patate en l'air et la pulvériser avec son arme de service, cette même arme dont il s'était servi pour occire un contremaître de la mine cinq ans plus tôt au cours d'une bagarre. Il avait justifié son geste en invoquant la légitime défense. Le tribunal avait accepté sa version des faits.

« Ces types de la Baldwin-Felts commencent à péter plus haut que leur cul », ajouta Blizzard avant de poser si violemment son verre sur la table qu'il faillit voler en éclats. Les hommes de la Baldwin-Felts étaient des flics embauchés par les opérateurs miniers qui leur accordaient à peu près le statut de truands salariés et en faisaient le bras armé des contremaîtres. Ils encadraient tous les caprices de la compagnie et, comme toutes les compagnies charbonnières, ils se moquaient éperdument que quatre cents hommes aient trouvé la mort l'an passé au fond de ces trous, victimes malheureuses des coups de grisou et des effondrements.

« Ce qu'il faut qu'on fasse, c'est empêcher ces trains de briseurs de grève d'atteindre la ville », dit Arly Sr. Les opérateurs miniers avaient pris l'habitude de faire venir des hordes d'ouvriers pour travailler à la place de ceux qui ne le voulaient ou ne le pouvaient plus. La semaine précédente, Petit Arly et Gueule-Tranchée avaient lancé des pierres sur un tel convoi, et histoire de s'amuser un peu, Gueule-Tranchée avait même visé un jaune avec sa Winchester vide, l'index éloigné de la détente.

Ce jour-là, en marchant vers les hommes rassemblés dans la cuisine, alors qu'il venait de se faire frapper au visage et qu'il affichait son air renfrogné de bandit, Gueule-Tranchée choisit d'en parler. « La semaine dernière j'avais un de ces briseurs de grève dans ma ligne de mire, dit-il. J'allais pas le buter, bien sûr. Mais si je l'avais voulu, ça ne m'aurait posé aucun problème. »

Tous devinrent silencieux et les deux Arly secouèrent la tête, ainsi qu'ils le faisaient souvent quand cet étrange garçon blanc parlait. Mais tout le monde connaissait les talents de tireur d'élite de Gueule-Tranchée, et un mineur maigrichon dit alors : « C'est pas une mauvaise idée pour la suite. Tirer pour blesser mais pas tuer. » Les hommes réunis eurent l'air sidéré. Le mineur maigrichon s'expliqua : « Pas les jaunes, évidemment, mais ces truands qui la semaine dernière encore ont frappé le petit Jerry à coups de crosse de pistolet. Ces salauds pourraient bien se retrouver avec une balle dans la jambe. »

Sur le moment, cette idée les fit presque rire. Ils faillirent l'écarter d'emblée pour passer à la suite. Mais le souvenir du visage de ce malheureux mineur leur revint alors à l'esprit. Les marques violacées et les plaies laissées par la crosse du pistolet. Et puis la perte de leur gagne-pain les obsédait, ainsi que la perte de leur ardoise au magasin de la compagnie, sans oublier la menace de perdre leur maison, elle aussi propriété de la compagnie. Tout cela s'ajouta aux instincts fondamentaux récemment remontés à la surface, avec pour résultat l'inclusion des deux jeunes de dix-sept ans dans leur cercle. L'un d'eux soupçonna qu'on allait une fois encore se servir de lui, mais c'était sans importance, car cette fois-ci il aurait un fusil entre les mains. Tout ce qu'il aurait à faire, ce serait de fermer un œil et de plier l'index.

*

Le garçon qui avait jadis fabriqué de minuscules chevalements de mine avec des bouts de métal se retrouva bientôt à en faire tomber de gigantesques avec de la dynamite. Les deux Arly, lui-même et les autres posaient les explosifs la nuit, et le lendemain, à l'endroit où l'on chargeait le charbon il n'y avait plus rien qu'un grand trou noir. Ils dynamitèrent le chevalement de Red Jacket ainsi que celui de Tomahawk.

Quand les opérateurs rouvraient une mine, les jaunes qu'ils embauchaient se faisaient chasser à coups de fusil. Il s'agissait simplement d'une tactique dissuasive, jamais plus, jusqu'au jour où quelqu'un riposta.

Gueule-Tranchée effectuait une mission contre les briseurs de grève dans le comté de McDowell, en compagnie d'Arly Jr. et d'un jeune mineur nommé Kump. Ce dernier était là uniquement parce qu'il avait hérité d'une automobile et assurait donc le transport. Allongés à plat ventre derrière un érable abattu, ils mangeaient des sandwiches au saucisson. Le moment venu, ils tirèrent des coups de feu en l'air, dont les échos firent détaler les briseurs de grève qui marchaient lentement à la queue leu leu. Ils mitraillèrent l'entrée de la mine, en faisant bien attention de ne blesser personne. Mais ce jour-là, les propriétaires de la mine avaient envoyé quelques gars de la Baldwin-Felts, qui localisèrent l'origine de ces détonations et pointèrent leurs armes de faible calibre pour retourner les coups de feu qu'ils recevaient.

Le première balle qui passa près d'eux attira l'attention des jeunes gens. Elle expédia des morceaux d'écorce dans la bouche ouverte d'Arly Jr., qui se jeta aussitôt à plat ventre derrière l'arbre abattu. La balle suivante se logea dans la mâchoire du jeune mineur nommé Kump et lui déchiqueta le visage. Son sang jaillit, descendit en larges filets rouges le long de son cou très blanc, s'amassa contre son col de chemise jusqu'à ce que le tissu en soit complètement imbibé. Tout le visage de Kump devint écarlate, et le malheureux tomba en avant, toujours vivant mais silencieux comme un mort.

Gueule-Tranchée n'avait jamais vu une telle horreur frapper un homme, seulement des cerfs et des ours. Même alors, il n'avait jamais vu une masse aussi affreuse de sang et de peau, un ruissellement aussi saisissant. Mais il se détourna vite de ce spectacle atroce pour aligner dans sa mire les flics de la Baldwin-Felts. Ils étaient deux. Il lui restait trois balles dans son magasin. D'abord, le grand au chapeau melon. Un coup de feu, le tibia. Sans doute explosé. L'homme qui, l'instant d'avant, se tenait debout et visait, se retrouva blessé, le temps que Gueule-Tranchée ferme un œil et appuie sur la détente ainsi qu'il l'avait déjà fait des milliers de fois auparavant. Sans réfléchir, il fit pivoter légèrement son arme vers la gauche, et le flic trapu se retrouva aligné dans l'encoche du canon de son fusil. Cette fois ce fut la cuisse, une cible charnue, et l'homme bascula comme son ami une seconde plus tôt. Tous deux avaient lâché leur arme et perdu leur chapeau. Les gestes désordonnés d'un homme qui venait d'encaisser une balle avaient quelque chose de pathétique.

Il restait une dernière munition dans le magasin. Gueule-Tranchée effectua quelques allers et retours entre les deux flics, cibla un homme qui clopinait puis un autre tandis qu'ils essayaient de se mettre à l'abri. Le garçon visa leur tête, parfaitement ronde et lisse, les reflets du soleil sur leurs cheveux gominés, les gouttes de sueur dans leur moustache. Il en était toujours ainsi lorsqu'il chassait. La proie grossissait dans la ligne de mire, des détails microscopiques apparaissaient soudain.

Il visa leur poche de poitrine, la couture des épaules, le cœur, le ventre et les rotules. Puis la partie vitale de tous les hommes – le pli situé entre leurs cuisses. Mais il ne tira pas. Gueule-Tranchée était peut-être beaucoup de choses à la fois, mais certes pas un assassin.

Les « Oh, Dieu ! » en provenance d'Arly détournèrent son attention. Gueule-Tranchée se laissa tomber derrière le tronc d'arbre et regarda. « Oh, bon Dieu ! » répétait sans arrêt Arly avec le désespoir déchirant d'un parent éploré lors d'un enterrement. Ses mains s'agitaient au-dessus du garçon tombé à terre, mais elles ne savaient pas comment s'y prendre.

Gueule-Tranchée mit son fusil en bandoulière, puis s'accroupit à côté de son ami. Tous deux enlevèrent leur manteau, y découpèrent des bandes de laine avec le couteau de poche d'Arly. Ils emmaillotèrent le bas du visage de ce jeune homme dont ils connaissaient seulement le nom de famille. Sa plaie fumait et la vapeur se dissipait dans l'air glacé de mars, se fondant parmi les volutes de leurs deux haleines.

Dès que le sang s'arrêta de couler, ils le hissèrent et coururent. Arly lui tenait les poignets, Gueule-Tranchée les chevilles. Ils marchèrent à travers bois jusqu'à la voiture de Kump, une Ford Model T Touring Type 1914, pas entièrement fiable.

Arly s'installa au volant, puis ils se laissèrent dévaler au bas de la colline au moment même où les gardes de la mine atteignaient la route à pied ; mais quand ils levèrent leurs fusils, les fuyards étaient déjà hors de portée. Comme toujours dans la partie sud de la Virginie-Occidentale, dès qu'une colline s'achevait une autre commençait aussitôt. Essoufflés, les gardes de la mine avaient les mains sur les genoux tandis que l'automobile s'éloignait. Mais avant de disparaître tout à fait hors de vue, la Model T se mit à toussoter en montant la pente. Kump parla aussitôt, malgré le flot de sang qui risquait de l'étouffer. « Le réservoir d'essence, dit-il. Marche avec la gravité.

— Quoi ? » s'écria Arly.

Gueule-Tranchée avait vaguement entendu parler de ce système d'alimentation du moteur. Le réservoir se trouvait sous le siège avant et, dès que la route devenait trop pentue, l'essence n'arrivait plus dans le moteur, à moins de faire rouler le véhicule en marche arrière pour gravir ainsi la pente. Alors qu'il expliquait ce problème à Arly et qu'ils faisaient faire demi-tour à la voiture, un garde de la mine remarqua leurs ennuis et, suivi des autres, il se lança à leur poursuite. Bientôt, les balles se mirent à siffler autour du pare-brise toutes les trois ou quatre secondes. L'une se logea dans la calandre avec un bruit assourdissant. Arly réussit à faire rouler la voiture assez vite pour qu'ils atteignent sains et saufs le sommet de la colline, puis il exécuta un autre demi-tour et réussit à mettre une bonne distance entre eux-mêmes et leurs poursuivants.

Ils avaient frôlé la mort, filé sans encombre, puis encore frôlé la mort quand l'invention automobile les avait lâchés. Ils avaient failli périr sous une grêle de balles tandis que leur engin remontait une colline en marche arrière. C'était comique. Lorsqu'il se crut autorisé à le faire, Gueule-Tranchée se mit à rire. Dans la Model T qui roulait maintenant à un train d'enfer, il poussa un grand cri de joie, et Arly Jr., qui avait conduit une seule fois une voiture dans sa vie, et encore sur terrain plat, l'imita. Le vent de la vitesse emporta leurs hurlements de bonheur vers les régions qu'ils laissaient derrière eux, tant et si bien qu'ils oublièrent presque l'homme qui gisait sur le siège arrière et se vidait de son sang.

*

Deux personnes seulement avaient jamais frappé à la porte de la cachette. Ewart autrefois. Et plus récemment, Arly Jr. Mais en cette matinée de la mi-mars où les rayons du soleil entraient à flots par les fentes de la trappe supérieure et par les interstices de la terre, une main inconnue frappa contre le bois. Gueule-Tranchée était sur ses gardes depuis la fusillade de McDowell, et sans savoir avec certitude si la veuve l'avait officiellement flanqué à la porte de chez elle, il avait pris l'habitude de passer presque toutes les nuits dans sa cachette, d'autant que l'hiver avait fait long feu. Il avait dépensé une modeste partie de ses économies pour acheter un revolver, un Colt Cop & Thug .38 qui avait connu des jours meilleurs, et, de l'endroit où il était allongé sous la lourde peau du fameux ours colossal, il pointa son revolver sur le panneau de la trappe.

Au-dessus de lui, une voix dit : « Je t'ai entendu armer ce chien, fiston. Maintenant tu ferais bien de poser ton arme. J'en ai une dans chaque main et je crois que tu sais très bien que deux flingues valent toujours mieux qu'un. » Le visiteur avait laissé peu de doutes quant à son identité, et Gueule-Tranchée obtempéra sans attendre. « T'as posé ton arme ? s'enquit la voix.

— Oui, m'sieur.

— Voilà un brave garçon. Maintenant, ouvre-moi. »

Là encore, il fit ce qu'on lui demandait, il tira sur la chaîne et plissa les yeux vers la mince silhouette qui le surplombait. Sid Deux-Feux était fidèle à sa réputation avant même d'avoir acquis ce surnom, qui lui vint plus tard. Ce matin-là, le visiteur rengaina ses armes et se laissa glisser dans la pièce de quatre mètres carrés. Il referma la trappe derrière lui. « Ouah, lâcha-t-il. Quelle puanteur là-dedans ! Ça sent le trou de balle à l'origan. »

Gueule-Tranchée avait déjà croisé Sid Hatfield, brièvement. Mais en face de lui, il perdit sa langue et put encore moins rire en entendant le langage fleuri du policier.

Hatfield portait un costume trois-pièces. Son col de chemise montant était aussi large que ses pommettes, et ses paupières tombantes étaient celles d'un vieillard. Il perçut l'hésitation du jeune homme et attaqua bille en tête : « Il paraît que tu as eu quelques ennuis à McDowell », commença-t-il.

L'espace d'un instant, Gueule-Tranchée crut que le shérif était venu l'arrêter, que les rumeurs de l'implication de Sid aux côtés des mineurs étaient exagérées, que lui-même ferait peut-être bien de saisir son Colt là où il l'avait posé près de lui avant de se faire menotter et encager. Mais il resta immobile comme une statue.

« Ce qu'il faut que tu comprennes tient en deux mots, reprit Hatfield. Deux mots que j'ai répétés encore et encore, et que je continuerai à répéter jusqu'à ce que mes os servent de grand-route aux taupes et aux scarabées. » Il considéra Gueule-Tranchée avec une sorte de respect, une espèce de sauvagerie. « Légitime défense, dit-il. Deux mots. Tant qu'un autre homme a pris une arme et qu'il l'a utilisée pour tenter de mettre un terme à ta vie, tu n'as aucun souci à te faire si tu mets un terme à la sienne. Fin de l'histoire. » Gueule-Tranchée n'avait mis fin à la vie de personne, mais Sid était venu rassurer le garçon malgré tout. Soulager sa conscience. Néanmoins, il n'était pas venu que pour ça. « Je veux te montrer quelque chose, dit-il en quittant sa position accroupie afin de rouvrir la trappe. Je te laisse enfiler ton froc. Et puis, à ta place, je réfléchirais à un autre endroit où installer ma planque. » Il se hissa vers la lumière et rejoignit un arbre tout proche. Il s'appuya contre le tronc et leva les yeux, droit vers le soleil.

*

Sid Hatfield savait que ce matin-là le soleil ne durerait pas, et il avait raison. Vers dix heures, le ciel ressembla au crépuscule. Un front froid arrivait rapidement. Dans d'autres régions, la violence du vent et la coloration gris violacé de l'air auraient annoncé une tornade, mais pas ici. Car ici, il y avait des collines capables de réduire à néant ces caprices de mère nature.

Ils s'y étaient enfoncés en voiture, Gueule-Tranchée et Sid, espérant échapper à la pluie. Aucun des deux hommes ne parlait tandis qu'ils roulaient. Au bout d'un moment, Sid dirigea la Ford Phaeton du maire Testerman vers le campement de tentes de Lick Creek. Gueule-

Tranchée l'avait déjà vu, au début de l'hiver, mais il était maintenant bondé de mineurs et de leurs familles chassés de chez eux. Le prix à payer pour la grève était de plus en plus élevé et cette évidence crevait davantage les yeux à Lick Creek que nulle part ailleurs. Il mit une bonne minute à se décider à descendre de voiture. « Bon. Viens, mon garçon », dit Hatfield qui marchait déjà dans le campement.

Gueule-Tranchée le suivit. Les rues improvisées étaient plutôt calmes. Les gens se tenaient pelotonnés autour de modestes feux allumés devant les tentes, ou bien ils dormaient les uns contre les autres à l'intérieur. Il lui fallut contourner un chien allongé sur le flanc. L'animal était couvert de parasites ; depuis les oreilles jusqu'à la queue c'était une masse purulente de peau et de maigres poils. Il était peut-être mort. Il était peut-être endormi.

Un enfant sortit en courant d'une tente située dans la partie est du campement. Il n'avait sans doute pas plus de trois ans. Sa mère lui cria dessus en italien, peut-être pour lui reprocher de ne pas porter de chaussures. On entendait partout des gens tousser, le genre de quintes qui fait mal rien qu'à les entendre, et la misère suintait de toutes les tentes dressées au milieu de la boue souillée de pourriture et de morceaux de papier qui voletaient çà et là.

Sid Hatfield se dirigea vers une famille noire, dont la matriarche faisait cuire des haricots pinto sur des parpaings chauffés par des pierres grosses comme des balles de base-ball. « Madame Belcher, lui dit-il en la saluant de la tête.

— Benjamin ! » cria-t-elle vers la lourde toile de tente derrière elle.

Un Noir en sortit, suivi d'un autre. Gueule-Tranchée ne connaissait pas le premier, mais le second n'était autre qu'Arly Scott Sr. Soit il ne remarqua pas la présence du garçon derrière le chef de la police, soit il l'ignora.

« Sid », dit Arly Sr. en tendant la main. Ils échangèrent une poignée de main. Le prénommé Benjamin baissait les yeux vers ses chaussures et donnait des coups de pied dans la boue séchée.

« Tu as vu le New-Yorkais dans les parages ? demanda Sid.

— Je lui ai parlé ce matin. Il est dans le coin, répondit Arly Sr.

— Bon. » Le policier regarda autour de lui, comme s'il guettait des ennemis. « Arly, tu connais le jeune G.T. », dit-il. Ce fut étrange d'entendre ces initiales ainsi employées. Sans affectation, sans intention désagréable.

Arly Sr. adressa un signe de tête à Gueule-Tranchée et se renfrogna. « T'étais pas censé faire profil bas pendant un certain temps, toi ?

— Il n'a enfreint aucune loi, dit Sid.

— Voici Benjamin Belcher, mon neveu originaire de Chicopee, en Georgie. Il est arrivé en octobre de l'an dernier pour les mines. »

Benjamin Belcher avait déjà fait la connaissance de Hatfield, mais il avança d'un pas pour serrer la main de Gueule-Tranchée en continuant de regarder ses chaussures ou le sol autour d'elles. Il marmonna : « Depuis octobre j'ai toujours pas trouvé de boulot digne de ce nom. »

Arly Sr. eut alors des paroles dures pour son neveu. « Le syndicat prend soin de toi, non ? Il ne te donne pas les billets sur lesquels tu comptais en venant ici ? Dix billets par semaine, plus le médecin pour la maladie de ton gamin. » Il y avait de la colère entre ces deux-là. Vivre ensemble comme des chiens aboutit à cette inimitié.

La colère. Elle brillait dans les yeux de Benjamin Belcher, de son épouse et du gamin qui entre les plis de la tente passa sa tête difforme. Ils en voulaient à Arly Sr. d'avoir fait construire sa propre maison après s'être juré de ne jamais habiter un logement de la compagnie charbonnière. De s'être élevé dans la hiérarchie du syndicat et de fraterniser avec certains Blancs. Pour eux, ce n'était qu'une succession de problèmes inextricables, et autour d'eux ces étranges habitants des collines rendaient leurs problèmes encore plus insupportables.

Sid considéra les deux hommes, puis cracha par terre à côté de lui. « Bon, fit-il, je ferais mieux de trouver ce journaliste et de le mettre au parfum.

— Je l'ai déjà présenté à Bill Blizzard, dit Arly Sr. Il lui a expliqué en long et en large le genre de personnes que nous accueillons ici. » Le genre dur. Fier. Obstiné.

Sid et Gueule-Tranchée s'éloignèrent de la tente qui abritait la famille originaire de Georgie. Benjamin s'assit alors sur une bûche et se mit à jouer de l'harmonica. Gueule-Tranchée se retourna pour regarder. Jamais il n'avait entendu un son aussi beau. Il pensa à son propre harmonica dont il n'avait jamais tiré la moindre note. L'instrument de son père. Il observa la manière dont Benjamin, le gars du Sud, nichait le petit objet au creux de sa paume, ouvrant et refermant la main pour laisser fuser son désespoir. C'était le blues, la musique d'un peuple opprimé mais non brisé, et Gueule-Tranchée devait toujours s'en souvenir.

Ils découvrirent le journaliste du *New York Times* accroupi à côté d'un tas d'ordures. Il parlait avec une fillette qui ne devait pas avoir plus de six ou sept ans. « Toile cirée », disait-elle en réponse à la question de l'homme qui venait de lui demander sur quoi elle dormait dans la tente. « Mais papa n'a que le sol pour dormir, ajouta-t-elle, et il est vraiment dur. »

Le journaliste prenait des notes à une vitesse folle. Gueule-Tranchée et Sid restèrent debout derrière lui en attendant la fin de l'entretien. Il ne les avait pas remarqués. « Des frères et sœurs ? demanda-t-il.

— Deux, fit-elle avant de s'interrompre un moment. Presque trois. Mort-né en février. » Ces derniers mots, elle les avait manifestement entendus maintes et maintes fois depuis lors. Ainsi que le nom et le métier, la récolte et le temps. Elle avait les deux lèvres fendues. A cause du froid. Elle les lécha et tira avec ses dents sur les peaux sèches, sans quitter des yeux l'homme au costume gris et aux chaussures bien cirées.

Sid Hatfield se racla la gorge. Le journaliste se retourna et se releva. Son regard disait qu'il n'en avait pas encore fini, et qu'il désirait davantage de misère à transformer en caractères imprimés pour que ses lecteurs bien au chaud puissent secouer la tête en soupirant. Des hommes comme Hatfield et Arly Sr. se montraient affables avec des hommes comme M. Bern, le journaliste renommé. Ils organisaient même des entretiens et des réunions pour ces gens de la ville, ils les conseillaient sur les moyens de transport. Tous ces articles attiraient l'attention sur leurs familles, et cette attention provoquait des changements, si possible dans le bon sens. Mais s'ils se montraient courtois, ils arboraient aussi un air tranquille de honte et de méfiance. Car ils savaient que M. Bern et ses collègues ne comprendraient jamais, parce qu'ils ne *pouvaient pas* comprendre.

Gueule-Tranchée regarda la fillette s'éloigner. Elle s'arrêta plusieurs fois pour se retourner vers eux, attendant quelque chose. Puis elle se décida à rejoindre la tente où sa mère était allongée sur un morceau de tapis, affligée d'une maladie dont les médecins ignoraient le nom.

Sid se tourna vers Gueule-Tranchée. « Monsieur Bern, j'aimerais vous présenter Ben Chicopee, journaliste local. » Il venait d'inventer ce nom au pied levé à partir du prénom d'un autre homme et du lieu d'où il venait. Gueule-Tranchée se retrouva en pleine confusion, mais il avait confiance en ce mince policier qui avait découvert sa cachette. Il échangea une poignée de main avec M. Bern.

« Pour quel journal écrivez-vous ? » s'enquit M. Bern. Il s'était récemment fait épiler les sourcils, une pratique d'ordinaire réservée aux femmes, pensa Gueule-Tranchée.

« Pourquoi n'avez-vous pas donné une pièce à cette fillette pour la remercier du temps qu'elle vient de vous consacrer ? rétorqua Gueule-Tranchée.

— Je vous demande pardon ? » Bern baissa les yeux afin d'examiner les gencives et les dents de son interlocuteur.

« Cette fillette. Elle s'est retournée au moins cinq fois vers vous en attendant un petit quelque chose sans vouloir le demander. Pourquoi ne lui avez-vous pas donné au moins dix cents ?

— Je n'ai pas pour habitude de rémunérer les fillettes pour leur…

— Et moi je n'ai pas pour habitude de me faire épiler des poils qui n'en ont pas besoin, mais je sais reconnaître une enfant affamée quand j'en croise une. »

Sid Hatfield éclata de rire. Il fit un pas de côté pour tapoter le dos des deux hommes. « Très bien, dit-il. Les dialogues entre hommes de lettres, je n'en perds jamais une bouchée, mais mettons-nous un peu au travail, si vous le voulez bien. » Il adressa un autre sourire à Gueule-Tranchée avant de tendre à M. Bern une liste des infractions commises contre les droits de bons ouvriers par ceux qui cherchaient à les contrôler.

Ensuite, il continua de sourire tandis qu'ils mangeaient ensemble au petit restaurant de Charles Lively dans la grand-rue en se passant une bouteille de gnôle sous la table au vu et au su de M. Lively qui s'en fichait complètement.

Et Sid sourit encore ce soir-là en montant dans sa voiture après avoir pris congé du jeune homme dont il avait inventé de toutes pièces le nom et la profession afin de dissimuler ses récentes actions de légitime défense. Gueule-Tranchée vit le policier disparaître au bas de la colline. Alors il prononça ces mots, à voix haute : « Chicopee, journaliste. »

Gueule-Tranchée avait plu au shérif. Et ce jour-là, au campement de tentes de Lick Creek, le policier lui avait montré, sans avoir besoin de prononcer le moindre mot, que continuer de tirer n'était pas pécher contre quelque Dieu qu'on ait jamais invoqué dans le sud de la Virginie-Occidentale. Continuer de tirer était la chose juste et équitable à faire.

Chapitre 13

Ils portaient des sacs de voyage

En mai 1920, Gueule-Tranchée avait déjà tiré sur trois autres gardes de mine pour les blesser. Ces trois inconscients avaient osé échanger des coups de feu avec un tireur d'élite. L'insomnie le maintenait éveillé presque toutes les nuits. Mais il se reposait un peu dans une nouvelle cachette plus éloignée de la ville, sur le mont Sulfur Creek, et grâce au whisky et au tabac qu'il avait pris l'habitude de partager avec Sid Hatfield au Blue Goose Saloon.

Il avait rencontré Mother Jones et l'avait serrée dans ses bras. Il avait écouté les discours enflammés de Bill Blizzard sur les droits des travailleurs, il s'était rendu après la tombée de la nuit à l'église baptiste où tant de mineurs étaient réunis qu'il y avait des bancs jusqu'aux murs. On disait que le syndicat comptait désormais trois mille membres.

Le 19, treize hommes vêtus de beaux costumes débarquèrent du train de midi. C'étaient des flics de la Baldwin-Felts venus procéder à de nouvelles expulsions ordonnées par la compagnie, et leurs chefs étaient deux des pires ennemis de Sid, Albert et Lee Felts. Il pleuvait par intermittence.

Le maire Testerman signa des mandats pour l'arrestation de ces agents. Sid s'était offusqué de leur port d'arme illégal et de la manière dont ils avaient jeté dans la rue le mobilier d'une maison en l'absence du chef de famille qui aurait pu les en empêcher. Vers trois heures, les gens commencèrent à s'armer.

Gueule-Tranchée venait d'être averti avec quelques autres. Il se posta à l'intérieur de la quincaillerie Chambers, dans la grand-rue de Matewan, son Colt .38 passé dans la ceinture, son fusil posé à portée de main sur une étagère, près d'un paquet de rondelles en bois. Il regarda longtemps ces petits objets grossièrement taillés et pensa à Frank Dallara qui, tant d'années plus tôt, avait calmement disposé ses frondes artisanales sur des étagères similaires. Il regretta un instant que les armes aient un jour dépassé le stade de cette invention antique. Que David et Goliath ne puissent désormais plus s'affronter avec seulement une branche d'arbre et des pierres. Mais ce passé était révolu depuis longtemps.

Les hommes de la Baldwin-Felts avaient déjeuné de bonne heure à l'hôtel Urias où, de notoriété publique, on pouvait frapper à sa guise les prostituées qui y travaillaient, par exemple Ewart Smith, avec la bénédiction du propriétaire, qui lui-même frappait ces filles. Les flics longèrent sans beaucoup de prudence les portes arrière de la quincaillerie et dépassèrent de nombreux hommes en colère, au regard fulminant. Ils portaient des sacs, qui ne contenaient pas seulement des vêtements de rechange. Ces hommes retournaient au dépôt de chemin de fer pour sauter dans le train de cinq heures à destination de Bluefield. Gueule-Tranchée regarda de l'intérieur le N° 16 tandis que Sid et Al Felts se disputaient à propos de mandats d'arrêt, pour savoir qui avait le droit d'arrêter qui. Le jeune Kump, dont la voix avait été modifiée de manière permanente après sa blessure à la mâchoire à

McDowell, cessa de se balancer dans un fauteuil à bascule à côté de Gueule-Tranchée, et se leva. « Un mandat d'arrêt pour Sid ? s'étonna-t-il en entendant les allégations d'Al Felts. Sans doute rédigé sur du pain d'épice ? » Sa voix n'était pas plus sonore qu'un murmure confus, mais depuis sa blessure il était plus déterminé que jamais à être au cœur de l'action. Il alla chercher le maire Testerman dans sa bijouterie.

Le maire décréta que le mandat produit par Felts n'était pas valable. Par l'encadrement de la porte, Gueule-Tranchée regarda Felts, Hatfield et Testerman discuter. C'étaient tous des hommes informés des lois et des usages, mais ils étaient aussi différents qu'on pût l'imaginer. Un type trapu à gauche de Gueule-Tranchée alluma une cigarette. Il cracha des brins de tabac et rit sous cape. « Encore de la parlote », pesta-t-il. De fait, c'était apparemment le cas. Mais soudain, l'expression de Sid changea. Son regard se durcit. Les yeux voilés se voilèrent plus encore, ils disparurent presque complètement.

Plus tôt dans la journée, lorsque l'implacable chef de la police avait déclaré qu'il tuerait tous ces salopards jusqu'au dernier avec ou sans la moindre saloperie de mandat d'arrêt, la plupart des hommes avaient cru que ce n'étaient que des paroles en l'air, mais Gueule-Tranchée connaissait le poids des mots. Et maintenant, en face d'Albert Felts, Hatfield prononça un autre mot. C'était ce même mot qui avait provoqué le premier vrai combat auquel Gueule-Tranchée ait jamais assisté, sept ans plus tôt devant la salle de billard. Ce mot qu'il avait lui-même utilisé pour submerger Hob Tibbs de honte dans sa propre église. Sid Hatfield le prononça doucement, mais sans l'ombre d'un doute : « Espèce d'enculé. »

Gueule-Tranchée prit son fusil sur l'étagère et visa la tête du flic. Il garda les deux yeux ouverts assez longtemps pour voir Felts dégainer son arme. Les deux coups de feu furent presque simultanés. La balle de Gueule-Tranchée, avec une fraction de seconde d'avance, s'enfonça dans les circonvolutions cérébrales d'Albert Felts, qui ordonna sans doute à son index d'appuyer sur la détente alors que son équilibre était déjà compromis, car la balle qu'il tira, indubitablement destinée à Sid, dévia vers le ventre du maire Testerman.

Sid avait déjà dégainé ses deux revolvers et il s'occupa des autres flics, qui ripostèrent et se retrouvèrent à leur tour sous le feu des hommes postés à l'intérieur de la quincaillerie, de l'autre côté des voies de chemin de fer, et aux fenêtres ouvertes de l'étage supérieur. Le vacarme était assourdissant. Mais avec cette douleur aux tympans arriva le calme pour Gueule-Tranchée, et il avança comme aurait pu le faire un soldat aguerri, il franchit la porte ouverte, la crosse du fusil toujours nichée au creux de l'épaule, la joue pressée contre le bois.

Les flics avaient fait volte-face et pris leurs jambes à leur cou, en tirant par-dessus l'épaule comme font les hommes désespérés lorsqu'ils s'aperçoivent trop tard qu'ils se sont fourvoyés là où ils n'auraient jamais dû s'aventurer. Leur fuite désordonnée les séparait clairement de ceux qui restaient sur place. Qu'ils le sachent ou pas, c'étaient eux le gibier. Et le tireur d'élite avança au milieu de ce chaos en faisant pivoter son buste, avec quatre autres balles dans son magasin.

Il était bel et bien le garçon de la veuve : comme pour elle, un animal qui détale constituait curieusement la cible la plus facile à atteindre.

Un fuyard, qui courait plus vite que les autres, commit l'erreur idiote de se retourner pour tirer. Il fut visé en premier et s'écroula aussitôt. Encore trois balles.

Partout les hommes utilisaient des petits calibres sans résultat. Les revolvers se vidaient en pure perte, la main tremblait à hauteur de hanche, les balles sillonnaient le ciel avant de retomber en vain quelque part. Lee, le frère d'Albert Felts, avait vidé son arme dès le début de la fusillade et avait lui-même été la cible du calibre 32 d'un autre homme, éloigné d'une dizaine de mètres seulement, mais aucun des deux ne fut touché. L'une de ses armes désormais inutile, le cadet des Felts se mit à courir en sortant l'autre. Et sa fuite en fit une proie idéale pour le jeune champion de tir. Il laissa l'air quitter ses poumons, appuya sur la détente et, comme son frère avant lui, Lee Felts s'écroula.

Deux balles.

La suivante alla se loger dans la poitrine d'un flic qui venait d'abattre un mineur sans arme. Curieusement, ce flic continua de respirer. En fait, il courut, essaya même d'ouvrir la porte d'entrée de la banque. Il n'y pénétra jamais. L'homme tomba alors, puis tenta de se relever. Art Williams, un mineur qui venait d'arracher le second pistolet, encore chargé, à la main inerte de Lee Felts, avança derrière l'homme qui gigotait par terre et utilisa l'arme de son propre collègue pour mettre un terme à ses souffrances. Le coup de feu fut si rapproché que l'arme de Lee Felts ainsi que la main de Williams qui la tenait furent aspergées de sang.

Une balle dans le magasin.

Mais déjà, c'était presque fini. Les rares flics qui respiraient encore, soit s'étaient mis à l'abri, soit se voyaient criblés de balles par des petites bandes de mineurs prompts à dégainer. Gueule-Tranchée abaissa son fusil et s'assit dans la rue. Les coups de feu se faisaient maintenant entendre à la lisière de la ville. Un homme qui avait eu la main gauche arrachée essaya d'escalader la clôture d'une ruelle avec une seule main. Les mineurs lui tirèrent plusieurs balles dans le dos avant qu'il n'ait eu le temps d'atteindre le sommet de cette clôture. Un autre, qui avait la moitié de la tête transformée en bouillie, gisait devant la quincaillerie Chambers, et tant d'hommes avaient tiré sur lui en même temps que personne ne savait qui l'avait tué.

Partout autour de lui, et tout près, Gueule-Tranchée percevait la présence palpable de la mort. C'était le doux vrombissement des balles qui le frôlaient, les pas maladroits de ceux qui essayaient de s'échapper, de fuir tant bien que mal le carnage. C'étaient les hurlements perçants de plus d'un flic de la Baldwin-Felts, d'anciens officiers de police qui ce jour-là n'avaient pas deviné dans quel guêpier ils étaient venus se fourrer. Ils se surprirent à supplier Dieu pour être n'importe où ailleurs qu'ici.

L'un d'eux réussit à atteindre la rivière, où il entra et se mit à nager vers l'autre berge et le Kentucky. Deux autres, dont un blessé à l'épaule, réussirent à atteindre un train qui passait et y montèrent en agrippant l'échelle en acier du fourgon de queue. Un autre encore, parti acheter des cigarettes quand les premiers coups de feu éclatèrent, se cacha et déchira ses papiers de flic, attendant la fin de la tuerie pour se sauver comme ses copains en grimpant à bord du premier train qu'il trouva.

Deux d'entre eux réussirent à descendre un mineur chacun avant d'être à leur tour abattus. Lee Felts avait tué un mineur désarmé en lui logeant une balle au milieu du front, et un autre mineur désarmé fut touché en pleine course. « Oh, Seigneur, je suis fichu », furent ses derniers mots.

Le calme qui s'ensuivit fut atroce. Après avoir vu ce qu'ils venaient de voir, les rescapés ne savaient plus se parler. Quelques-uns blaguaient, mais personne ne riait vraiment. La plupart fumaient, et un ou deux, à l'écart des autres, essayaient de retenir leurs larmes. Gueule-Tranchée se leva et regarda les morts qu'on alignait dans la rue. Traînés par les aisselles, leurs chaussures traçant deux sillons parallèles dans la boue. La pluie arriva comme cette espèce d'averse particulière où les gouttes tapotent le rebord de votre chapeau pendant quelques secondes, et puis plus rien.

Le maire Testerman agonisait lentement, son épouse à ses côtés. On soignait les blessés assis devant les magasins en arrêtant les hémorragies avec des chiffons.

Le train N° 16 arriva après la bataille, et les passagers se tordaient le cou pour regarder la rangée de cadavres allongés et bien visibles au milieu de la rue. Le mécanicien était si éberlué qu'il faillit en perdre le contrôle de sa machine. Gueule-Tranchée examina leurs visages qui défilaient l'un après l'autre devant lui. Une mère et ses trois petits enfants. Un homme à l'œil masqué d'un bandeau. Une fille fragile dont les yeux ne comprenaient pas ce qu'ils voyaient. Il l'observa longuement les regarder tandis que le train s'arrêtait presque. Quel spectacle horrible pour une gamine, pensa-t-il, puis il dut rassembler son courage pour s'empêcher de pleurer. Il garda les yeux rivés sur cette fille jusqu'à ce qu'elle ait disparu, puis il baissa la tête vers les morts alignés à ses pieds. Le cadavre le plus proche était celui d'un des mineurs, et une seule goutte de sang avait séché sur le lobe de son oreille, sinon pâle et immaculée. Gueule-Tranchée regarda cette tache rouge. Elle était parfaitement ronde. Sombre. Elle se mit à grandir sous ses yeux, jusqu'à recouvrir toute la tête du jeune mort, puis son corps, puis tout ce qui l'entourait. D'un rouge foncé et brillant, comme si le soleil venait de percuter la Terre.

Quelqu'un flanqua un coup de pied au cadavre d'un flic qui gisait à côté du mineur, et Gueule-Tranchée sursauta. Il se retourna vers le train, mais ne réussit pas à retrouver la fille. Une main lui effleura le dos et il pivota pour découvrir le visage difforme de Kump. Il tenait le Colt .38 que Gueule-Tranchée avait glissé dans sa ceinture. Kump avait disparu tout le temps de la fusillade. « Je vais leur rendre la monnaie de leur pièce », déclara-t-il en souriant comme personne ne devrait le faire devant tant de cadavres. Puis il parcourut la rangée de corps allongés là, sept Baldwin-Felts morts, et leur colla une balle à chacun jusqu'à ce que le chien de son arme ne percute plus que le vide. Personne ne fit très attention à lui, et Gueule-Tranchée espéra que la fillette était déjà loin. Il n'arriva pas à lever les yeux pour s'en assurer.

Sid Hatfield s'approcha et contempla le corps sans vie d'Al Felts. De sa poche de chemise il sortit le mandat d'arrêt qu'il s'était fait remettre ce jour-là, le déplia et le défroissa. Puis il l'abattit sur le buste du mort, se releva, cracha. « Tiens, espèce de fils de pute, dit-il, à mon tour de faire valoir mes droits. »

Chapitre 14

Jours étranges suivis d'autres, tout aussi étranges

M. Bern du *New York Times* écrivit un article sur « la fusillade », ainsi que les jours suivants on se mit à appeler cette tuerie. Elle fit la une des journaux pendant un moment. Pour tous les citoyens qui gagnaient leur vie avec leurs mains, les hommes de la Baldwin-Felts n'avaient pas volé ce qui leur était arrivé ce jour-là. Ils brûlaient, expulsaient et assassinaient depuis trop longtemps, de ville en ville et de famille en famille, mais ils venaient de tomber sur une ville, sur un shérif, qui ne s'était pas laissé faire. Ce fut du moins ce que dirent la plupart des gens au cours des jours suivants. Gueule-Tranchée ne participa à aucune discussion. Il passait le plus clair de son temps à boire. A boire jusqu'à l'inconscience. Pourtant, son sommeil était bouleversé par ce genre de cauchemar réservé aux hommes qui tuent d'autres hommes, et lorsqu'il se réveillait tout seul dans sa nouvelle planque, il lui semblait que son cœur allait exploser sous la violence du sang qui l'irriguait. Plus d'une fois, il posa contre sa tempe le canon de son revolver.

Le 1er juin à minuit, le jour où Sid fut arrêté à Huntington parce qu'il partageait une chambre d'hôtel avec la veuve du maire Testerman, Gueule-Tranchée se trouva à court de gnôle. Le moment était venu de sortir de sa planque, chose qu'il n'avait pas faite depuis dix jours. Il existait un seul endroit où il avait envie de se rendre. Chez lui.

Il marcha constamment dans l'obscurité des crêtes en contournant Warm Hollow. Il avançait comme un traqueur, sans bruit et sans déranger les feuilles mortes, ainsi que la veuve le lui avait appris. Quand il eut fait deux fois le tour de la maison et qu'il fut convaincu qu'elle n'abritait personne qui n'y avait pas sa place, il franchit la porte d'entrée.

Les deux femmes étaient assises à la table de la cuisine. Elles ne portaient rien d'autre que leurs sous-vêtements et elles s'éventaient à tour de rôle avec le catalogue Sears Roebuck. Elles le regardèrent sur le seuil de la pièce comme si elles s'étaient attendues à ce qu'il arrive à cet instant précis. « Alors là, je crois bien qu'on peut dire qu'il est vivant », dit la veuve à Clarissa, qui éclata d'un rire si violent qu'elle faillit s'étrangler. Le rire de quelqu'un au bord des larmes. Gueule-Tranchée ôta ses chaussures couvertes de boue et referma la porte derrière lui. Il regarda Clarissa pouffer de rire. Puis la veuve l'imita.

Les deux femmes transpiraient et elles étaient ivres.

Entre elles, sur la table, étaient posés une lanterne et un bocal de la distillation maison. La meilleure gnôle. Gueule-Tranchée sentit son ventre frémir et sa langue enfler à cette seule vue. Il s'approcha de la table d'un pas maladroit et tendit la main vers le bocal. Alors la veuve lui flanqua un grand coup de pied dans le tibia et le frappa durement au visage. Elle prit le bocal de gnôle contre sa poitrine et le garda là bien au chaud, comme un bébé. Elle ne riait plus. « T'y as pas droit, dit-elle. T'as jamais réellement vécu ici depuis que t'es tout gosse, ç'a jamais été chez toi. Et puis on t'a pas vu depuis six mois, bordel. »

Clarissa se leva et le prit dans ses bras. Elle tâta les épaules, le dos, les biceps de son frère. Elle s'accrocha à lui afin de s'assurer qu'il était bien réel. Pour Gueule-Tranchée, ce fut comme la fois où il avait pris le train avec elle. Electrique. Il posa la tête sur l'épaule de sa sœur et ils restèrent longtemps ainsi.

Cette tendresse partagée ne suscita aucun commentaire chez la veuve. « Je crois que ces flics ont récolté ce qu'ils ont semé. Mais si tu as joué le rôle qu'on dit dans tout ce pataquès, alors… » Elle regarda le haut du crâne de son garçon, posé là sur l'épaule de sa fille, leurs deux corps qui oscillaient, Clarissa parce qu'elle était ivre et qu'elle entendait une musique inexistante, Gueule-Tranchée parce que autrement il serait tombé. « Je suis ta mère, poursuivit la veuve. Je vais t'aider. Mais dans l'immédiat, faut que tu quittes Mingo. Y a pas à tortiller. »

Clarissa se mit à fredonner à l'oreille de son frère « Tout là-bas dans l'O-H-I-O », avec rythme et entrain. Elle avait entendu cette chanson sur le gramophone tout neuf de Fred Dallara. Ils devaient se marier en août prochain.

Mais chez Fred, la tête posée sur l'épaule de Fred, elle n'avait jamais ressenti une émotion pareille. C'était le bonheur face à la mort et à l'émission imminente de mandats d'arrêt. C'était la joie enfantine parmi les ombres d'une tempête d'emmerdes sur le point d'éclater. Son frère était vivant, pensa-t-elle, et alors, aussitôt, elle pensa à Fred Dallara. *Fiancé*, le mot magique. Mais Clarissa continua de sourire parce qu'elle était ivre et parce qu'elle trouvait drôle dans cette petite bicoque déglinguée que son *fiancé* ne bût jamais la moindre goutte de gnôle. Ceux qui le faisaient, il les traitait de racaille des montagnes. Fred Dallara pensait que le syndicat était au mieux une bêtise, au pire un danger à éliminer. Ainsi, pour empêcher son rire de virer aux larmes, elle cessa de penser à l'homme qu'elle devait épouser. Elle fredonna plus fort à l'oreille de Gueule-Tranchée. Elle l'entraîna dans une succession de pas improvisés sur les planches qui craquaient. Elle fredonna et chantonna les rares paroles qu'elle connaissait : « la prendre dans mes bras et l'embrasser encore, tout là-bas dans l'Ohio, c'est une petite fille toute simple de la campagne, mais je l'aime ». Clarissa chanta bientôt si fort qu'elle n'entendit plus la veuve, et Gueule-Tranchée ne l'entendit pas davantage quand elle lui dit, à son garçon : « Demain, tu mangeras ce que je t'aurai préparé, tu feras tes adieux à qui tu voudras, et tu fileras. »

*

Le lendemain matin, Gueule-Tranchée marcha dans les lits de torrent à sec, plus lourd de vingt kilos. A l'intérieur d'une malle du grenier, la veuve avait trouvé un sac d'infanterie et l'avait rempli. Son oncle Homer l'avait porté pour défendre la Confédération pendant la guerre de Sécession. Le père de la veuve avait combattu contre Homer, son propre beau-frère, en portant le sac similaire de l'Union, mais on le lui avait volé pendant qu'allongé sur le champ de bataille de Kessler's Cross Lanes il retenait son souffle et faisait le mort. Curieusement, le père de la veuve avait réussi à transmettre à sa fille ce sac de l'ennemi. C'était une monstruosité poussiéreuse, mais il avait tenu le coup. En toile noire, équipé de fermoirs en cuivre, il se portait en haut du dos. Les compartiments étaient pleins. Pendant que son garçon épuisé et soulagé dormait, elle mit dans chaque poche ce dont il aurait besoin. De la gnôle. Du bœuf séché et une gourde d'eau. Un bocal de bain de bouche qu'elle prépara à son intention. Tout ce qui durait longtemps et prenait peu de place. Dans un compartiment qu'elle remplit juste avant le départ de Gueule-Tranchée, elle plaça un objet qu'il n'avait jamais vu. « Ceci a appartenu à mon mari, expliqua-t-elle. A Richard. Ton papa, s'il avait vécu assez longtemps. » C'était une grande flasque en argent, décorée d'une gravure minutieuse. Elle lui montra comment s'en servir. La partie inférieure gauche pivotait quand on enfonçait un bouton de la taille d'un ongle, situé près du bouchon. Cet espace contenait un Double Derringer parfaitement calé dans un étui, en argent lui aussi. « Comme il l'a fait avant toi, lui dit-elle, sers-t'en avec modération. » Elle parlait à la fois de la gnôle et du pistolet.

Même avec quatre boîtes de cinquante cartouches de calibre 22, il restait encore de la place dans le sac pour quelques-unes de ses propres affaires. L'harmonica de son vrai père. Une carte et une boussole. Un stylo, un couteau de poche et un couteau de chasse. Du papier et un crayon.

Il était presque arrivé à la maison d'Arly Scott quand le sac à dos se mit à peser sur ses épaules. Il passait la bandoulière de son fusil de l'épaule gauche à la droite, et retour, mais cette arme ne semblait jamais trouver sa place contre le sac à dos.

Assis sur un gros billot posé à même la terre battue derrière la maison, Arly père et fils priaient et chantaient. Mme Scott, debout au-dessus d'eux, avait les yeux clos et les poings serrés. Elle chantait : « Ouah, Satan est comme un serpent dans l'herbe » et les deux hommes répondaient « Voilà Satan qui grogne ». Puis, tous ensemble, ils entonnaient « Et j'arrêterai pas de prier. Non, j'arrêterai pas de prier. J'arrêterai pas de prier. Voilà Satan qui grogne ». Gueule-Tranchée resta caché derrière un massif de rhododendrons en attendant qu'ils aient fini. S'ils avaient continué, il aurait pu les écouter toute la journée. Il avait perdu Dieu quelque part en chemin, mais dans cette musique, dans leurs voix, il Le sentait presque de nouveau présent. Quand il eut essuyé ses larmes, il avança.

« Chaque fois que je te vois, je ferais mieux de pas te voir », grommela Arly Sr. sans se lever. Il fit comme s'il n'était guère surpris de voir le garçon sortir des bois presque deux semaines après la fusillade, cette tuerie à laquelle Arly Sr. n'avait pas participé. Son neveu Benjamin Belcher avait décidé de rentrer en Georgie, et il avait choisi la matinée du 19 mai pour partir. Au campement de tentes, alors qu'ils rangeaient de la literie dans une malle, les Arly père et fils avaient entendu parler de cette effusion de sang. Quand ils arrivèrent en ville, les cadavres étaient déjà alignés dans la grand-rue, leur sang avait séché et noirci, Gueule-Tranchée était en cavale.

« Je compte disparaître un moment », dit Gueule-Tranchée. Mme Scott se détourna de lui sans lui rendre son salut quand il lui dit bonjour. Elle rentra chez elle en secouant la tête.

« Tu veux un café ? » proposa Arly Jr. Gueule-Tranchée acquiesça et Arly Jr. franchit la porte grillagée derrière sa mère.

Arly Sr. gratta une allumette de cuisine contre son pouce et alluma lentement, avec application, un minuscule cigare. « Compte pas sur moi pour te demander combien t'en as tué », dit-il. Tous deux gardèrent les yeux baissés sans échanger un seul mot pendant une longue minute. Une grenouille-taureau coassait dans l'herbe à leurs pieds. « Je vois que tu t'es procuré un sac à dos. Tu envisages de t'absenter un bon moment. » C'était le genre de discussion anodine qui avait un sens. « N'oublie pas de faire tes pompes. Tes flexions-extensions, et puis maintenant des sauts jambes écartées. » Arly Sr. tourna brusquement la tête vers le devant de la maison. Il éteignit le cigare contre le talon de sa chaussure et se leva. Un moteur de voiture. « Nos armes sont cachées, souffla-t-il à Gueule-Tranchée. T'en as une ? » Le Colt Cop & Thug était à sa place habituelle contre le bas de son dos, où le revolver avait fait deux petites marques douloureuses. Gueule-Tranchée le prit en main et le tendit à Arly Sr.

« C'est Sid et Kump ! » cria Arly Jr. de l'intérieur.

Tout le monde se détendit.

Les cinq hommes se retrouvèrent devant la maison. Désormais, Sid Hatfield passait de plus en plus souvent chez les Scott. Certains pensaient que c'était parce qu'il soupçonnait que Gueule-Tranchée s'y pointerait un jour. D'autres disaient qu'il voulait embaucher les Arly pour faire du sale boulot, car le 19 mai ils étaient restés en dehors du coup. Parce qu'ils étaient noirs et donc, d'une certaine manière, moins importants. Quoi qu'il en soit, en ce début de matinée estivale, ils restèrent tous debout, Sid nonchalamment appuyé contre la Model T de Kump, le gamin au visage et au cou difformes, maintenant plutôt mal à l'aise. Les trois autres restaient sur leurs gardes, presque gênés. Gueule-Tranchée ne parvenait pas à regarder Kump en face, car il l'avait vu tirer sur des hommes qui étaient déjà morts.

« Y a d'autres ennuis qui se pointent », annonça Sid. Il adressa un long regard à Gueule-Tranchée, comme s'il était furieux que le jeune homme ait suivi son avis et trouvé une cachette impossible à localiser.

« Anse Pilcher va témoigner contre Sid », expliqua Kump. Tout le monde trouvait ce gamin excessivement nerveux, et il était seulement là parce qu'il avait une voiture. « Anse déblatère à qui veut bien l'entendre qu'il a vu Sid faire sauter le chevalement à Tomahawk. » Tous savaient pourtant que ç'avait été l'œuvre de Gueule-Tranchée. C'est lui qui avait allumé cette mèche de dynamite.

Le message était clair : débarrasse-nous d'Anse Pilcher, propriétaire de l'hôtel Urias, ami de la Baldwin-Felts, grand amateur des femmes qu'il employait et battait comme plâtre, Ewart incluse. Anse Pilcher, l'infirme aux os tout mous qui avait laissé Frank Dallara brûler vif. A la seule mention de ce nom, les poils se dressèrent sur la nuque de Gueule-Tranchée.

Sid ne dit rien, se contentant de regarder Gueule-Tranchée dans le blanc des yeux. Puis, sans dévier d'un iota la trajectoire de son regard, il dit à Arly Sr. : « Tu crois qu'il te resterait un de ces petits cigares que tu roules ?

— Allons dans la maison », répondit Arly Sr. Ils gravirent les marches de la véranda. En contrebas, Kump s'installa au volant de la voiture et déplaça deux fusils pour faire de la place sur la banquette arrière. A mi-chemin de la porte de sa maison, Arly Sr. se retourna et regarda son fils monter dans la Model T déglinguée, Gueule-Tranchée derrière lui. L'expression du visage d'Arly Sr. aurait surpris ceux qui le connaissaient bien, car il trahissait rarement sa peur ou son incompréhension. A l'intérieur, Sid parla avec Mme Scott qui serrait les mains l'une contre l'autre pour les empêcher de trembler. Elle ne répondit pas quand le shérif lui dit au revoir, car si ses lèvres crispées par le souci s'étaient écartées, elle n'aurait sûrement pas pu étouffer le cri qui restait prisonnier au fond de sa gorge.

*

A une heure du matin, sur le toit de la bijouterie du défunt Testerman, Kump, Arly Jr. et Gueule-Tranchée étaient allongés, tous leurs sens en éveil, comme des années plus tôt à McDowell lorsqu'ils avaient dispersé les briseurs de grève. Kump et Arly commençaient à s'inquiéter. Ils savaient que Gueule-Tranchée avait depuis longtemps trouvé sa cible derrière la fenêtre du premier étage du café Urias. Le bâtiment était juste de l'autre côté de la rue, à une distance qui ne posait aucun problème à un tireur d'élite. Kump, affolé par la peur, répétait sans arrêt : « Fais-lui sauter la cervelle, G.T. » Arly se mordait la langue en se demandant si son ami, qui quelques jours plus tôt avait été contraint de tuer, ne trouvait pas désormais cet acte au-dessus de ses forces. N'importe quelle autre nuit, face à n'importe quelle autre cible, c'eût sans doute été le cas. Gueule-Tranchée avait longuement réfléchi dans sa tanière pour aboutir à cette conclusion, que plus jamais il ne prendrait la vie d'un homme. Mais ce qu'il découvrit à travers le verre dépoli de l'hôtel Urias mit promptement un terme à ses bonnes résolutions.

Au-delà de l'encoche et de la mire de son fusil, tout comme d'habitude paraissait grossi. Néanmoins, sa cible était devenue plus compliquée. Au milieu des épisodes dramatiques des guerres minières, Gueule-Tranchée n'avait pas besoin de chercher d'autres raisons de tuer Anse Pilcher que celles qu'il avait déjà. Mais le propriétaire de l'hôtel avait lui-même facilité son assassinat. Tout en sirotant une bouteille dissimulée sous le comptoir,

Anse faisait semblant de ne pas remarquer l'un de ses clients, le seul homme présent dans l'établissement à cette heure tardive où tous les clients étaient déjà rentrés chez eux. Cet homme pelotait l'une des jeunes femmes travaillant dans l'hôtel. Cette jeune femme était Ewart Smith. Le client qui s'occupait d'elle d'un peu trop près était Hob Tibbs.

Gueule-Tranchée se demanda si une pression de plus sur la détente de son arme mettrait un terme à ses services rendus au syndicat. Et si le bénéficiaire de cette pression était Anse Pilcher, l'ami de l'ennemi, l'assassin de Frank Dallara, le bourreau de l'ancienne petite amie, alors il pourrait sûrement se résoudre à passer à l'action. Mais deux cibles venaient de s'offrir à lui, même s'il avait déjà décidé qu'il n'avait droit qu'à une seule balle. Il jugea alors que c'était un problème mineur.

La plupart des gens ne croiraient jamais qu'il avait prévu ce qui arriva, mais la plupart des gens ne connurent jamais bien Gueule-Tranchée. En fin de compte, la raison pour laquelle il retardait le moment d'appuyer sur la détente n'avait rien à voir avec sa conscience ou sa nervosité. Elle était seulement liée à des coordonnées relatives, des figures géométriques. Gueule-Tranchée attendait qu'une configuration prenne forme, et, lorsqu'elle se concrétisa, il exerça alors l'unique pression de l'index à laquelle il avait droit.

Il avait dirigé son coup pour que la balle atteigne Anse Pilcher à la poitrine, là où les os mous et le cartilage ne ralentiraient pas sa course à travers un ventricule du cœur, entre deux côtes flaccides du dos, puis dans la petite pièce avant d'atteindre enfin la joue gauche de Hob Tibbs, où elle se logea et brûla comme les tisonniers de l'enfer, le contraignant à lâcher les seins d'Ewart

Smith, tomber de son fauteuil de salon et ramper vers le vestiaire où il pria son Dieu et pissa dans son caleçon en coton.

Arly Jr. et Kump se regardèrent, bouche bée, alors que Gueule-Tranchée bondissait sur ses pieds et sautait du toit vers celui du voisin. De là, il se laissa tomber dans la rue et courut jusqu'à l'hôtel Urias. Il monta l'escalier quatre à quatre, saisit Ewart par l'avant-bras, puis redescendit aussi vite. Quand il la fit entrer dans la voiture garée devant, Kump avait déjà fait démarrer le moteur, et tous trois, Kump, Arly Jr. et Ewart étaient incapables de parler. Enfoncer le champignon, voilà tout ce qui fut possible. Et cela faillit suffire. Ils avaient déjà parcouru quatre cents mètres en dehors de la ville sur une route sans nom, quand la pente devint trop forte. Une fois de plus, la Motel T déclara forfait. « Fils de pute ! », explosa Arly Jr. en brisant enfin le silence. Ewart essayait de tamponner les éclaboussures du sang de Hob Tibbs sur son corset estival. « T'as encore oublié de faire le plein ! » éructa Arly.

Sur le cou de Kump les veines devinrent saillantes. « C'est hors de question qu'un nègre me parle sur ce ton ! », s'écria-t-il.

Ewart et Gueule-Tranchée assis sur la banquette arrière observèrent les deux hommes. Kump, qui regardait droit devant lui, mit le véhicule au point mort. Arly fusilla Kump du regard. « Qu'est-ce t'as dit ? » Ils redescendaient la colline en arrière, de plus en plus vite. Ewart s'occupait de ses taches de sang et retenait ses larmes. Arly répéta sa question : « Qu'est-ce t'as dit ? »

Kump réussit à faire demi-tour, tout comme Arly l'avait fait la première fois à McDowell. Mais c'étaient maintenant ses mains qui étaient sur le volant et il fit semblant de ne pas entendre la question de son camarade assis à sa droite. Ils commencèrent de remonter la colline en marche arrière. Mais la pente était trop forte, plus forte que celle de McDowell, et ils n'arrêtaient pas de caler.

A mi-chemin du sommet, une autre Model T arriva au pied de cette colline sans nom. C'était un coupé 1920, équipé d'un réservoir d'essence plus proche de la chaussée. Il gravit la pente rapidement, et avant que Kump n'ait le temps de redémarrer, la voiture plus petite et plus rapide arriva à portée de tir. Elle s'arrêta.

« Dehors », dit Gueule-Tranchée aux deux hommes assis à l'avant, tout en ouvrant lentement sa portière et en saisissant une fois de plus l'avant-bras d'Ewart.

De chaque côté du coupé, un homme descendit. Aucun ne prononça un seul mot, chacun tenait un pistolet.

Gueule-Tranchée passa la main dans le bas de son dos pour y prendre le Colt glissé dans la ceinture, et ne trouva rien. Le matin même, il avait tendu son arme à Arly Sr. Il saisit son sac posé à ses pieds. « Dehors ! » répéta-t-il avant de donner l'exemple et d'attirer Ewart à plat ventre à côté de la voiture.

« Non. J'y suis presque. Laisse-moi juste le temps de... » La bouche de Kump explosa avant qu'il ait pu finir sa phrase. Il prit une balle au même endroit que précédemment, mais elle fit davantage de dégâts, puis d'autres balles arrivèrent. L'une lui éclata le nez. Son pied cessa de lui obéir, le reste de son corps aussi, et le véhicule hors de tout contrôle se mit à dévaler la pente vers les hommes qui défouraillaient tant qu'ils pouvaient. Arly Jr. sauta du véhicule fou avec une balle dans l'épaule gauche. Il percuta le sol à cinq mètres en contrebas de Gueule-Tranchée et d'Ewart. Gueule-Tranchée entraîna Ewart vers les broussailles qui bordaient la route. Quand ils les atteignirent, la fusillade cessa et les deux hommes durent s'accroupir et se protéger derrière leurs mains tandis que la voiture conduite par un mort percutait la leur, calandre contre calandre. Des morceaux de verre jaillirent un peu partout, mais le coupé arrêta le véhicule de tourisme plus lourd, et Kump, qui avait traversé le pare-brise, reposait de tout son long sur le capot, aussi mort que la voiture qui lui servait de cercueil.

Arly Jr. tenta de se relever, mais il avait durement percuté le sol et il venait d'encaisser une balle. Les hommes se relevèrent, leurs pistolets rechargés. Gueule-Tranchée, sans autre arme que le Derringer de la flasque rangé tout au fond de son sac, n'essaya pas d'aider son ami. Une voix ordonna à Arly de lever les mains, et il obtempéra. Convaincu qu'ils n'allaient pas abattre Arly, Gueule-Tranchée chuchota à Ewart de ne pas moufter et ils se mirent à ramper dans les bois.

La voix lança : « Tu te souviens de moi, négro ? » Puis : « Mose, va chercher celui qui s'est barré là-bas. » Gueule-Tranchée et Ewart se mirent à ramper plus vite, puis se relevèrent et coururent. Mais Gueule-Tranchée entendait toujours la voix tandis qu'ils détalaient, et bien qu'elle fût de plus en plus faible, il la reconnut. « Tu crois que tu peux encore m'humilier parce que je te traite du nom que tu mérites ? J'ai un peu grandi, pas vrai ? » Ils se trouvaient presque hors de portée de voix et ils crapahutaient le plus vite possible à flanc de colline parmi les arbres quand il en fut certain : c'était Warren Crews.

CHAPITRE 15

Morts et survivants

Après que le gouverneur eut supplié l'Etat de l'aider à arrêter le massacre, un bataillon du dix-neuvième régiment d'infanterie fut déployé dans le comté de Mingo. Les patrons de l'industrie charbonnière s'en réjouirent. On avait proclamé la loi martiale, toute réunion ou manifestation publique fut interdite, le port des armes à feu aussi. Les traîtres purent cesser de regarder sans arrêt derrière eux. M. Bern relata tous ces événements dans les colonnes du *New York Times* et tous les citoyens de la nation, comme les habitants de Matewan, Red Jacket ou Williamson, prirent parti pour l'un ou l'autre camp. Les nouveaux gardes de la mine comme Warren et Mose Crews déambulèrent en redressant un peu plus la tête, car l'armée les soutenait. Derrière des portes fermées à double tour, ils frappèrent Arly Scott Jr. à coups de crosse de pistolet et lui demandèrent maintes et maintes fois : « Y avait qui d'autre dans la voiture ? » Mais Arly tint bon.

Ann Sharples sentit elle aussi toute la dureté de la crosse d'un pistolet. Anse Pilcher avait fait partie des cercles influents de la ville, et quand Ann Sharples répondit à leurs questions par des mots comme « Ewart est retournée dans le Tennessee » et « Je n'ai jamais entendu parler d'un certain Gueule-Tranchée », ils la frappèrent sans pitié, car c'était pour eux la chose la plus facile à faire. Les prostituées avaient l'habitude des coups.

Ce furent les hommes de George Crews qui s'occupèrent des basses œuvres. Le père de Warren et de Mose était désormais président de la White Star Mining Company de Merrimack. Son épouse, une ancienne cliente de Gueule-Tranchée, était morte de la fièvre typhoïde, même si certains évoquaient la syphilis, et George se souciait moins de son image publique. Il voulait coûte que coûte briser ceux qui le défiaient.

Arly Sr., furieux de voir son fils en prison et accusé de meurtre sans que personne ait la moindre preuve qu'il avait appuyé sur la détente, organisait des réunions secrètes et consolait son épouse qui regrettait qu'ils ne soient pas partis pour la Georgie avec les Belcher le 19 mai. Elle restait le plus souvent alitée.

Sid Hatfield échappa à une condamnation pour meurtre. Vingt-deux autres accusés ainsi que lui-même furent acquittés et lavés de tout soupçon après la fusillade du 19 mai. Il y eut des sourires ravis et de grandes tapes dans le dos, sauf parmi les amis et les parents d'Al et Lee Felts. Ils restèrent pétrifiés sur place et jurèrent de se venger. Certains sympathisants des Felts marmonnèrent que l'un des accusés n'était même pas présent au tribunal pour se voir acquitté. « Le Dentu, déclara un homme à un journaliste. C'est lui qui a tué la plupart des représentants de la loi ce jour-là, lui tout seul. » Certains prétendirent que le Dentu avait aussi abattu Anse Pilcher avant de quitter la ville durant l'été. D'autres rétorquèrent que c'était entièrement faux, que l'assassin de Pilcher était déjà derrière les barreaux. C'était le jeune Noir, dirent-ils. Celui qui avait bien trop de fierté pour un gamin de couleur.

Ainsi, contrairement au jeune Arly, Sid ressortit libre du tribunal, et les gens ne trouvèrent rien à redire à ce verdict. Sid était policier. Dans le même ordre d'idées, il devint évident pour la plupart des gens qu'Arly Jr. n'était rien de plus que ce que Warren Crews avait dit qu'il était : un nègre.

Mais même s'ils ont des raisons différentes de le faire, les hommes combattent ensemble. Ainsi, après que la loi martiale fut levée, un jeudi de mai, presque un an jour pour jour après la fusillade, les jaunes censés travailler dans les mines de charbon à la place des grévistes réfléchirent à deux fois avant de le faire. La ville de Merrimack, la ville de George Crews, fut mise à feu et à sang. Les mineurs en grève démolirent les lignes de téléphone et de télégraphe parmi les collines boisées. Le son d'une corne à bétail marqua le début de la fusillade, laquelle dura trois jours. Les maisons particulières et les immeubles d'affaires, les machines de la mine et les briseurs de grève, les policiers, tous subirent la destruction de dix mille armes à feu.

Après cette Bataille de Trois Jours, les gens se mirent à dormir dans leur cave, de peur d'écoper d'une balle perdue. Les jaunes renoncèrent à faire le jeu des patrons, tout heureux de pouvoir reprendre leur souffle, tandis qu'on sortait des bois les corps de leurs camarades à jamais privés du leur. Le gouverneur supplia le nouveau président, Warren Harding, d'envoyer davantage de soldats. Il ne fut pas entendu.

Sid Hatfield, qui était désormais agent de police élu, continua d'arpenter ses rues avec ses hommes et un pistolet contre chaque hanche. Mais une nouvelle accusation prit forme, qui l'associait ainsi qu'Ed Chambers au dynamitage d'un chevalement de mine à Red Jacket. C'était Gueule-Tranchée qui avait fait sauter ce puits ; la connaissance qu'il avait de cette structure lui fut bien utile pour mettre à bas un tel monstre. Sid fut néanmoins arrêté et il devait être jugé en même temps qu'Ed à Welch, comté de McDowell. L'endroit se trouvait à six kilomètres en aval de la montagne où Gueule-Tranchée se planquait maintenant avec Ewart, parmi les terrains les plus accidentés qu'on pût trouver dans le sud des monts Appalaches. Et où ils survivaient dans des conditions que la plupart des gens n'auraient jamais supportées.

Il avait construit un petit abri, évidemment camouflé. Il y avait des fils de fer tendus au ras du sol et des avertisseurs sonores pour le prévenir de l'arrivée d'un éventuel intrus. Ils mangeaient correctement. Les provisions de la veuve durèrent un moment, et Gueule-Tranchée posait des pièges à écureuils et à lapins, allant jusqu'à pêcher dans un cours d'eau voisin. L'hiver avait été rude, mais ils s'en étaient tirés. Le jeune couple menait une existence qui ressemblait sans doute à celle des anciens pionniers. Ils dormaient côte à côte et la maladresse de leurs premiers ébats s'estompa vite. Ils s'embrassaient sur la bouche en faisant l'amour, mais Gueule-Tranchée ne desserrait jamais les lèvres.

La gnôle était rationnée en doses nocturnes, Ewart avait seulement le droit d'y goûter le samedi. Il n'y eut bientôt presque plus de bain de bouche préparé par la veuve, et quand il n'y en eut plus du tout, les douleurs exigèrent des doses plus fortes de gnôle. C'était un vrai problème. Il se gratta une barbe naissante tout en lisant et en relisant la note de la veuve qu'il avait découverte dans le sac : *Va voir le docteur Warble à Welch dès que tu pourras. C'est un bon dentiste, et l'un de mes meilleurs clients. Je crois que c'est l'un des rares à connaître l'origine réelle de son approvisionnement, car Richard et lui étaient bons amis. Warble sait poser une couronne en or, et puisque tu comptes voyager un moment, il faudra que tu te fasses soigner les dents si tu ne veux pas avoir d'infection et souffrir encore.* Le moment approchait d'une visite au brave médecin qui lui avait donné son nom.

Gueule-Tranchée connaissait certaines choses. Les gens appelaient ça les événements courants. Il savait même que son copain Deux-Feux allait bientôt être jugé au tribunal, le 1er août. Car Ewart se rendait de temps à autre à Welch, à pied, pour acheter le journal, en faisant bien attention de garder la tête baissée pour ne pas être reconnue. Ce fut lors d'une de ces visites qu'elle rencontra le docteur Warble à son cabinet et lui parla de l'état de la bouche de Gueule-Tranchée. Elle prit un rendez-vous pour son homme le 1er août à quatre heures du matin, ainsi qu'il lui avait demandé de le faire. Elle révéla aussi au brave médecin ce qu'elle n'avait pas encore annoncé à Gueule-Tranchée. Elle était à peu près certaine d'être enceinte.

Ce matin-là, elle quitta Welch en se sentant soulagée d'avoir partagé son secret avec quelqu'un. Maintenant, croyait-elle, elle pouvait annoncer la nouvelle à son homme. En retournant vers les collines, elle ne garda même pas la tête baissée, et elle n'emprunta pas les ruelles. A ce moment-là, plus d'un an s'était écoulé depuis la fusillade, et personne ne se souciait vraiment de savoir ce qu'était devenue une prostituée qui avait aussi été la fille de ce cinglé de prêcheur décédé. Gueule-Tranchée, en revanche, était un homme qui, dans sa jeunesse, avait été mêlé à plus d'un meurtre, même si certains parlaient davantage de légitime défense.

Lorsque Ewart lui annonça qu'elle était enceinte, il se réjouit. Mais ne dit pas grand-chose. A cette époque, il n'était guère loquace. Le plus souvent, il réfléchissait. Il envisageait de dire adieu aux armes. Il y avait des nuits où il se jurait de ne plus jamais pointer une arme à feu sur un homme, et il y avait des nuits où cela lui semblait impossible. Il réfléchissait à ses trous de mémoire. Impossible de se rappeler certains détails de son enfance, voire de la veille. Des détails liés aux instants où il avait soi-disant pris la vie d'autrui, manié des serpents ou déterré un cadavre qui était celui de son père. Le calme des bois transformait les souvenirs en rêves. Il se demanda si ses problèmes de mémoire n'étaient pas dus à toute la gnôle qu'il s'enfilait depuis des années. Et tout en s'interrogeant, il sirotait sa gnôle. C'était, aujourd'hui comme autrefois, la seule manière de trouver le sommeil.

Ewart perdit son bébé fin juillet. Il y eut tant de sang que Gueule-Tranchée voulut la prendre dans ses bras et courir vers la ville en renonçant à se cacher. Mais elle lui dit que l'hémorragie cesserait bientôt. Ses récentes activités de belle de nuit lui avaient donné une certaine expérience sur ce chapitre.

Il lui massa le dos et le ventre aux endroits où elle avait mal. Pendant qu'elle dormait, il soufflait sur le front brûlant de sa compagne.

Lorsqu'il partit à deux heures et demie du matin enténébré du 1er août, il emporta avec lui sa flasque Derringer. Il portait des vêtements de ville, que la veuve avait mis dans son barda. Sur la tête, un chapeau de golfeur qu'il avait trouvé, attribut qu'il n'aurait jamais exhibé s'il avait eu le choix. Il avait une barbe clairsemée, mais suffisante pour dissimuler sa jeunesse.

Il comptait quitter le fauteuil du docteur Warble vers dix heures du matin, les dents couronnées, les mâchoires enflées et lui-même déguisé. Après avoir fait le plein de gnôle et de bain de bouche. Caché dans la foule qui s'amasserait inévitablement, il pourrait ainsi voir Sid Hatfield entrer dans le tribunal. Le regarder n'aiderait en rien Sid, Gueule-Tranchée n'en disconvenait pas, mais il sentait que c'était la chose à faire. Non qu'il eût la moindre dette envers Sid ou envers quiconque, mais il se sentirait mieux en étant là. On ne pouvait pas tirer aussi vite un trait sur le passé.

A quatre heures du matin, le docteur Warble attendait dans la rue obscure. Les deux hommes rejoignirent la porte arrière de son cabinet sans prononcer un mot. Ils se contentèrent d'un signe de tête. A l'intérieur, Gueule-Tranchée s'installa dans le fauteuil. Il sortit de sa poche une petite liasse de tout l'argent gagné grâce aux dames de la cachette, mais le médecin secoua la tête. « Ce n'est pas la peine, dit-il. Ta mère a toujours été bonne envers moi. Je lui dois bien ça. Mais j'ai quelque chose pour toi. » Sur l'étagère supérieure d'un placard fermé à clef, il prit quatre bocaux de gnôle et un de bain de bouche. Il n'ajouta pas un mot sur la veuve et se contenta de sourire en posant les bocaux près du sac de Gueule-Tranchée.

Il faisait sombre dans le cabinet, hormis une lampe éblouissante au centre de la pièce, à la verticale du fauteuil. L'air empestait les produits médicinaux et brûlait les narines. Le docteur Warble prépara ses instruments. « Je vais t'administrer un peu d'oxyde nitreux avec ce masque », dit-il. Puis il en montra un autre et ajouta : « Et avec celui-là, je vais t'offrir un peu d'éther éthylique. » C'était un manchon muni d'une gaze qui allait s'adapter sur le visage de Gueule-Tranchée. « Je peux t'en donner autant qu'il en faut pour te maintenir endormi et t'empêcher de souffrir. Compris ?

— Oui, monsieur, dit Gueule-Tranchée.

— Bon. »

Sid Hatfield avait deux dents en or. Gueule-Tranchée en aurait huit. Quatre en bas, quatre en haut. Ses molaires resteraient en l'état, mais les gens ne pourraient pas les contempler. Personne ne reverrait jamais ses anciennes dents.

Le gaz arriva, Gueule-Tranchée s'envola.

Dans son rêve, tout devint rouge tomate. Il était debout dans le vallon de la maison de son enfance, à côté des toilettes extérieures. Près de la mule Faîne et du puits. Tout était à la fois très clair et brouillé, comme badigeonné d'iode. Il regarda les montagnes autour de lui. Leurs cimes tremblaient de manière imperceptible. Des frémissements rapides, comme un homme en proie à une crise qui passe très vite. Mais la tremblote de ces montagnes ne s'atténuait pas. Elle s'accentuait bien plutôt, brusquement accompagnée d'un hurlement. C'était un cri haut perché et vibrant, comme un pleur de femme, un sifflement électrifié. Alors qu'il observait la scène à travers la lueur rouge, les montagnes s'écroulèrent. Elles s'effondrèrent comme il n'avait jamais rien vu s'effondrer de la sorte, comme si on leur avait soudain ôté leurs fondations et qu'elles n'avaient d'autre choix que de se replier sur elles-mêmes. C'était horrible. Les montagnes n'étaient plus. Et puis ce fut terminé.

A son réveil, il avait les joues bourrées de gaze ensanglantée, et le docteur Warble avait disparu. Il porta la main à sa poche pour voir si sa montre de gousset y était toujours. Il avait du mal à remuer la tête et il lui semblait que son visage n'était plus là. Il était midi passé.

Gueule-Tranchée essaya de se lever et retomba contre le fauteuil. Tout était calme et à travers les stores de la fenêtre il constata que le ciel était couvert. Il ramassa son sac à dos lesté de gnôle et de bain de bouche, prit une profonde inspiration, se releva, puis gagna la porte d'un pas chancelant.

En sortant de la ruelle, il vit des policiers, de l'Etat et d'autres tutelles, qui se félicitaient sur les marches du tribunal. Il recula dans la ruelle et entendit les bruits de pas d'un homme qui approchait. Gueule-Tranchée porta la main à la flasque Derringer coincée dans sa ceinture, puis se retourna pour faire face à l'homme. C'était M. Bern, le journaliste du *New York Times*. Il arborait un costume gris et un chapeau mou. Son pantalon était trop long.

« Salut, mon gars, dit-il. Tu n'as pas l'air très en forme. » Bern ne reconnut pas l'homme qu'on lui avait jadis présenté comme étant le reporter Ben Chicopee.

Malgré la gaze et ses maxillaires enflés, Gueule-Tranchée réussit à répondre : « Que s'est-il passé ?

— Tu veux dire au tribunal ? Mais tu sors de ta cambrousse, mon jeune ami ? »

M. Bern fut gratifié d'un regard qui lui parut familier et qui en même temps l'effraya tout en le poussant à répondre à la question de son interlocuteur. Il fronça les sourcils et dit : « Sid Hatfield et Ed Chambers ont été abattus alors qu'ils montaient les marches du tribunal pour leur procès. D'après ce qu'on sait, ils ont pris entre cinq et huit balles chacun. Juste devant ces demoiselles. Ou est-ce qu'on dit d*a*moiselles ? Comment ça s'écrit, ce pluriel ? » Pour lui, le monde se réduisait aux seuls mots. Il prit un crayon derrière son oreille, un calepin dans sa poche de veston. Mais il n'eut pas le temps d'écrire. D'un coup de poing, Gueule-Tranchée lui fit lâcher ses deux outils de travail et lui balança un grand coup de pied à l'entrejambe. Il n'attendit pas de le voir tomber en geignant, il jeta simplement un coup d'œil à l'angle du bâtiment en brique et observa le tribunal : ce dont il ne pouvait s'approcher, la scène qu'il venait de rater.

L'espace d'un instant il se demanda si c'était bien la réalité ou s'il se trouvait toujours sur le fauteuil de Warble. Dans son rêve où tout basculait, hurlait et se ruait vers la terre. Mais la seule chose qui venait de basculer vers le sol, c'était M. Bern, et Gueule-Tranchée enjamba lentement le corps du journaliste, s'agenouilla et prit le portefeuille du malheureux, avec toutes ses cartes de presse. Il ne savait pas très bien pourquoi, mais c'était la chose à faire.

Puis il laissa Bern allongé par terre de tout son long, pour se diriger vers les faubourgs de la ville, tandis que son visage commençait à lui faire mal et que les quatre bocaux de gnôle magique des montagnes le suppliaient de les ouvrir, avec une insistance qu'il n'avait pas connue depuis les jours les plus sombres du mois de mai précédent. Il s'arrêta. En proie à la stupeur de l'éther, il avait oublié de poser à M. Bern la question qui lui trottait maintenant dans la tête : qui avait tiré ? Il resta là quelques instants seulement avant de repartir. C'était une question dont la réponse exigerait à son tour d'autres coups de feu. D'autres cadavres, des cavales et des planques, sans fin. Il ne la poserait pas. Il se contenterait de s'en aller.

*

Sid Hatfield était mort, et le Gueule-Tranchée qui ce jour-là revint de Welch n'était pas celui qui y était parti. Il se mit à boire. Comme un trou. Il était incapable de regarder ou de parler à la femme qui avait perdu cet enfant qui était le leur. Il considéra les deux dernières années de sa vie, il se laissa aller à réfléchir beaucoup trop souvent à ce qu'il avait fait. C'étaient des pensées si puissantes que même la gnôle ne pouvait les tenir à distance. Lorsqu'un homme en a tué un autre, et peu importent les circonstances, il doit réfléchir à ce qu'il a fait. Et quand il se met à gamberger, quand il réfléchit vraiment à cette vie interrompue qui aurait pu être vécue, alors là il se brise. Voilà très précisément ce qui arriva à Gueule-Tranchée.

Il quitta Ewart au milieu de la nuit. Il laissa un mot disant qu'il était désolé. Un peu d'argent. Assez de nourriture pour qu'elle puisse tenir le coup un moment.

Cette fois, il s'enfonça au plus profond des bois, là où personne ne pourrait le trouver. Il marcha droit dans les collines du comté de Mercer, en bordure de la Blue Ridge. C'étaient de grosses collines. Assez grosses pour que, lorsqu'un homme se laissait avaler par elles, il ne puisse plus espérer acheter son journal ou des provisions de bouche en faisant seulement quelques kilomètres à pied. Il ne pourrait apprendre ce qui se passerait en son absence dans la vallée.

Il n'apprit pas que sa femme, qui se rendait chez sa grand-mère dans le Tennessee, n'alla jamais plus loin que Keystone, dans le comté de McDowell. Keystone se réduisait à une rue de tavernes. Et de bordels. Quand on y vient, on y revient, disait-on, et les hommes se pliaient à l'adage. Un journaliste de la Virginie toute proche écrivit un article sur l'endroit. *Les Sodome et Gomorrhe contemporaines*, le qualifia-t-il. Ewart dit d'abord qu'elle y passerait deux ou trois nuits. Puis une semaine. Puis six mois.

Gueule-Tranchée n'apprit pas qu'Arly Jr. eut son heure de gloire au tribunal. Il y écopa d'une condamnation à la prison à vie dans une cellule du pénitencier d'Etat de Moundsville, en Virginie-Occidentale. Ils déclarèrent coupable le jeune boxeur qui avait espéré devenir champion dans la catégorie mi-lourds. Coupable du meurtre d'Anse Pilcher. Le dernier coup de feu de Gueule-Tranchée, tiré par la fenêtre de l'hôtel Urias, avait détruit la vie de son seul ami.

Il n'apprit pas que Charles Lively, l'espion de la Baldwin-Felts et le propriétaire du restaurant de Matewan qui avait joué au sympathisant syndical, était aussi celui qui avait appuyé sur la détente à Welch avant de procurer des pistolets aux cadavres de Sid Hatfield et d'Ed Chambers. Lively avait ensuite invoqué la légitime défense. Et les tribunaux confirmèrent cette version des faits.

Gueule-Tranchée n'apprit pas que deux mille personnes descendirent dans les rues de Matewan pour l'enterrement de Sid Hatfield. Tandis que certains hurlaient leur désespoir, ils franchirent la Tug sur un pont qui chancela sous le poids de cette foule. Dans tout l'Etat, les ouvriers abandonnèrent leur pelle, leur pioche ou leur marteau pendant une heure durant ce jour ouvrable. Le *New York Times* fit sa Une sur cet enterrement.

D'autres grèves et d'autres effusions de sang s'ensuivirent. Pour finir, dix mille hommes en armes, des mineurs et d'autres, venus de tout l'Etat, se rassemblèrent. Ils montèrent clandestinement sur des trains, franchirent des montagnes à pied. Ils comptaient affronter leur ennemi au mont Blair, dans le comté de Logan, et ce serait la guerre ultime. Bill Blizzard les enflamma de ses discours, et peu restèrent chez eux. On fit appel à l'infanterie pour les endiguer, ainsi qu'à une escadrille de l'armée de l'air, envoyée de Langley. Tous ces hommes en colère devaient être décimés par les mitrailleuses embarquées et les bombes à gaz de leur propre pays. Mais pareil scandale ne devait pas se produire. A la place, le président Harding ordonna que les avions lâchent des tracts appelant à déposer les armes.

Les mineurs obéirent à cet ordre, mais pas avant d'avoir vu d'autres camarades mourir, puis être transportés sous un linceul vers les wagons des trains qui attendaient.

Certains regrettèrent l'absence douloureuse parmi eux de l'adolescent aux dents pourries et à l'œil infaillible lors de cette bataille du mont Blair. Ou son absence aux côtés de Sid Hatfield sur les marches du tribunal de Welch. « Il les aurait tous descendus », disaient ceux-là. Mais pour l'essentiel, ce garçon fut oublié dans la tristesse de toutes ces années. Sa mère, la veuve Dorsett, n'oublia pas. Elle pensait à lui lorsqu'elle s'occupait de son alambic, elle rêvait de lui en dormant. Clarissa non plus n'oublia pas. Elle pensa à lui en portant le second enfant de Fred Dallara, en cuisinant, en faisant le ménage, en changeant les couches, et elle cessa même d'être un moulin à paroles. Son mari non plus n'oublia pas ce garçon qui lui avait un jour sauté dessus comme un animal sauvage. Fred Dallara était un col-blanc, un cadre de la White Star Coal Company. Deux de ses collègues, Mose et Warren Crews, lui déclaraient tous les jours qu'à leur avis Gueule-Tranchée Taggart se planquait quelque part dans les environs, peut-être sur une hauteur, la joue collée à une crosse de fusil. Ils le traitaient d'assassin. Ils disaient qu'il referait un jour surface et qu'eux-mêmes auraient alors sa peau, même si ça devait leur prendre cinq ans ; et ils posaient des questions aux gens, ils les surveillaient de près. Comme Hob Tibbs, ces gens se mirent à passer leurs journées et leurs nuits à regarder derrière leur épaule et à renifler l'air tels des chiens. C'était la seule manière de se préparer au retour de Gueule-Tranchée.

Ce qu'ils ignoraient, c'était que le monde sauvage l'avait englouti.

Livre II

1946-1961

Le blues est notre antidote, et Longue Langue,
Le Marchand de Blues, notre médecin.

JEROME WASHINGTON

Chapitre 16

Une vie disciplinée

La fleur carnivore nommée « petit prêcheur » n'était pas encore complètement épanouie. Sa partie médiane, une colonne rectiligne traversant un tunnel feuillu, donnait à cette modeste plante l'aspect d'une baratte à beurre. Un moucheron se posa sur le capuchon de la feuille et se figea. Quand le vent fit osciller la fleur, le moucheron resta immobile jusqu'à ce que, pour des raisons inconnues, il s'envole et s'aventure dans le piège de la colonne rayée, puis, prisonnier, y attende une mort lente.

La canopée était profuse, ce qui n'avait rien d'inhabituel pour le mois de mai. Des arbres hauts de vingt mètres procuraient une ombre agréable. Plus bas, une tortue-boîte à tête rougeâtre avança d'un pas décidé au-delà du petit prêcheur, sans s'intéresser à la capture de la fleur. Sa carapace était lisse comme une boule de bowling, ce qui témoignait de son âge avancé. Derrière la tortue, la crête descendait selon une pente abrupte mais brève, et au bas de cette pente se trouvait une clairière herbeuse. Elle était de taille modeste, grande comme la moitié d'un terrain de football. Tout au bout, un homme fixait une porte aux toilettes extérieures qu'il venait de construire. Il tenait des clous entre ses dents, et ses mains prouvaient qu'il savait manier un marteau.

Cet homme, originaire de Big Stone Gap, en Virginie, s'appelait Clarence Dickason. A cinquante-deux ans, il avait la peau aussi noire que celle de sa grand-mère, une femme née dans l'esclavage virginien. Comme elle, il chantait en s'activant. Il avait beaucoup travaillé au cours de ces dernières semaines pour bâtir une petite maison avant de s'occuper des latrines à deux sièges. En cette soirée de mai, il attendait que son épouse et leurs enfants reviennent du bas de la montagne, à Bluefield, et le rejoignent après avoir vécu quelque temps de leur côté. Il rangea le marteau dans la boîte à outils posée sur un chevalet grossièrement taillé. Malgré les clous qu'il tenait toujours entre ses dents, il chanta : « Alors, les amoureux, tout va bien ? Oh oui, tout va pour le mieux. Les femmes de Bluefield lisent et écrivent, les femmes de Keystone mordent et griffent. Partez dans la montagne, les gars, partez dans la montagne. »

Malgré ses années de vaches maigres, Clarence Dickason avait toujours l'œil vif. Mais il ne remarqua pas l'homme au-dessus de lui, allongé à plat ventre au bord de la crête. Cette silhouette mince et longue ne portait rien sur ses pieds calleux. Sa barbe se fondait avec le sol comme si cet individu avait poussé là. Eût-il été debout, sa barbe aurait atteint son ventre. Ses cheveux broussailleux lui tombaient aux épaules. Les rides qui lui cernaient les yeux étaient innombrables et profondes. Comme celles de son front, elles abritaient une crasse impossible à laver.

Lorsque le soleil descendit derrière les peupliers qui entouraient la clairière, il illumina le visage du montagnard. L'homme plissa les yeux, le seul mouvement qu'il avait fait depuis une heure, et quand il ouvrit la bouche pour inhaler l'air du soir, la lumière du soleil se réfléchit brièvement sur ses dents en or.

*

La cabane en chaume se dressait sur une étendue plate de la montagne. Du côté sous le vent d'une crête escarpée, à mille mètres d'altitude. Le plus souvent, les nuages se déplaçaient d'ouest en est, si bien que la clairière était relativement abritée des orages les plus violents. La porte de la cabane était orientée au sud-est pour laisser entrer le soleil matinal. L'intérieur se réchauffait en un rien de temps. Il y avait assez de place pour se tenir debout ou allongé, mais pas beaucoup plus. L'isolation était épaisse : une bonne quinzaine de centimètres de feuilles, de fougères et de mousses mêlées à du mortier. Un matelas d'herbe et de fléole des prés occupait presque toute la surface du sol et un espace de rangement était aménagé sous le toit en pente. Là-haut se trouvaient une couverture en chaume, roulée, pour l'hiver, et un sac à dos moisi bourré d'outils pour rapporter quelques sous à la maison. Une porte grossièrement fabriquée en plaques d'écorce était posée contre un mur.

La fosse à feu se trouvait à six pas de la porte, le torrent de montagne à cinquante.

Entre la fosse et le torrent, les pieds coincés sous une grosse racine qui sortait de terre, le montagnard allongeait et relevait le buste en comptant : « Soixante-quatre, soixante-cinq, soixante-six, soixante-sept. » Il s'était mis à pratiquer cet exercice sur une pente quand le terrain plat était devenu trop facile. Chaque matin, il en faisait cent. Puis autant de pompes. Puis des sauts en extension. Il estimait parcourir en moyenne dix kilomètres par jour au pas de course durant les mois tempérés, en terrain accidenté et pieds nus jusqu'à l'arrivée des premiers froids.

Ses vêtements étaient des morceaux d'anciens vêtements cousus ensemble. Il portait des ceintures de vigne vierge et de cuir tressés munies de boucles en ficelle pour accrocher des couteaux en acier ou en os. Des poches accueillaient les baies d'églantier ainsi que les tubercules et les excroissances du ginseng, dont il mangeait cinq par jour, le plus souvent crus, car il était convaincu que cette plante conservait sa jeunesse. Ainsi la puanteur du ginseng suintait-elle par tous les pores de sa peau. Cet homme des bois mangeait aussi des sauterelles, des limaces et des grillons.

Quand il arriva à cent, il s'assit, les pieds toujours coincés sous la racine de l'arbre. « S'il vous plaît n'ayez pas peur, dit-il d'une voix forte. J'habite pas très loin d'ici. Je m'appelle Chicopee. » Il avait oublié certaines choses, mais il se souvenait d'autres, comme ce nom d'emprunt entendu jadis. « Je m'appelle Chicopee », répéta-t-il. Il s'entraînait en prévision du jour où il se présenterait peut-être aux nouveaux voisins installés un peu plus bas à flanc de montagne, les premiers êtres humains qu'il voyait depuis vingt-quatre années.

« Chicopee », répéta-t-il encore. Puis il retira ses pieds de sous la racine, effectua deux sauts périlleux arrière vers l'aval, s'étira et se mit à courir. Il avait une peau rêche et tannée, sous laquelle les muscles roulaient et se contractaient, aussi durs que les os auxquels ils s'ancraient. Tout en courant il chanta : « Les femmes de Bluefield écrivent et lisent. Les femmes de Keystone mordent et griffent. Partez dans la montagne, les gars, partez dans la montagne. »

*

L'harmonica du cadavre déterré n'avait pas touché ses lèvres depuis 1902. Pendant ses deux premières années passées dans la montagne, Chicopee avait examiné le petit instrument à la lueur du feu. Mais jamais au cours de ces premières années il ne l'avait porté à ses lèvres. Il avait lu à voix haute les mots qui y étaient finement gravés. *Marine Band. M. Hohner. N° 1896.* Du cuivre terni sur du bois de poirier, une jolie petite harpe de bouche. Ce fut seulement lorsqu'il se mit à entretenir des conversations avec lui-même qu'il en joua. « Tu as des dents en or maintenant, Chicopee, annonça-t-il par une froide soirée d'octobre 1925. Ce bon or massif empêchera les infections de se fourrer dans tes pauvres quenottes. » Ainsi commença-t-il à jouer. Au bout d'un an, il calait l'harmonica contre sa joue comme s'il s'agissait d'une extension de sa main. Comme si, à l'image de ses dents, il s'agissait de la matière la plus précieuse de toute la planète. Sa langue en percutait les dix trous avec la vivacité d'un serpent. Il soufflait fort, doucement, modérément, il faisait vibrer vingt anches côte à côte jusqu'à ce que leurs hurlements et leurs gémissements les brisent presque. L'instrument devint sa voie vers le salut, une voie longue de dix centimètres, pour éviter l'hystérie nocturne.

Maintenant il jouait seulement de temps à autre. Quand il sentait menacée la paix à laquelle il était arrivé. Quand un orage approchait. Quand il pleuvait pendant deux jours ou plus. Quand des voisins s'installaient.

Il jouait toutes les chansons qu'il avait entendues, selon une version ou une autre. Il avait un faible pour deux chansons en particulier. *Down by the Ohio* était la première. Même s'il l'ignorait à cause de la confusion qui régnait dans son esprit, il jouait cette chanson parce qu'une femme avait foulé cette terre, l'avait embrassé et la lui avait chantée à l'oreille. Une certaine Clarissa. L'autre morceau était *I Won't Stop Praying*, et là encore, même s'il n'arrivait plus à se rappeler son origine, cette mélodie lui disait qu'un ami était peut-être toujours vivant. Un ami dont la maman chantait pour les péchés de tous les hommes. Un ami nommé Arly Jr.

Quand mai fit place à juin, Chicopee joua un morceau inédit. Il avait entendu son nouveau voisin le chanter, une chanson sur les femmes et des endroits auxquels il n'avait pas repensé depuis des années. Des endroits comme Bluefield et Keystone, Mercer et McDowell. Des villes minières comme celle d'où il venait. Des villes de chemins de fer. Tout au fond de cette clairière herbeuse il avait entendu une voix humaine autre que la sienne, et cette découverte le fit réfléchir. Après toutes ces années passées dans la montagne, jusqu'à ce qu'il entende la chanson de Clarence Dickason, jusqu'à ce qu'il voie cet homme en train de construire ses toilettes extérieures, il croyait presque avoir tout imaginé. Il croyait que ses souvenirs brouillés d'une enfance aux dents pourries étaient les mirages du cerveau malade d'un homme qui avait toujours vécu parmi les arbres, les tortues, les cerfs et la boue, un homme à la tête fêlée. Rien de tout ça n'avait jamais existé, sinon en rêve. Les ouvriers et les chevalements de mine, les trains, les frondes, les fusils, les mules et les toilettes extérieures, sans oublier les parties infernales des femmes, les serpents, les gens qui parlaient dans des langues inconnues, les Ford Model T. Tout cela relevait de la pure imagination.

Mais il y avait un harmonica. Il y avait une flasque renfermant une arme à feu. Et il y avait le souvenir d'une femme qu'on appelait la veuve, et qui disait : « Garde cette flasque avec toi. C'est une flasque magique. Une flasque sans fin. Tu pourras bien boire tout ton saoul de gnôle, elle se remplira d'elle-même et t'assurera la paix. » Pour boire, il avait bu. Et la flasque s'était bel et bien remplie, comme par magie. Son contenu lui permit donc d'aller de l'avant. Et sur sa surface argentée, puis sur le flanc écorcé d'un noyer blanc d'Amérique quand il n'y eut plus de place sur la flasque, il avait coché les jours, les semaines, les mois et les années écoulés depuis son arrivée ici, au sommet de la montagne. Ces encoches totalisaient 9 069 jours. 1 295 semaines. 298 mois. Au bout d'un moment, il oublia la signification de tous ces petits traits gravés. Son couteau s'émoussa et, à force de creuser dans l'argent ou le bois, sa pointe se brisa. Il se mit donc à aiguiser le petit os du pénis prélevé sur les ratons laveurs qu'il traquait et prenait au piège. Avec leur fourrure, il faisait des chapeaux pour l'hiver, et des carillons à vent avec les côtes de ces petits animaux. Quant à leur pénis dur comme de la pierre, il servait à graver le temps.

Ce soir-là, il traça une nouvelle encoche sur l'arbre tout proche de son feu de camp. C'était le 1er juin 1946. Il leva les yeux vers toutes ces petites encoches. Elles vacillaient et dansaient dans la lueur des flammes. « S'il vous plaît, n'ayez pas peur, dit très fort le montagnard à l'arbre. Je m'appelle Chicopee. »

Ensuite, comme il le faisait parfois, il sortit la flasque Derringer. Il répéta, encore et encore, les gestes fluides et compliqués lui permettant de prendre l'arme dissimulée à l'intérieur. Le bouton-poussoir était graissé à l'huile de laiteron. L'homme était capable de sortir l'arme cachée en quatre secondes.

Ce soir-là, il vérifia ses réserves de cartouches de .22. Encore deux boîtes pleines. Il chargea l'arme et fit ce qu'il avait besoin de faire pour garder l'œil vif.

Le gland n'avait pas une chance de s'en tirer indemne. Même lancé à sept mètres de haut dans la nuit, Chicopee le visait et le transperçait à chaque fois. Grossi. Comme sous un microscope.

Chapitre 17

Ils lanceraient des regards

A la mi-juin, il faisait assez chaud pour se laver dans le torrent de montagne. Chicopee se déshabilla entièrement, enfonça un gland dans chacune de ses narines, puis s'allongea dans l'eau vive et limpide. Il tenait une racine d'arbre dans son poing pour ne pas se faire entraîner par le courant. Ses pieds pointaient vers l'amont du torrent, sa tête vers l'aval, de sorte que sa barbe lui recouvrait le visage. Il y faisait passer les doigts de sa main libre. Ensuite, quand il se redressa, il s'essora les cheveux et la barbe. Puis, toujours nu comme un ver, il effectua une petite danse destinée à se sécher en aidant les rayons du soleil à atteindre tous les points de son corps à travers les frondaisons.

Dans les combles de la cabane, il prit un pantalon et une chemise demeurés intacts. La chemise était d'un blanc jauni, le pantalon noir. Habillé, barbu et pieds nus, on aurait dit un acteur de théâtre, une caricature des Hatfield et des McCoy.

Il glissa l'harmonica dans sa poche de chemise, la flasque Derringer dans son pantalon.

Il se mit à descendre la montagne en s'aidant avec un bâton de marche, qu'il avait lui-même coupé et taillé. C'était du sassafras torsadé, écorcé et séché. La tête bien droite, ce bâton lui permettait de négocier les pentes les plus abruptes. Au fil des ans il avait embroché quatorze vipères cuivrées à l'extrémité de son embout pointu.

Chicopee approcha de la crête d'où un mois plus tôt il avait observé pour la première fois Clarence Dickason. Cette fois, afin de ne pas salir ses vêtements, il ne s'allongea pas à plat ventre. Il levait et abaissait ses pieds nus avec application, attentif à ne pas faire le moindre bruit. Derrière un noyer blanc, il examina la clairière inférieure. Il régnait une certaine agitation dans la petite maison en bardeaux. Elle lui rappela une autre cabane qu'il avait jadis connue.

Une femme blanche franchit la porte pour secouer un tapis. Elle était plus jeune que l'homme noir qui avait construit les toilettes extérieures. D'une dizaine ou d'une vingtaine d'années. Ses cheveux, un mélange de mèches blondes et châtain, étaient tirés en arrière et retenus par une lanière qui laissait visible sa nuque mince et incurvée. Le soleil brillait dans le ciel. Une moitié de la clairière était éclairée, l'autre restait dans l'ombre. Six heures approchait. L'heure du dîner. Chicopee sentait l'odeur de haricots, de lard. Le pain de maïs.

Un enfant sortit en courant rejoindre la jolie femme qui secouait le tapis. Elle n'accorda aucune attention au petit garçon. Agé de quatre ou cinq ans, ce joli gamin trapu arrivait à la taille de sa mère. Il avait d'épais cheveux noirs. Sa peau était plus foncée que celle de sa mère. Chicopee trouva qu'il avait l'air à la fois blanc et de couleur. Et c'était le cas, si bien qu'il comprit peu à peu ce qui se passait dans cette maisonnette flanquée de petites toilettes extérieures. Il en avait déjà entendu parler, mais il ne l'avait jamais vu d'aussi près. Les mots s'agitèrent dans son cerveau. Les mots d'autrui : le mélange racial.

Les bâtards de Virginie. La tribu BIN. Ces mots le secouèrent et il baissa les yeux vers ses pieds, vers ces ongles qu'il avait coupés l'après-midi même avec son couteau Bowie. La tribu BIN. Encore un de ces souvenirs confus qui lui revenaient soudain en mémoire, de plus en plus souvent depuis qu'il avait vu Clarence Dickason et entendu sa chanson. La confusion du monde du rêve et du monde éveillé. Le souvenir et le passé mélangés.

Levant les yeux, il vit la femme et le garçon rentrer chez eux. Clarence Dickason les frôla en sortant. Il embrassa la jolie femme et rejoignit la clairière en portant un bébé endormi dans ses bras.

Chicopee regarda la petite couverture et son minuscule contenu. Il sourit. Puis il quitta l'abri de l'arbre et fit son premier pas sans vraiment se soucier du bruissement des feuilles. Il descendit régulièrement la pente vers la famille qui était venue ici pour échapper aux curieux et à ceux qui les jugeraient, menaceraient leurs vies et leur lanceraient des regards. Toujours ils leur lanceraient des regards.

Lorsque Clarence Dickason vit le montagnard barbu descendre le versant en s'appuyant sur un bâton, il rentra aussitôt avec le bébé pour le déposer entre les bras de sa femme. Il prit sa Winchester et ressortit à la rencontre du visiteur. Quand il apparut devant la cabane, Chicopee se trouvait à une vingtaine de mètres de lui.

« Je peux vous aider ? » cria Dickason. Il tenait le fusil au bout de son bras, pointé vers le sol.

Le montagnard s'arrêta à quinze mètres. Il posa par terre son bâton de marche pour ne pas sembler menaçant. Il leva la main gauche en une espèce de salut. Puis il leva la droite et parut mettre les mains sur la tête. Une reddition. Une cible. Un condamné devant le peloton d'exécution.

A l'intérieur, la femme et le garçon regardaient.

« Pas besoin de tout ça », fit Dickason. Il resta à l'endroit où il était et examina Chicopee en plissant des yeux qui avaient déjà vu ce dont l'homme blanc était capable. Il avait la foi et il avait l'expérience, et ces deux choses réunies lui conseillaient d'attendre, seulement d'attendre. Enfin, Chicopee baissa les mains. En avançant lentement vers Dickason, à moins de trois mètres du Noir, il tendit une main devant lui. C'était une proposition de poignée de main, un geste qu'il se rappela avoir déjà fait trente ans plus tôt face à un autre homme dont la couleur de peau rendait cette offre particulièrement significative. Cette fois-ci, en s'approchant de l'homme de couleur, il voulut prononcer les mots qu'il répétait depuis un mois. Mais il n'arrivait pas à penser à autre chose qu'à son propre nom, et même ces syllabes restèrent coincées dans sa gorge avant de jaillir déformées quand il ouvrit la bouche. Une fois arrivé à cinq pas de Clarence, il réussit seulement à chuchoter : « Chicky.

— Eh bien, répondit Dickason. Eh bien, je suppose que c'est votre nom ? Chicky ? » Il n'avait toujours pas bougé. Avec précaution, il fit passer le fusil derrière son dos vers sa main gauche et tendit la droite vers la paume de l'autre. Ils échangèrent une poignée de main, puis chacun recula d'un demi-pas. « Clarence Dickason », dit le plus âgé. Il parcourut des yeux la barbe et les cheveux emmêlés, la peau semblable à celle d'un animal. Les vêtements si bizarrement accrochés à la stature chétive de l'homme. Il fit des hypothèses. Puis il dit : « Je suppose que vous habitez par là-bas ? »

Un acquiescement.

« Eh bien, monsieur Chicky, y a des petits enfants à moi sous ce toit, et une femme qui vient de finir d'en porter un. Aussi, je vous remercie vraiment d'être passé, mais je peux pas vous offrir un repas dans l'immédiat. » Il comprit qu'un homme tel que celui-ci attendait sans doute depuis plus longtemps que lui de descendre de sa montagne, qu'il attendait un signal pour venir chercher ce dont il avait besoin. Il savait que pour certains, la simple vue d'un homme noir et d'une femme blanche, de leurs enfants quelque part entre les deux… pour certains, ce spectacle suffisait à justifier une effusion de sang. « Bon, très heureux de vous avoir rencontré, monsieur, et je vous remercie sincèrement d'être passé nous voir », conclut Dickason.

Un autre signe de tête, cette fois exagéré pour bien faire comprendre que c'était parfaitement clair. Il ouvrit la bouche pour prendre congé de M. Dickason, mais là encore, les mots lui restèrent au fond de la gorge. Ainsi, Chicopee, ou M. Chicky comme l'avait appelé le Noir, tourna les talons et se hâta de rejoindre la crête. Il ramassa en chemin son bâton de marche, utilisa les muscles de ses jambes, de ses pieds et de ses orteils pour crapahuter et rejoindre l'endroit d'où il était venu.

Les gestes du montagnard et sa vitesse stupéfièrent Dickason. Sa femme arriva derrière lui. « Clarence, dit-elle, ne le chasse pas à cause de son apparence. » Elle se mit à crier : « Hé, monsieur Chicky ! » Il se retourna, accroupi dans son ascension, presque à quatre pattes contre la pente. Sa barbe touchait le sol inégal entre ses bras. En le découvrant ainsi, Rose Kozma faillit changer d'avis. Mais c'était une chrétienne « re-née », fille d'immigrants catholiques hongrois qui ces dernières années avait embrassé la foi des pentecôtistes. Elle regarda le montagnard et lui fit signe de revenir vers la maison pour partager leur repas.

Ils mangèrent. Le bébé, une fillette prénommée Zizi, ce qui en hongrois signifiait « dévouée à Dieu », pleura depuis le bénédicité jusqu'au nettoyage final des assiettes. C'était à la fois un bien et un mal. Ces pleurs tapaient sur les nerfs, mais ils contribuèrent à dissimuler le fait que, pendant tout le dîner, Chicopee ne prononça pas un seul mot.

Debout dans la cuisine de fortune, Clarence plongea les assiettes dans une bassine d'eau chauffée sur la cuisinière. Il prit grand soin de ne jamais tourner le dos à leur invité. Rose se leva de table. Elle était fatiguée et le bébé avait faim. « Tout ce ramdam, le médecin dit que c'est la colique, dit-elle au-dessus des pleurs de l'enfant. Je vais la bercer dans la chambre, Clare ! » cria-t-elle. Clarence opina du chef en continuant de récurer. Chicopee resta assis tout seul avec Albert, le garçon. Ainsi qu'il l'avait fait durant tout le repas, Albert fixait des yeux la bouche du montagnard.

« Tu as des dents en or ? » demanda-t-il.

Un signe de tête. Oui.

« Combien ? »

Chicopee brandit les cinq doigts d'une main, et trois de l'autre. Il regarda le garçon les compter.

« Huit », dit-il.

Un autre signe de tête. Un garçon intelligent pour quatre ans. Derrière lui, sur le mur, étaient accrochés les tableaux peints par Rose. Les vagues de l'océan s'écrasant sur le sable, des mouettes volant très haut. Des fleurs gigantesques, si lourdes qu'elles faisaient ployer leur tige. De la peinture à l'huile jaune et rouge, mélangée pour faire de l'orange. C'étaient des tableaux épais, empâtés. Certains les auraient qualifiés de croûtes. Mais pour l'homme qui avait fait du monde sauvage son foyer, ils étaient beaux.

« Rose est l'artiste de la famille », dit Clarence. Il était revenu vers la table en s'essuyant les mains sur son pantalon. Il s'assit et roula une cigarette. Puis une autre. « Moi, je suis né avec la musique dans le sang. Mais pour Rose, c'est la peinture.

— Et si tu l'ouvrais en grand, pour me les montrer toutes les huit ? » proposa Albert.

Clarence glissa la cigarette entre ses lèvres. « Chut, Al », fit-il. Al s'assit sur ses genoux et se mit à se balancer, en regardant son papa puis leur invité. Clarence tendit à Chicopee la seconde cigarette, gratta une allumette, puis alluma les deux. Pour les deux hommes, mais surtout pour celui qui n'avait pas touché au tabac depuis vingt ans, cette fumée descendit dans les poumons comme un élixir brûlant. Chicopee toussa. « J'ai posé des rails presque toute ma vie, dit Clarence. Il y a cinq ans, la grève des mineurs de charbon m'a fait quitter la N&W. Je tente ma chance avec la musique depuis ce jour. J'ai un petit orchestre, mais je gagne pas un rond avec. » Albert bondit du banc, puis franchit la porte d'entrée en courant. Son père ne lui accorda aucune attention. Il y avait encore un peu de lumière dehors, la nuit tombait imperceptiblement, orange et calme comme le sommeil. « Je suis venu ici à cause de tout ça, et puis pour une autre raison. » Il se retourna vers la chambre, où Zizi avait fini de téter et s'était remise à pleurer. « Et toi, t'es d'où ? »

Chicopee tira une bonne bouffée de sa cigarette. Il laissa la fumée sortir de ses poumons et baissa les yeux vers la table taillée dans un bloc de chêne. Le Hohner pesait dans sa poche de chemise. « J'ai apporté ça avec moi », dit-il en prenant l'harmonica.

Clarence faillit sourire. « Très bien, dit-il. C'est très bien. » Il se leva, gratta une autre allumette, alluma les deux lampes à pétrole accrochées au mur. Puis il passa la tête par la porte d'entrée et siffla très fort, un signal destiné à Albert, dont on entendit bientôt les pas pressés et le halètement. Le garçon resta dehors, à califourchon sur un fauteuil à bascule dans l'herbe comme s'il montait à cheval.

L'harmonica reflétait la lueur tremblotante des lampes. Chicopee le porta à ses lèvres tandis que Clarence, de nouveau assis, fredonnait. Rose revint de l'arrière de la maison avec Zizi, qui de nouveau hurlait à pleins poumons. Rose paraissait sur le point de fondre en larmes à son tour, et les hommes, qui semblaient bien décidés à émettre des bruits évoquant une chanson, se redressèrent sur leur chaise en regardant la mère et la fille. Tous se sentaient impuissants à interrompre ce boucan. Chicopee écoutait et observait. Il mourait d'envie d'aider cette petite chose à se calmer. Il se leva et tendit les bras. Rose jeta un coup d'œil à Clarence, qui acquiesça d'un vigoureux hochement de tête. Alors Rose confia son plus jeune enfant à leur invité.

Zizi blottit sa tête contre cette masse énorme de cheveux et de poils. Ses cris devinrent des grognements. Ses grognements, des soupirs.

Elle s'endormit.

« Ça alors », fit Rose.

Chicopee baissa les yeux vers les replis de chair autour des poignets du bébé, vers le fin duvet qui joignait la tempe au sourcil. Alors il sourit largement en exhibant sa denture comme jamais auparavant.

« Ça alors, répéta Rose. Chicky d'Or. Chicky d'Or l'homme à bébé. »

Plus tard ce soir-là, lorsqu'ils jouèrent vraiment de la musique ensemble, l'invité descendu des montagnes tint le bébé d'une main et l'harmonica de l'autre. Comme à son habitude, il lui suffisait d'entendre un morceau une seule fois pour le jouer aussitôt, à l'oreille. Il souffla fort et doucement, il fit vibrer les anches courtes et longues. Clarence reconnut la chanson qu'il avait chantée tant de semaines auparavant. Une chanson qu'il fredonnait toujours. C'était une chanson pour poser des rails, une chanson pour construire des abris. Ce soir-là il la chanta avec son nouveau voisin si bizarre, mais d'une voix feutrée, car Rose, endormie dans la chambre, désapprouvait la musique séculière. Il chanta : « Alors, les amoureux, ça va ? Oh oui, tout va pour le mieux. Un nouveau-né arrivé dans la nuit, marcher, parler jusqu'au matin. Partez dans la montagne, les gars, partez dans la montagne. » Puis il sourit à l'homme au visage ceint de poils et de cheveux, lequel lui rendit son sourire en exhibant tous les échantillons de ce minerai qui fait s'entre-tuer les hommes et les pousse à tamiser le gravillon de lointaines rivières.

Zizi le bébé dormait comme elle n'avait jamais dormi. Clarence Dickason secoua la tête. « J'arrive pas à y croire, dit-il. Chicky d'Or l'homme à l'harmonica. »

*

Il revint le samedi suivant. On échangea des poignées de main et les ventres furent remplis. Ensuite, Rose put jouir d'une soirée de repos. Zizi se calma dès qu'on l'installa au creux du bras de Chicky d'Or l'homme à bébé. Elle dormit sous une couverture barbue sans s'agiter le moins du monde. Pas même lorsque devant la maison et dans la clairière d'altitude deux musiciens se mirent à jouer. Clarence Dickason et Chicky d'Or l'homme à l'harmonica, une salade improvisée d'harmonica et de guitare déglinguée. Des hurlantes dans le style gospel, blues et petits orchestres criards de la montagne. Le blues de l'enfer sacré, comme on l'appellerait plus tard.

Durant une pause, Chicky d'Or baissa les yeux vers la fillette qui reposait dans ses bras, puis les leva vers les étoiles du ciel. Il ne disait toujours pas grand-chose en compagnie de ses nouveaux voisins. Clarence ôta le couvercle en verre oxydé de la petite lampe posée entre eux dans l'herbe, puis alluma deux cigarettes. Lorsqu'elles furent fumées, Chicky se pencha sur sa chaise et sortit de sa poche revolver la flasque Derringer. Le moment était venu.

« Ho ho », fit Clarence.

Chicky ne voulait pas révéler à son nouveau voisin la qualité magique de la flasque, à savoir qu'elle se remplissait toute seule et sans fin. Il se contenta de la tendre à Clarence, qui jeta un coup d'œil vers la maison, où se trouvait sa sainte, sa championne d'abstinence, sa concubine. Puis il dévissa le bouchon de cet objet étrangement lourd et porta le goulot à ses lèvres. Il inclina la flasque presque à la verticale. Puis il l'inclina encore. Rien ne venait. Clarence ferma un œil et regarda dans le trou avec l'autre.

« Ça va te faire le plus grand bien », lui dit Chicky.

Clarence le regarda et hocha la tête, en pleine confusion. Il décida de ne rien dire sur cette flasque vide. Mais elle l'était bel et bien. Elle était aussi sèche qu'un os brûlé et elle dégageait l'odeur d'une flasque vide depuis une bonne vingtaine d'années. Clarence s'interrogea sur l'équilibre mental de cet homme qui tenait présentement son bébé dans ses bras. L'espace d'un instant, comme ç'avait déjà été le cas et comme ce le serait encore, ce type lui flanqua une trouille bleue.

Chicky reprit la flasque qu'on lui tendit. Il but une bonne rasade de son contenu inexistant et lâcha un « Ahhh » de satisfaction. Revissa le bouchon. Puis Clarence chanta et joua une version de la ballade de John Henry intitulée *Gonna Die With a Hammer in My Hand*. Son camarade reprit la mélodie à mi-chemin. Il l'accompagna d'une lamentation jouée à l'harmonica, si déchirante et désespérée que, si quelqu'un avait été là, il aurait juré que le musicien tenait son Hohner à deux mains, et pas à une. Il aurait juré que c'était un Sonny Boy Williamson des montagnes qui soufflait ce morceau.

*

Les membres du petit orchestre de Clarence devaient venir en août, et il en avait parlé en long en large et en travers à Chicky. Il lui avait dit qu'il devait se joindre à eux. Un bœuf d'une semaine était prévu, durant lequel Rose et les enfants seraient absents. Son père devait la retrouver à mi-parcours dans les montagnes. Il avait des amis prêts à transporter les fournitures jusqu'à la maison une semaine plus tard. On ne trouvait pas ce genre d'amis sous le sabot d'un cheval, car ils devaient accepter de gravir une pente très raide en portant un lourd fardeau. Et ils devaient accepter d'accompagner une femme blanche et toutes ses courses jusqu'à un homme noir vivant en exil. Mais tout se goupilla comme prévu, et le jour du départ de Rose, d'Albert et de Zizi, Nelson, Willie et Johnnie arrivèrent.

Pendant deux nuits et deux jours, Chicky d'Or resta caché sur la crête. Il regarda et écouta cet orchestre noir jouer, dans la clairière, devant la maison. Quand ils avaient joué jusqu'à plus de quatre heures du matin, ils dormaient dans l'herbe. Ils fumaient et ils buvaient du whisky. Nelson Bird, soixante-deux ans, était le plus âgé. Un homme aux cheveux gris, propriétaire de restaurant et originaire de Princeton, il portait toujours une fleur blanche à la boutonnière. Il jouait du banjo à cinq cordes dans le style *clawhammer*. Willie Carpenter était une star du base-ball à Bluefield, devenu mineur de charbon, devenu poseur de rails. Il frappait sa contrebasse avec une énergie incroyable. Et puis il y avait le neveu de Willie, Johnnie Johnston. Il avait seulement vingt et un ans. Il avait commencé le piano à quatre ans et en jouait comme un diable. Lorsqu'il n'y avait pas de piano disponible, comme c'était le cas en montagne, il jouait d'un petit harmonica. Il refermait ses mains dessus comme s'il avait grandi dans le delta du Mississippi, bien qu'il n'eût jamais quitté Fairmont, en Virginie-Occidentale, avant de s'engager dans le corps des marines. La guerre avait endurci ce jeune homme, qui avait maintenant un faible pour la bouteille. Il était rentré chez lui presque fou, et après un bref séjour en prison à Fairmont parce qu'il avait poignardé un homme à la cuisse, Johnnie avait rejoint son oncle Willie à Bluefield afin de travailler. A force de soulever et de poser des rails pour la Norfolk & Western, il était devenu très musclé et, un peu comme Chicky d'Or dans sa jeunesse, il se promenait toujours avec une flasque à la hanche, un couteau et un pistolet dans le pantalon.

Les vieux regrettèrent bientôt la venue de Johnnie. Craignant Dieu et fréquentant assidûment l'église, ils eurent très vite peur et se sentirent coupables par association. Mais dès qu'ils jouaient ensemble, toutes leurs craintes s'envolaient. Car ce jeune homme apportait à leurs improvisations la conviction qu'elles avaient un sens. Qu'elles n'étaient pas rien.

Chicky descendit de son perchoir un mardi matin, tandis que les musiciens dormaient encore pour se remettre de leurs efforts de la veille. La fosse à feu rougeoyait encore. Ils étaient allongés près de leurs instruments sur de la toile de jute et des sacs de couchage, l'air matinal les poussant à prolonger leur nuit. Chicky se racla la gorge pour les réveiller. Alors Johnnie Johnston sortit son feu avant même d'ouvrir les paupières. Par-derrière, une main toujours sous la nuque, il pointa son pistolet sur Chicky.

Willie s'agenouilla alors et dit : « Oh là, oh là. Tout doux, Johnnie. »

Chicky sourit en dévoilant sa denture en or et dit : « Ça fait un bail que j'ai pas regardé le trou d'une pétoire. J'avoue que j'ai un peu la chair de poule. »

Johnnie éprouva cette sensation qui pousse un homme à réfléchir avant d'agir. « Je peux y mettre un terme si tu veux, dit-il.

— Arrête ça, Johnnie, fit Clarence. Voici Chicky d'Or, dont je vous ai parlé. L'homme à l'harmonica. » Le premier soir, il avait expliqué à ses amis qu'un montagnard passerait sans doute, un vrai cinglé, aucun doute là-dessus, mais inoffensif. Il n'avait pas son pareil pour calmer les bébés. Et puis il jouait de l'harmonica comme personne.

Le vieux Nelson s'assit et se frotta les yeux.

« Cet homme des bois ? s'étonna Johnnie.

— Oui. »

Johnnie examina de la tête aux pieds le bonhomme qui se tenait devant lui. Grand et mince. Plus de poil qu'un chien de berger. L'incarnation même des pires clichés véhiculés par le monde extérieur sur la Virginie-Occidentale. Il abaissa son arme.

A midi, ils étaient tous rassasiés d'œufs sur le plat au bacon, accompagnés d'un café aussi noir qu'un jus de charbon. Au fil des heures, ils se mirent à parler avec moins d'hésitation à l'homme blanc. Tous, sauf Johnnie. Le jeune homme passait le plus clair de son temps à téter sa flasque et à rouler des cigarettes. Il fumait sans se servir de ses mains. Il roulait aussi des joints. Willie ne voulait pas y goûter, mais le vieux Nelson ne refusait jamais, tout comme Clarence. Quand son tour arrivait, Chicky imitait les autres, il inhalait et toussait. Il se mit à dévisager Johnnie Johnston. Sur l'épaule gauche de Johnnie, uniquement visible quand il se mettait en débardeur, un serpent était tatoué. Chicky se mit à frissonner à cause du joint, comme si lui-même venait de recommencer à frayer avec les reptiles. Il sentit que d'ici une minute il allait se lever, arracher ses vêtements et pousser un cri à glacer le sang. Mais il réussit à rester tranquillement assis et à se calmer.

D'abord il refusa de boire leur gnôle, même quand le soleil se coucha et que la musique commença. Ce joint avait éveillé en lui un sentiment nouveau. L'impression que les autres hommes le surveillaient de près, comme s'il les avait déjà rencontrés ailleurs.

A un moment, après la tombée de la nuit, Johnnie Johnston se leva pour soulager sa vessie, et dans sa démarche Chicky crut reconnaître Arly Jr. jeune.

Il ne parlait pas beaucoup, leurs blagues et leurs souvenirs ne le faisaient guère rire. Ils se rappelaient l'époque où ils soulevaient et posaient des rails. Le jour où ils s'étaient connus. Ils se souvinrent en riant de la manière dont ils se présentaient autrefois devant le public des saloons et des fêtes. Willie montrait Nelson. « Voici N. »

Nelson montrait Willie. « Voici W. » N&W. Un certain Otis présentait Clarence. « Voici C. » Puis Clarence montrait Otis. « Et voici O. » C&O. Les chemins de fer et les emplois qu'ils créaient étaient autant ancrés dans les mentalités de ces hommes du comté de Mercer, que l'industrie minière à Mingo. Ils avaient décidé de se rebaptiser aux initiales des compagnies, comme s'ils en étaient les propriétaires, alors que le plus souvent ils en étaient la propriété.

Le vieux Nelson souriait en mangeant et en parlant. Et entre deux gorgées de café, il tripotait les frettes de son banjo et racontait des anecdotes de son enfance. « Dans le temps, y avait pas de frettes sur les banjos, dit-il. Dans le temps on se contentait d'une marmotte. »

Johnnie émit un rire sarcastique. Personne d'autre ne moufta.

Le vieux continua. « Tu la prends au piège, tu la dépiautes, tu mets la peau dans les cendres et tu la laisses là un moment. Deux jours plus tard, t'enlèves les poils à l'aide d'un couteau. Avec des pointes tu fixes cette peau sur un cerceau à fromage, tu ajoutes un manche en chêne et tu te retrouves avec un banjo sans frettes.

— Et les cordes alors ? » demanda Willie. Avec ses mains nues il retourna les pommes de terre enveloppées dans du papier aluminium parmi les braises.

« Du crin de cheval. Tendu.

— Meeerde, lâcha Johnnie. Super, la cambrousse. »

Nelson jeta un coup d'œil à Chicky, dont les flammes dansantes soulignaient la barbe, les cheveux et les orbites profondes. « D'où tu viens, Chicky ? » demanda Nelson.

Chicky était assis, aussi immobile qu'une statue, sur une grosse pierre. Il se retourna vers la montagne et tendit le bras. Personne ne dit rien. Alors, comme s'ils s'étaient donné le mot, tous éclatèrent de rire. Chicky les imita.

Johnnie s'arrêta de rire en premier. « Ouais, t'es un drôle d'homme des bois », dit-il. Puis il se tourna vers le vieux. « Monsieur Bird, laissez-moi vous poser une question. Pourquoi regardez-vous sans arrêt l'homme blanc qui est là ? Vous arrêtez pas de lui poser des questions comme s'il avait toutes les réponses. Z'avez donc pas remarqué qu'il accepte pas votre whisky quand vous lui en proposez ? » Il se tourna vers Chicky. Le blanc de l'œil de Johnnie avait viré à une nuance rouille. « T'as peur de boire au goulot qu'a touché un homme de couleur ? »

Chicky lui rendit son regard. Les autres déglutirent, s'agitèrent. A cette époque, dans cette région, les Noirs ne s'adressaient pas ainsi aux Blancs. Le feu se mit à crépiter plus fort. « J'ai apporté mon propre whisky », répondit Chicky. Il se déplaça un peu pour sortir de sa poche sa flasque Derringer.

« Ouais, on a déjà entendu parler de ton whisky, fit Johnnie. Le whisky invisible.

— Tu peux répéter ?

— Cette flasque est aussi sèche que le sable du désert, homme des bois. »

Chicky baissa les yeux vers sa flasque. Il suffisait de le défier pour que sa paranoïa cède la place à la confiance et au calme. Il s'agissait là d'une habileté et d'un mépris pour le danger réservés d'ordinaire aux bandits de cinéma. Lentement, de manière imperceptible, il déplaça son pouce gauche vers le petit loquet situé près du goulot. « Eh bien, dit-il, je me demande pourquoi elle est si lourde. » D'un geste fluide, il fit jouer le loquet, attrapa dans sa main droite la partie argentée qui tomba, la retourna pour faire basculer l'arme dans sa main gauche désormais libre, puis braqua le flingue sur la tête de Johnnie Johnston, les deux moitiés de la flasque gisant entre les pieds nus de Chicky. Tout le temps, il resta assis sur sa pierre.

D'abord, personne ne parla. Aucun de ces hommes n'ignorait les armes à feu, mais ceci était autre chose, du moins pour les trois aînés. Un crapaud-buffle coassa.

Johnnie Johnston ne bougea pas d'un poil. Il resta allongé sur le flanc près du feu, en faisant rouler une feuille d'herbe entre le pouce et l'index. Il cracha par terre. « Faut que tu saches sur qui tu braques ton flingue, dit-il. J'ai fait des trucs tellement dingues… » Il avait visiblement perdu un peu de son assurance. Le visage ridé tourné vers lui avait vu des choses encore plus dingues, et le jeune homme s'en douta. Mais il ne put retenir le mot qui remonta de sa gorge et qu'il avait sur le bout de la langue depuis un moment déjà. « Fils de pute, lâcha-t-il. Je te passerai la corde au cou et je descendrai un verre d'eau. »

Nelson Bird soupira.

Chicky gardait son arme braquée sur Johnnie. « Willie, dit Chicky. J'ai remarqué que t'as les mains qui résistent bien à la chaleur des patates. Tu voudrais pas en lancer une en l'air, le plus haut possible ? » Willie hésita, et Chicky en profita pour s'adresser de nouveau à Johnnie. « Enculé, dit-il. Je vais dynamiter ta maison et à trois cents mètres te percer un troisième œil entre les deux que t'as déjà. » Puis, à Willie, qui s'était figé en entendant ces derniers mots : « Alors, ces patates ? Tu vas en lancer une, oui ou non ? » Willie obéit enfin et lança la chose très haut avant qu'elle ne lui brûle les empreintes digitales. Chicky pivota sur son rocher et tira, deux fois. En trois secondes, le petit pari fut terminé, la patate enveloppée de papier alu percuta le sol et Johnnie avait dégainé son arme. Il la garda braquée sur Chicky tandis que le montagnard se levait et marchait vers la patate tombée à quelques pas de là, mais toujours dans la lumière du feu. « Patate chaude ! » s'écria Chicky en la lançant à Willie. Lequel l'attrapa et la laissa tomber par terre près du feu. Tous baissèrent les yeux vers elle, tous sauf Johnnie et Chicky, qui savaient déjà de quoi il retournait. Deux trous, parfaitement ronds, séparés de trois centimètres. Chicky sourit à l'homme qui à tout moment pouvait le descendre. L'or attirait l'attention, souligné comme tous les attributs de son propriétaire par la lueur du feu. « Je te passerai la corde au cou et je descendrai un verre d'eau », dit Chicky. Puis, se rasseyant sur sa pierre, il répéta encore ces mots. Il sortit l'harmonica de sa poche de chemise et souffla dedans. Ou plutôt, il parla dedans. Et l'harmonica chanta ces mots, très bas et d'une voix enrouée : « Je te passerai la corde au cou et je descendrai un verre d'eau. » Chicky s'arrêta de jouer et se tourna vers Clarence, qui restait assis, ahuri, tenant la bouteille de whisky que les Noirs faisaient circuler depuis le début de la soirée. « Clarence, dit Chicky, je crois que je vais boire un petit coup de ce truc que vous m'avez proposé. » Il sourit encore, baissa les yeux vers la patate trouée. Il pensa à un nom qu'il n'avait pas prononcé depuis des années : Sid Hatfield.

Nelson Bird se racla la gorge.

Chicky saisit la bouteille que Clarence lui tendait. Il avala une bonne rasade de whisky. Le liquide le brûla et modifia instantanément tout ce qui se trouvait en lui et autour de lui, et il sut que désormais il resterait branché sur ce truc le plus longtemps possible chaque jour et tous les jours de la semaine. Il regarda le vieux Nelson. « Pour répondre à ta question. Mingo. Je viens de Mingo. »

Johnnie baissa son pistolet et le remit dans sa ceinture.

CHAPITRE 18

Radio samedi soir

Le mot « radio » éveilla chez Chicky des pensées et des souvenirs de télégraphes électriques, de téléscripteurs et de grosses entreprises comme Westinghouse qui avaient des antennes dans des villes comme Pittsburgh et Chicago. La radio était une chose que la *Navy* pouvait contrôler si elle le désirait. Mais à la manière dont Johnnie et Willie en parlaient, la radio était une source de distraction pour gens normaux. Ils disaient qu'il y avait une station appelée WHIS à Bluefield possédant un émetteur surpuissant dont la portée s'étendait à deux cents kilomètres à la ronde. Cette information stupéfia le montagnard, mais la confusion fut ce qui caractérisa les quatre journées suivant la perforation de la patate. A cause du volume considérable de whisky éclusé. Cette consommation engendra la musique, et la musique l'amitié. Ou du moins le mirage de l'amitié. Et les deux hommes qui devinrent très proches furent ceux qui d'abord avaient failli s'entre-tuer. Là, dans cette clairière de la montagne, Chicky et Johnnie créèrent une chanson qui devait damer le pion à toutes les chansons. Le piano qui était resté dans le restaurant de Nelson Bird manquait cruellement à Johnnie Johnston. Il sentait que, s'il pouvait poser ses doigts sur un clavier accompagné par l'harmonica du barbu, et s'ils réussissaient à passer à la radio, alors ils tiendraient un succès en or, exactement comme les dents qu'exhibait Chicky.

Ainsi le montagnard oublia-t-il tout ce qu'il avait appris en vingt-quatre ans. Tout ce qu'il savait désormais, c'était qu'il avait une soif perpétuelle de gnôle, et qu'il était prêt à suivre le premier venu pour l'étancher. Il retourna à sa cabane en chaume construite sur le versant sous le vent de la montagne, simplement pour la camoufler et en dissimuler l'entrée. Auparavant, il prépara son vieux sac à dos de l'armée confédérée, dont le contenu se révéla étonnamment utile. Il y avait des cartouches pour remplacer celles du Derringer qu'il avait récemment utilisées. Il le rangea dans le compartiment secret. Il y avait la vieille gourde à eau, la boussole et la carte, les fragiles feuilles de papier sur lesquelles il avait griffonné ses absurdités jusqu'au jour où il tailla son dernier crayon et s'aperçut qu'il n'en restait rien. Il y avait l'argent, celui qui se plie et celui qui tintinnabule, toujours disponible après tout ce temps. Il effaça jusqu'à la moindre trace de son logement de fortune, même si sa cabane était si éloignée de tout que personne sans doute n'irait la dénicher.

Avant de repartir, Chicky d'Or contempla l'endroit où il avait habité pendant plus de deux décennies. La gnôle médiocre qui courait dans ses veines, loin d'aiguiser l'œil comme l'élixir de la veuve, coupait l'homme de son environnement. Lente et anesthésiante, elle rendait le décor indifférent. Devant sa cabane sur la colline, il ne ressentait rien, et les tortues allaient leur petit bonhomme de chemin, les fleurs avalaient les moucherons, les torrents de montagne gargouillaient, et l'homme qui était venu vivre parmi eux s'envoya une rasade du whisky que Clarence lui avait donné, puis il cracha par terre.

Ainsi le montagnard redescendit-il de ses montagnes.

En chemin, ils croisèrent Rose, Albert et Zizi, accrochée sur le dos de sa mère et en larmes. Trois hommes chargés de provisions transpiraient sans rien dire. Ils adressèrent un signe de tête à Chicky, car certains de leurs proches continuaient de vivre comme lui. Chicky prit le bébé dans ses bras. Zizi se calma aussitôt et s'endormit. Il la réinstalla sur le dos de Rose, laquelle l'embrassa sur la joue. « Fais bien attention à toi, là-bas », lui dit-elle. Clarence lui serra la main avant de faire demi-tour vers la montagne avec sa famille. Il se retourna quatre fois pour regarder son petit orchestre disparaître, amputé de son membre fondateur.

*

En moins de deux semaines, Chicky s'habitua presque au petit matelas sur lequel il dormait dans la cabane à outils de Willie. Quasiment toutes les nuits, cette literie lui semblait trop molle et il se retrouvait à dormir à la belle étoile, à côté d'un cornouiller. Chaque matin, l'épouse de Willie regardait le montagnard par la fenêtre de la cuisine. « On dirait un animal », confiait-elle à son mari.

Bientôt, il s'habitua presque aux poteaux téléphoniques et aux grosses voitures arrondies. Aux mystères de la plomberie intérieure et aux boîtes en contreplaqué qui abritaient des films miniatures. A Bluefield, deux saloons avaient des boîtes semblables derrière le bar. On appelait ça la télévision. Des colosses ivres morts rugissaient en regardant un Noir minuscule et grumeleux mettre K.O. son adversaire blanc à l'intérieur de cette petite boîte.

« Tu as vu Joe Louis à la télé ? » demandaient des cheminots à Johnnie. Puis ils examinaient des pieds à la tête le rustre à longue barbe qui le flanquait, et fronçaient les sourcils.

« Voici Chicky d'Or, l'homme à l'harmonica, leur annonçait Johnnie. Lui et moi, on va graver un disque ensemble. Devenir célèbres. » Ils restaient au saloon pour s'enivrer et Johnnie répétait la même chose à tous ceux qu'il rencontrait. Chicky se contentait d'exhiber sa denture en or, qui effrayait, troublait ou étonnait assez les gens pour qu'ils lui rendent son sourire avant de tourner les talons.

En moins de trois semaines, grâce aux riches clients que Nelson Bird recevait dans son restaurant, Johnnie et Chicky réussirent à décrocher un passage dans l'émission du samedi soir de WHIS. Elle diffusait en direct les prestations des talents locaux. Surtout de la country. De la country blanche. Mais le gospel avait ouvert la porte aux talents noirs, et comme le directeur de la station était en voyage d'affaires à Charleston, ce fut le jeune présentateur qui les accueillit, avec une certaine nervosité.

La salle de contrôle était plongée dans l'obscurité, une seule ampoule allumée au-dessus d'une table géante, en cerisier, couverte de gadgets. Chicky n'avait jamais rien vu de tel. Le phonographe installé à côté de cette table était lisse, noir et compact, tout comme le disque qui tournait dessus. Une tour se dressait de l'autre côté, couverte de boutons et de cadrans, où les aiguilles dansaient de gauche et de droite tandis que, de l'autre côté de la paroi en verre, un quartette de chanteurs proprets s'époumonait dans le microphone. C'était un énorme micro argenté, suspendu au centre du studio d'enregistrement, telle une corde de sauvetage pour les désespérés. Le disc-jockey reprit l'antenne, puis, dans son propre micro brillant et articulé, il déclara : « Et une fois encore, chers auditeurs, c'était les War Eagle Four avec *Wildwood Roses*. On se retrouve tout de suite. » Sa main voleta parmi les papiers accrochés devant lui, à côté de lui, derrière lui. Il fit basculer des interrupteurs.

C'était affolant.

Il pivota sur son fauteuil de bureau et leur fit face. « Je suis un peu surmené ce soir », dit-il. Il avait trop de gomina dans les cheveux et une peau boutonneuse. « Et puis franchement, vous seriez pas ici ce soir si le vieux restaurateur noir avait pas fait autant de gringue à M. Schott. » Il les fusilla du regard. « Je vous présente tous les deux comme Chicky et Johnnie ?

— Oui, m'sieur », dit Johnnie. Il écrasa sa cigarette sur le talon de sa chaussure et fourra le mégot dans sa poche.

« On dirait que vous êtes trois. »

Willie était venu avec sa contrebasse. Le vieux Nelson et son banjo avaient lentement mais sûrement été écartés du son qui prenait forme. C'était juste une question de temps avant que Willie ne se fasse éjecter à son tour.

« Il fait l'accompagnement à la basse, répondit Johnnie.

— Bon. Mais pourquoi c'est toujours toi qui réponds à mes questions ? Le bandit aux pieds nus ici présent, il fait quoi comme accompagnement ? »

Personne ne répondit. Le jeune disc-jockey regarda un petit moment les pieds sales de Chicky. « Peu importe, dit-il. Il vous suffit d'aller là-bas, de vous installer au piano et ce sera comme vous voudrez. Vous connaissez la musique. On revient au direct dans deux minutes. » Les jeunes Blancs proprets, en cravate et chemise amidonnée, émergèrent du studio en riant. Ils contemplèrent le groupe suivant avec un mélange de condescendance et d'incrédulité.

Le disc-jockey tenta de calmer le jeu. « Faut de tout pour faire un monde, les gars, dit-il.

— T'as raison, Jimmy, répondit l'un d'eux. Si t'entends par là deux nègres et un homme des bois. » Ils rirent un peu plus fort en franchissant la porte de la salle de mixage.

Willie était à deux doigts de rentrer chez lui. Johnnie rit un peu et mémorisa le visage des fripouilles. Quant à Chicky, il était rond comme une queue de pelle.

Ils entrèrent dans le petit studio brillamment éclairé que le quartette blanc venait de quitter. Jimmy, le disc-jockey, prit la parole sur l'interphone pour régler les derniers détails. Ces réglages jetèrent une confusion sans nom dans l'esprit de Chicky, qui commençait à penser qu'il n'aurait jamais dû venir là. « Comment voulez-vous que je vous présente ? Chicky et Johnnie, ça me paraît pas très bon », annonça la voix tonnante. Chicky rentra la tête dans les épaules comme si cette voix risquait de leur atterrir dessus.

Johnnie répondit : « Que dirais-tu de "Deux négros et un homme des bois" ?

— Trouve autre chose.

— Nous sommes les Picoleurs de Virginie-Occidentale », dit Chicky. Il sortit son harmonica et souffla un peu dedans. Willie et lui prirent place sous le microphone central. Johnnie s'installa au demi-queue déglingué.

« Si c'est ça que vous voulez, répondit Jimmy. Et je vous présente comme jouant de la country, du gospel *et* du blues ? Je sais pas ce que ça veut dire, mais bon... » Willie frappa les cordes de sa contrebasse, en fit tourner les chevilles. « Encore trente secondes. Le titre de la chanson ?

— Ça ira comme ça », répondit Johnnie. Les yeux fermés, il laissa ses doigts courir sur les touches ébréchées. Il alluma une autre cigarette.

Quand Jimmy le faux-cul les présenta et leur donna le signal quelques secondes plus tard, Willie attrapa une ligne de basse lente, grave et sinueuse. Johnnie prit le relais en douceur. Chicky attendit, puis lâcha quelques notes à déchirer les anches. Ils étaient en phase. Johnnie garda les yeux fermés en commençant à chanter :

Oui, je vais me servir un verre d'eau
Et te passer la corde au cou
Le diable je l'ai dans la peau
Et il m'a ôté tout espoir
Oui, je vais te coller ce bâton de dynamite
Pile sous le nez
Parce que j'ai vu le pire qu'un homme peut voir
Et voilà pourquoi je suis sur le trottoir.

La voix, le son tout entier, était une charretée d'accords enfumés et de rythmes poisseux martelés par une semelle trouée. Chicky joua une partie de la chanson par le nez. C'était le blues de l'enfer sacré et les seuls country ou gospel dignes de ce nom, d'une espèce que Jimmy le disc-jockey faux-cul n'avait jamais entendue. C'était la musique du péché, dont il ignorait tout, et il les laissa la jouer jusqu'au bout même s'il avait les paumes bien moites contre son pantalon en rayonne. Il marmonna une transition gênée pour annoncer la pub, bascula l'interrupteur, puis bredouilla une kyrielle pitoyable de jurons inefficaces avant de lâcher : « Maintenant, barrez-vous d'ici. »

Tout se passa devant les musiciens suivants, un groupe de country originaire du comté de Mingo. Ce qu'ils venaient d'entendre leur avait plu et ils le dirent en croisant les Picoleurs de Virginie-Occidentale, qui arboraient ce sourire particulier seulement possible quand on vient de jouer de la vraie musique. Seul Willie hésitait. Après tout, la musique qu'ils venaient de diffuser sur les ondes était de la musique illicite, et Willie était père de famille.

« C'était super-bien. Vraiment différent », leur dit la jeune femme. Elle portait une marguerite derrière chaque oreille. Elle regarda longuement Chicky, lequel découvrit quelque chose dans cette beauté brune qui lui accéléra brutalement le pouls. Son groupe s'appelait les Quatre de Mingo. Elle chantait, avec accompagnement de violon, tympanon et banjo. Tous des hommes, tous plus âgés qu'elle.

Dans le couloir qui donnait sur la salle de mixage, Willie, Johnnie et Chicky éclatèrent de rire, s'assenèrent de grandes tapes dans le dos et fumèrent leur Chesterfield. Ils entendaient un Jimmy furieux donner ses instructions aux Quatre de Mingo, mais ils ne saisirent ni le titre de la chanson ni le baratin du disc-jockey. Bientôt, le groupe se mit à jouer et là, dans ce couloir faiblement éclairé, l'acoustique était parfaite. Le geignement étouffé du violon, les notes tranquilles du tympanon, le vieux banjo à cinq cordes, tout était d'une clarté limpide qui calma leur excitation. Et quand la voix de la jeune femme se fit entendre, elle était splendide. Aussi belle qu'un solo dans une église. Ils discernèrent parfaitement les paroles :

Eh bien, les gars, vous connaissez l'histoire
De ce tireur d'élite de Mingo
Qui en ce jour de 1920 décida d'occire
Al Felts le dingo.

Ce garçon avait les dents pourries
Mais aussi un œil d'aigle
L'amour dans son cœur jamais ne tarit
Pour les mineurs faisant de la vérité leur règle.

Dans l'escalier situé au fond du couloir, la vision de Chicky se brouilla. Tout devint rouge. Un hurlement commença à lui remplir les oreilles et il sentit ses genoux céder sous son corps. Il s'écroula tel un homme foudroyé par une crise cardiaque.

Johnnie et Willie s'agenouillèrent près de lui, le giflèrent un peu. Ils tendirent l'oreille pour capter sa respiration, ils l'entendirent enfin, puis ils le transportèrent dans la rue au moment précis où Jimmy le faux-cul annonçait aux auditeurs de WHIS : « C'était les Quatre de Mingo avec *La Ballade de Gueule-Tranchée.* »

Chapitre 19

Un vagabond sans feu ni lieu

La chanteuse des Quatre de Mingo était Mlle Louise Dallara, la fille de Fred et Clarissa Dallara. Elle était née dans ce couple constitué d'une paisible mère de famille et de son mari, le shérif du comté de Mingo, en 1928, avant la grande Dépression et l'effondrement du syndicat qui laissa de nouveau les coudées franches aux entreprises charbonnières. Fred Dallara s'était hissé presque au sommet d'une de ces entreprises, la White Star Mining, avant de laisser la place aux frères Crews et de faire carrière dans les forces de maintien de l'ordre. Ce type d'emploi lui conféra un pouvoir différent, qui incluait le droit de protéger sa famille contre quiconque menacerait encore de faire vaciller tout l'édifice social. Fred se montrait froid et poli envers son épouse et ses enfants. Il était resté proche de Mose et Warren Crews, des hommes qui avaient veillé à ce qu'Arly Scott Jr. demeure enfermé à Moundsville pour le restant de ses jours et serve d'exemple à tous ceux qui voudraient remettre en question la puissance de l'entreprise de feu leur père.

Fred n'adressait plus la parole à sa benjamine Louise depuis qu'elle avait terminé ses études secondaires et pris sa vie en main pour devenir musicienne. Selon le père, l'intérêt de Louise pour la musique était presque aussi déplacé que son admiration pour les syndicats et les socialistes, sans parler des héros locaux oubliés durant la période la plus chaude des combats.

Les gens parlaient peu de cette époque de troubles révolue. Les Scott, Arly Sr. et son épouse, étaient retournés en Georgie. Bill Blizzard avait perdu de sa flamme. Et à l'école, personne ne pipait mot sur la fusillade de Matewan ou sur la bataille du mont Blair.

L'hôtel Urias restait ouvert, tout comme la quincaillerie Chambers. Matewan, Logan et Welch connaissaient un calme durable, tandis qu'à Keystone les prostituées continuaient de s'occuper de leurs clients, indépendamment de leur origine sociale. Ewart Smith suivit leur exemple, jusqu'au jour où elle tomba enceinte de son troisième enfant et partit enfin pour le Tennessee. Personne ne sut si elle était arrivée à bon port.

A Bluefield, l'homme qui avait abattu Sid Hatfield, Charles Lively, vivait et prospérait dans une multitude d'entreprises lucratives. Ses enfants eurent à leur tour des enfants et il était fier d'être un grand-père en semi-retraite vivant confortablement.

A Warm Hollow, la maison de pionnier toute de guingois et construite en bardeaux était toujours debout. La veuve Dorsett y vivait toujours. Mais à peine. Elle avait soixante-dix-sept ans. Clarissa l'avait suppliée de venir habiter avec elle et Fred en ville. Maintenant que les enfants étaient grands, il y avait beaucoup de place chez eux. Mais la veuve refusa. « Je suis très bien ici », dit-elle.

Allongé à plat ventre sur la crête dominant cette maison où il avait grandi, Chicky d'Or ignorait tout cela. Il ne savait pas qui avait tué Sid Hatfield, ni ce qu'étaient devenus ses amis Arly et Ewart, ou ses ennemis les frères Crews. Il ne savait pas si sa mère était vivante ou morte.

A Bluefield, les gens ne s'intéressaient pas à leurs voisins de la petite ville de Mingo. Avant de quitter Bluefield pour découvrir ce qui s'était passé en son absence, il n'avait pas posé beaucoup de questions afin d'éviter que les gens ne s'en posent à son sujet.

Dans le couloir du studio de radio WHIS son cerveau avait disjoncté et il s'était réveillé dans la cabane de Willie en entendant toujours les paroles de la chanson des Quatre de Mingo. Il avait alors demandé à la femme de Willie : « Madame, je compte partir d'ici et ne plus vous ennuyer si vous me permettez d'utiliser vos ciseaux de cuisine et votre cuvette. » Elle accepta, et Chicky émergea bientôt de la salle de bains avec une élégante barbe de dix centimètres et des cheveux courts. Il était presque beau.

Willie ne pensa pas grand-chose du départ du montagnard, mais Johnnie faillit une fois de plus l'occire. Johnnie était bien décidé à partir pour Philadelphie, Detroit et New York, afin d'y trouver quelques cachetons et d'étoffer leur répertoire. « De toute façon, t'es rien qu'un homme des bois », dit-il à Chicky en lui tournant le dos, tandis que le sourire en or massif s'approchait et que la tremblote due au manque de whisky s'installait. Debout dans ses chaussures de Boston et coiffé d'un feutre gris d'acquisition récente, Chicky d'Or répondit à son pianiste : « Tiens-toi à carreau, Johnnie. »

Sur le chemin de Bluefield, il fit halte à la radio WHIS et apprit par Jimmy le faux-cul le nom de la jeune chanteuse, Louise Dallara. Quand le D.J. prononça ce nom, Chicky faillit retomber en syncope.

Il resta deux jours sur la crête en surplomb de la cabane aux rondins grossièrement taillés. Il dormait par intermittence. Il ne discerna pas le moindre mouvement à l'intérieur. Les toilettes extérieures étaient toujours là, mais elles semblaient inutilisées. Le potager de tomates avait disparu. La petite grange était en ruine.

Baissant les yeux de son perchoir, Chicky d'Or pleura et but juste assez de whisky pour atténuer ses crises de tremblote.

Clarissa arriva un jeudi matin. Dès qu'elle eut franchi le seuil de la cabane, Chicky dévala la colline.

Il ouvrit la porte sans frapper.

Clarissa se tenait penchée au-dessus de la veuve, qui était allongée sur le côté dans un lit double, à l'endroit où se trouvait autrefois la table de la cuisine. Clarissa se redressa et le regarda. Le temps avait été indulgent envers elle : la peau, les yeux, les cheveux et le reste. Elle croisa le regard de l'intrus et fronça les sourcils.

« Clarissa », dit Chicky en ôtant son chapeau et en lui adressant un signe de tête.

La veuve n'avait pas encore levé les yeux. « C'est Fred qui vient danser sur ma tombe ? » s'enquit-elle. Sa voix était désormais haut perchée et un peu chevrotante.

Personne ne lui répondit. Elle leva alors la tête et regarda son garçon. Puis elle laissa sa tête retomber sur l'oreiller. « Eh bien, fit-elle, je sais maintenant que j'ai perdu l'esprit pour de bon. »

Clarissa s'assit sur le lit et passa les doigts dans les cheveux de sa mère. Une boule de la taille d'une prune venait de se former dans sa gorge ; elle se crut sur le point de s'évanouir par manque d'air, ou de vomir, l'un ou l'autre. Elle était incapable de parler.

« Ces bretelles que je vois à tes épaules ? Ce vieux sac à dos de la guerre de Sécession, il tient toujours le coup ? » La veuve avait encore de bons yeux.

« Oui, m'dame, réussit à répondre Chicky.

— Comment t'appelles-tu maintenant ?
— Chicky d'Or.
— Fais-moi un sourire, que je voie », dit la vieille dame en relevant encore la tête.

Il fit ce qu'elle lui demandait. Clarissa se mit à pleurer. La veuve rit et dit : « Ce bon vieux docteur Warble s'est bien occupé de tes quenottes, pas vrai ? » Elle laissa retomber sa tête sur l'oreiller et soupira comme si elle était aussi bouleversée que Clarissa. Mais elle caressa les mains de sa fille avec les siennes ; sous la peau mince couraient de grosses veines violacées. « Je savais que Dieu me réservait quelque chose de ce genre, dit-elle. Je sentais bien qu'il me gardait en vie pour quelque chose comme ça. » Quand elle lui fit signe d'approcher, il posa le sac par terre, puis s'assit sur le lit de l'autre côté de Clarissa, si bien que la veuve était allongée entre eux. « Tu sais que je vais partir très vite maintenant que tu es ici.

— Oui, m'dame », dit Chicky. Clarissa avala la prune qui lui bloquait la gorge, se redressa et s'essuya les yeux. Son ventre la brûlait, mais elle sourit à sa mère et continua de lui caresser les cheveux. Elle ne parvenait pas à regarder cet homme aux dents si brillantes. Il la dévisagea quelques secondes seulement, avant de baisser les yeux vers la veuve. Elle s'était endormie. Elle portait une chemise de nuit en coton blanc, cousue de ses propres mains. Un drap recouvrait presque tout son corps, mais Chicky regarda le sang palpiter dans les veines du cou, puis ses yeux remontèrent le long des profondes rides jusqu'au menton, puis au-delà de la bouche et du nez vers les yeux clos et le front. Ses cheveux étaient aussi blancs que sa chemise de nuit non lavée. Alors que tout chez elle avait rétréci, ses oreilles semblaient avoir grandi. Il posa les doigts sur la joue de sa mère et les laissa là, en les faisant monter et descendre doucement, si bien qu'ils entrèrent en contact avec la main de Clarissa. Une fois encore, l'électricité fut instantanée. Mais ils n'échangèrent aucun regard.

Avant de mourir le lendemain soir, la veuve demanda à son garçon d'ouvrir le coffre au grenier et de descendre la boîte fermée à clef qu'il y trouverait. Il s'exécuta. Elle lui dit ensuite où se trouvait la clef : dans un récipient à farine posé sur la cuisinière. La veuve n'avait jamais eu de cuisinière en acier.

La boîte contenait des coupures de presse qu'elle avait gardées pour lui depuis le départ de Chicky, chaque coupure annotée de quelques mots griffonnés au crayon. Il y avait des descriptions de familles ruinées par la Dépression et qui rongeaient les os de poulet trouvés dans les poubelles des riches. Une autre guerre mondiale, évoquée en termes vulgaires et ampoulés. Dans les marges, elle avait écrit : *Et les hommes font ce qu'ils ont toujours fait, infligeant à autrui les mauvais traitements qu'ils administraient déjà avant même de savoir parler.*

Il y avait des articles extraits d'un nouveau journal de Richwood appelé le *News-Leader*. Sous ces coupures et sous un fatras d'autres, tout au fond de la boîte, Chicky trouva une liasse, entourée de ficelle, qui rassemblait des fragments de journaux défraîchis et près de tomber en poussière. Ils venaient du *Williamson Daily News* et ils parlaient de l'époque qui avait suivi les guerres minières. L'enterrement de Sid Hatfield était illustré de photographies, désormais grisâtres. Dans certains articles on se demandait où était passé *le jeune Taggart aux dents pourries*, à qui l'on attribuait toute une kyrielle de meurtres.

« Si les syndicalistes ne s'étaient pas servis de toi, dit la veuve, tu aurais fait un excellent journaliste. » Sa respiration s'était ralentie à presque rien.

Debout près d'eux dans la cuisine, Clarissa épluchait des pommes de terre pour leur hôte. Puis elle sortit de la maison et elle attendit.

« Sous toutes ces coupures de presse se trouve la preuve indiscutable que tu as bel et bien vécu ici », lui dit alors sa mère. Un certificat de naissance, le seul existant, car un incendie avait transformé le centre de Matewan en un champ de ruines. Quelques documents d'adoption plus ou moins légaux, là encore les seuls exemplaires. Elle pencha la tête sur l'oreiller pour le regarder droit dans les yeux. « Prends cette boîte. Et continue de faire ce que tu fais. Tu comprends, Chicky ? » Non sans mal, elle réussit à prononcer ce nom. Il sonnait bizarrement, mais c'était indispensable. L'espace d'un instant, lorsqu'elle lui demanda s'il comprenait, ses yeux reprirent vie, retrouvèrent l'éclat qu'enfant il leur avait connu. L'œil de la bête. Omniscient, avisé, doux, un regard auquel rien n'échappait jamais. Mais cet éclat faiblit aussi vite qu'il s'était remis à briller.

Il répondit qu'il comprenait.

Tous les muscles, les tendons et les nerfs de la veuve se relâchèrent alors, et son corps parut s'enfoncer dans le lit. Elle dit à son seul garçon : « Ne te laisse pas embobiner. »

Ce furent les dernières paroles de la veuve.

*

Bien qu'elle n'eût pas assisté au moindre office religieux depuis 1920, la veuve aurait droit à une cérémonie funèbre à l'église méthodiste. Durant ses derniers jours, elle n'avait pas voulu s'élever contre d'éventuelles dispositions, moyennant quoi Clarissa et Fred eurent les coudées franches pour agir à leur guise. Un rituel chrétien s'imposa donc. Avec les fidèles de l'église, les notables de la ville et un prêtre ânonnant ses prières. La veuve n'opposa aucune objection. Elle ne serait pas là pour assister à l'office funèbre.

Mais son fils, en revanche, y serait. Après qu'elle eut expiré dans le lit de la petite cuisine, il l'embrassa sur le front, puis sortit fumer une Chesterfield et parler avec Clarissa. Elle évoqua alors des projets de cérémonie religieuse. Avec l'ongle du pouce il gratta de petits brins de tabac coincés entre ses dents en or tout en l'écoutant discourir, évoquer ce qu'il fallait faire. Une liste d'affreuses corvées funéraires pour éviter d'échanger de vraies paroles avec lui. « J'imagine que tu ne pourras pas assister à l'office ? s'enquit-elle.

— Mais bien sûr que si », rétorqua-t-il.

Puis il songea à lui raconter les vingt-quatre dernières années de sa vie passées dans les montagnes. Comment un mois plus tôt il n'avait pas su si elle était réelle ou un simple produit de son imagination, comment il avait oublié qui il était tout comme il avait oublié le passé. Au lieu de quoi, il tendit le bras, attira sa sœur contre lui et la serra très fort. Il l'embrassa sur la joue, puis tourna les talons. Quelque chose bloquait la poitrine et la gorge de Clarissa. Elle faillit arrêter de respirer.

Ainsi franchit-il les portes de l'église méthodiste, qu'il avait ouvertes pour la dernière fois en sens inverse après avoir flanqué un coup de pied si violent dans les testicules de Hob Tibbs que la crapule n'avait pas pu remuer les orteils pendant un sacré bout de temps. Il était dissimulé par son chapeau mou, sa barbe et les rides qu'il avait acquises en vivant à la dure dans les montagnes. Clarissa n'avait averti personne du retour de son frère.

Il s'installa trois bancs derrière le premier où Clarissa était assise, épaule contre épaule, à côté de Fred, lequel arborait toujours la cicatrice témoignant de sa première tentative pour embrasser Clarissa sous les yeux de son frère. Il y avait près de lui deux jeunes adultes revenus chez eux de Morgantown où ils faisaient des études auxquelles leurs ancêtres italiens n'avaient pas eu droit. A côté d'eux se trouvait Louise Dallara, oiseau chanteur et révolutionnaire. En s'asseyant derrière elle et en regardant sa nuque fine, Chicky se mit à penser à Louise comme à sa propre fille.

Ils se levèrent, s'assirent, s'agenouillèrent, écoutèrent et récitèrent à l'unisson. Le prêtre prononça exactement les mêmes mots que pour l'enterrement de Frank Dallara : « Les désespoirs de la mort m'ont transi. » Hob Tibbs, le faciès lui aussi décoré d'une belle cicatrice, était assis à droite du prêtre dans le fauteuil en bois de cerisier et à haut dossier. Vêtu d'un pantalon qui lui arrivait à mi-mollet, il luttait contre le sommeil. Dans les rayons de soleil qui traversaient les vitraux, on voyait bien que c'était désormais un vieillard qui avait du mal à se lever et à s'asseoir.

Quand le moment arriva de rendre un dernier hommage devant le cercueil ouvert, les gens firent la queue. Il y avait davantage de personnes présentes qu'on aurait pu le penser de prime abord, car un amateur de gnôle est capable de rester à jeun pendant une bonne partie du dimanche matin pour rendre un dernier hommage à celle qui emporte dans sa tombe les secrets de sa distillation.

Chicky trouva sa place dans la queue et passa devant sa mère comme les autres. Il avait bien sûr ôté son chapeau dans la maison du Seigneur, se moquant d'être reconnu ou pas. Il baissa les yeux vers la veuve au visage cendreux maquillé par un embaumeur, et qui semblait ridicule dans une robe qui ne lui appartenait pas. Il sourit et toucha sa main glacée. Puis il leva les yeux et se surprit à regarder fixement ceux de Hob Tibbs, lequel faillit chier dans son froc en découvrant devant lui le garçon qui avait jadis promis de le tuer.

Chicky d'Or lui adressa un clin d'œil, puis descendit la nef centrale.

Il franchit les doubles portes et retrouva la lumière brumeuse d'une journée menacée par de gros nuages noirs. Tandis qu'il marchait vers le pont, dans l'église Hob Tibbs se hâta d'aller trouver le shérif Fred Dallara pour l'informer qu'un fugitif était parmi eux. Un assassin. Le shérif jeta un regard à son épouse, qui ne broncha pas. Puis il se leva et rejoignit la sortie, Tibbs sur ses talons.

Ils ne l'attraperaient pas ce jour-là. Ils ne savaient pas qu'il avait récupéré son sac à dos dans sa cachette et franchi la rivière Tug pour rejoindre le Kentucky et voir la tombe où sa mère adoptive devait être enterrée. Ils ne purent l'empêcher de faire ses adieux à la veuve et de voir le lieu de son dernier repos. Ce trou était bien creusé et régulier, contrairement à celui que lui-même avait creusé pour exhumer son père. Il sentit qu'il devait y mettre quelque chose, afin de tenir compagnie à sa mère adoptive, mais elle n'en aurait pas voulu. L'espace d'un instant, il pensa verser le contenu du bocal de gnôle qu'elle lui avait donné avant de mourir, le verser dans la terre de la tombe. Mais Chicky n'était pas encore tout à fait prêt à faire ce geste. Il se contenta donc de regarder la tombe vide en se disant qu'il était parfaitement justifié que nous finissions tous dans la terre, et recouverts. Avalés. A nous mélanger avec tous les autres morts et les petits insectes sans nom qui nous dévoraient et se reproduisaient ainsi. La tombe de la veuve se trouvait à vingt pas de la pierre tombale de Sid Hatfield, une gigantesque stèle noire où l'on avait gravé le visage de Deux-Feux. Sous le visage se trouvaient ces mots : *Nous n'oublierons jamais.*

Parmi les coupures de presse qu'elle avait mises de côté pour lui, il lut et relut le nom de l'homme qui avait tué Sid. Un citoyen de Bluefield. Un certain Charles E. Lively. Chicky comptait bien lui rendre une petite visite, mais Lively n'était pas le premier sur sa liste. Ce privilège était réservé à un autre.

*

Le voyage en train jusqu'à Moundsville fut sans événement notable. Il y avait une voiture-bar où Chicky faillit s'endormir, le ventre plein de sandwiches au salami et de bière, bercé par le rythme parfait de la locomotive. Il avait décidé depuis longtemps de ne plus jamais remonter dans une automobile. Pas après ses déboires avec la Ford Model T et tout le sang qui semblait couler dès qu'il montait dans une voiture. Elles avaient beau être désormais plus grosses, plus sûres et plus rapides, il était fermement décidé à voyager en train ou à pied. La voiture était une invention stupide. Un piège mortel.

La veille de l'enterrement, il avait passé deux coups de fil du saloon de Matewan et convaincu les autorités de lui délivrer un permis de visite aux prisonniers sous un faux nom. C'était vraiment extraordinaire, ce que le téléphone pouvait faire pour vous.

La gare de Moundsville n'était guère éloignée du pénitencier d'Etat. Quand il en approcha, il faillit faire demi-tour, car il se demanda s'il ne se jetait pas tout seul dans la gueule du loup. Le bâtiment principal, haut de quatre étages, était en pierre taillée, comme toutes les dépendances et les murs innombrables. Une espèce de château. Bardé d'une kyrielle de tours en treillis métallique qui lacéraient le ciel. Chicky découvrit le mur de la prison. Il était très épais et le visiteur estima sa hauteur à environ treize mètres. Deux gardes perchés dans des tourelles arboraient une Winchester en bandoulière.

Le badge de presse de Chicky, sans doute très ancien, lui permit de franchir sans encombre les contrôles de sécurité. « Très bien, monsieur Bern, vous êtes en effet inscrit sur le registre des visites », lui déclara un gardien. Un autre se lança dans un éloge du *New York Times*, puis éclata de rire pour montrer qu'il se moquait. « Je me paie juste un peu votre tête, monsieur Bern. Ici, à la prison, nous sommes abonnés à votre canard, si vous voulez tout savoir. Le directeur adore se torcher avec. »

Le carré de verre baptisé fenêtre de parloir faisait à peu près la taille d'un dictionnaire ou d'une bible. Il y avait aussi un accoudoir, une chaise en bois installée contre la vitre et quelques minces fentes pour vous permettre d'entendre la personne que vous regardiez. Quand Arly Jr. arriva et s'assit, il avait les mains fourrées au fond des poches de son pantalon gris réglementaire. Son visage disait qu'il connaissait l'homme qui le regardait, qu'il l'attendait même peut-être depuis un certain temps.

« Vous êtes M. Bern ? » demanda-t-il. Ses cheveux coupés court grisonnaient aux tempes. Il portait des lunettes à monture noire et aux verres épais.

« Oui.

— Journaliste ?

— Exactement. » Comme plusieurs fois au cours de ces derniers jours, Chicky ressentit alors une soudaine et puissante envie de pleurer. Il ne s'était pas attendu à subir ici, dans cette cage, une telle montée de larmes, qu'il refoula aussitôt.

Arly respirait bruyamment et gardait les yeux baissés. Le sommet de son crâne montrait une forme inhabituelle de calvitie. Quand il leva les yeux, il secoua la tête et afficha un sourire difficile à interpréter. « Faut que tu sois cinglé pour venir ici », dit-il.

Chicky réfléchit à ces mots. « Je suppose que je suis un peu cinglé. Je viens de passer un sacré bout de temps dans les montagnes.

— Ça se voit. »

Ils parlèrent de la difficulté qu'il y avait à vivre de la terre, puis ils évoquèrent Mingo. Qui était toujours là, qui avait disparu. Qui était mort et qui respirait encore.

Ils parlèrent de Joe Louis, de la télévision. Pas une seule fois, Arly ne regarda l'autre droit dans les yeux.

Chicky provoqua une interruption dans le flux régulier de leur conversation lorsqu'il demanda, comme en passant, à quoi ressemblait la vie à Moundsville. Il commit ainsi l'erreur de mettre sur le tapis le lieu de résidence d'Arly ; mais la réponse allait de soi : ils étaient à l'intérieur d'un pénitencier. Arly baissa de nouveau les yeux. « Faut vraiment que tu fasses ça ?

— Quoi donc ?

— Me poser une question pareille ? "Est-ce que tu tiens le coup ici, Arly ?" Comme si on était potes ?

— Je suis désolé, Arly. Je…

— Tu sais ce qu'ils ont créé à deux kilomètres d'ici, l'année avant que j'arrive ?

— Quoi ?

— Une mine de charbon. » Il baissait les yeux, vers ses mains qu'il cachait toujours. « Tu sais comment s'appelait le dirlo de l'époque, en 22 ?

— Non.

— Pilcher. Otto Pilcher. Ça te rappelle pas quelque chose ? »

Chicky s'adossa à sa chaise. Il se sentit pris de vertige.

« Cet Otto était le cousin direct d'Anse Pilcher, monté en grade dans le corps judiciaire et marié à une gamine du cru. Tout le monde adorait Otto. "C'est un réformateur", voilà ce que tout le monde disait. Otto a mis de l'ordre dans le bordel qu'on lui avait laissé. Finis, les traitements inhumains infligés aux prisonniers, Moundsville est une prison propre. Mais il réservait une attention particulière à un certain négro qui avait tué son propre cousin. Un négro qu'un jury n'avait pas jugé coupable de cet acte, si bien que le dirlo a pris sa revanche. » Maintenant, Arly se balançait un peu d'avant en arrière en essayant de se maîtriser.

Chicky blêmit.

« J'ai remarqué que sa première décision a été de supprimer le lourd sac dans la cour où on s'entraînait. Il a aussi supprimé les gants de boxe, le sac de frappe. On n'avait plus qu'un seul sport à pratiquer, et c'était le base-ball, mais moi j'ai jamais pigé l'intérêt du base-ball. » Les deux hommes repensèrent à l'époque où ils se retrouvaient ensemble sur le ring. Arly poursuivit. « Ensuite ils m'ont fait descendre dans cette mine en forme de prison, un contrat de Sewickley, à trente mètres de profondeur, mais j'ai pas bénéficié du régime de faveur des autres taulards. Eux dormaient au camp de la mine, à presque deux kilomètres de l'enceinte. Moi, au contraire, je revenais tous les soirs à pied, derrière un garde monté à cheval. Je roupillais dans ma cellule de deux mètres sur deux, la seule cellule du bloc où le soleil entrait jamais pendant la journée. On appelait ça "la cellule de l'angle mort". Les samedis soir, le directeur Pilcher passe devant l'angle mort et il me demande si je me plais dans le comté de Marshall. Je lui réponds que tout est parfait en le regardant froidement. Il sait que je suis le genre de gars à lui régler son compte en un clin d'œil, et il attend que je craque, que je passe les bras entre les barreaux pour lui tordre un peu le cou, pour qu'ensuite il puisse vraiment me faire chier, mais je moufte pas. Je continue à descendre sous terre jusqu'à la veine Pittsburgh, je continue à faire mes aller et retour à pied et à regarder les perpètes rejoindre le Camp Deux à Martinsburg et les travaux publics. Le camp routier était une sorte de tableau d'honneur, les gardes n'y avaient même pas de fusil. Les gars dormaient dans des baraquements, ils avaient du whisky, et même des femmes il paraît. Moi je me contentais de balancer des coups de poing à un adversaire invisible, à faire des tractions et des pompes sur mes phalanges. » Arly enchaînait ces phrases comme s'il les avait souvent prononcées par le passé, mais ce n'était pas le cas. Pas à voix haute en tout cas. Jamais pour son père ou sa mère, qui à sa demande avaient cessé de lui rendre visite des années plus tôt. Et jamais, non plus, aux nouveaux amis qu'il s'était faits dans l'enceinte de la prison.

Chicky se demanda ce que lui-même faisait là. Il observait la tête légèrement inclinée de son copain d'enfance, la forme étrange de sa calvitie. Il se dit tout à trac qu'Arly Jr. avait toujours été considéré comme un gamin paisible. Un gamin qui parlait aussi peu que possible. Mais pas ce jour-là. Chicky essaya en vain de ne pas entendre ce qu'il entendait.

« Alors, quand ce bon vieil Otto a pris sa retraite, j'avais deux ou trois potes assez fiables en taule. Stretch et Nat, surtout, tous deux originaires de McDowell. Ils m'assurent que le nouveau dirlo va arrêter de me faire descendre sous terre et dormir au mitard. Ils disent que pour moi le camp routier c'est du sûr. Du boulot à la ferme à la place de la mine. Des betteraves et des choux, le raifort, les salades, les tomates et le rutabaga. Les taulards gardent pour eux ce qu'ils peuvent pas mettre en conserve, ils bouffent ces produits frais dans leur cellule. Mais alors, sans prévenir, la tuberculose frappe très fort. Stretch et Nat se retrouvent à prendre des bains de soleil en sana, enfin à l'hôpital de la prison, en 31. Boum, Stretch passe l'arme à gauche un vendredi 13, et Nat six jours plus tard. Me revoilà sans un seul copain. Ce même jeudi, le nouveau dirlo se pointe et passe me voir dans ma cellule. "Ton gros copain vient de clamser, il me dit. Et mon épouse s'appelle Anna Elizabeth Pilcher, nièce d'Anse. Et tu peux parier jusqu'à ton dernier rond que tu vas redescendre dans ce puits de mine pour creuser le filon si c'est ce que veut le patron, samedis et dimanches compris. Voilà le traitement réservé aux sales gosses qui se foutent en grève contre les entreprises charbonnières, et qui prennent les armes contre elles", il me dit. Et puis il ajoute : "T'as vraiment mordu jusqu'au sang la main qui te nourrissait, et tu vas payer pour ça jusqu'à ce que tu sois convaincu que *liberté conditionnelle* est rien qu'une expression du dictionnaire." » Arly inclina encore la tête, et l'on n'aurait su dire s'il riait sous cape ou s'il reniflait seulement. « Bon, alors je me suis levé de mon bat-flanc, j'ai saisi dans ma main gauche la gorge de ce fils de pute, j'ai armé ma droite et j'ai tout lâché. Je sais pas comment j'ai fait pour le cogner plusieurs fois à travers les barreaux sans me faire mal, mais j'ai réussi, je l'ai frappé huit ou neuf fois jusqu'à ce que ses jambes se dérobent sous lui et qu'il devienne si lourd que j'ai dû le laisser tomber. Allongé à plat ventre, il mâchouillait ses dents qui barbotaient dans le sang, avant qu'un garde comprenne vraiment ce qui s'était passé. »

Un instant, Chicky s'autorisa à croire que l'histoire d'Arly s'arrêterait là.

« Alors le directeur Jones a ouvert la petite salle de North Wagon Gate. C'est là qu'on pendait les condamnés avant de construire la maison de la mort, où on les pend aujourd'hui. Bref, ils avaient arrêté d'utiliser la bascule vers 1900, mais il a fait appel aux services d'un copain à lui, un ingénieur qui l'a remise en état. Juste pour moi. Le plus long qu'on pouvait tenir sur la bascule, c'était trente secondes, d'après ce que j'ai entendu dire. » Il regarda Chicky, il le regarda vraiment pour la première fois. « Tu sais ce que c'est, la bascule ? »

Chicky secoua la tête.

« Tout cet or que je te vois aux dents ? »

Chicky opina.

« Fais-y gaffe. Quelqu'un pourrait avoir l'idée de te les arracher pour les mettre au clou. » Arly éclata de rire, puis baissa de nouveau les yeux vers ses cuisses, les mains toujours au fond des poches. « La bascule c'est rien qu'une planche en chêne épais, installée sur une gorge dans un cadre. Elle est conçue pour être levée ou abaissée à la hauteur qu'on veut. Un crochet est fixé sur la planche, une chaîne au crochet, des menottes sur la chaîne. Le dirlo, il m'a mis les menottes lui-même. Et il m'a hissé les bras jusqu'à ce que je sois obligé de me mettre sur la pointe des pieds pour m'empêcher de hurler. Mes pieds touchaient presque plus le sol. Alors il m'a hissé encore un peu et il m'a laissé dans cette position en enfonçant deux chevilles métalliques dans les trous tout là-haut, pour que la traction reste la même. J'ai tout regardé. Merde, je me suis dit, pas étonnant que personne ait tenu le coup plus de trente secondes. » Il rit encore. Regarda Chicky dans le blanc des yeux. « Le bout de mes doigts a éclaté comme autant de pétards. Le sang s'est mis à couler, mes ongles sont tombés, comme s'ils étaient montés sur des charnières. Je crois que j'ai presque tenu quarante secondes, mais Seigneur, je me suis entendu crier comme un tout petit enfant, comme Warren Crews ce jour-là, tu te rappelles comme il pleurnichait, G.T. ? » Arly sourit à Chicky. Il se remémorait à travers ses verres de lunette épais et trente années de souffrance.

Chicky se recroquevilla sur lui-même en entendant ces deux initiales qui avaient autrefois été son nom. G.T. Il essaya de ne pas fondre en larmes, de ne pas pleurnicher devant Arly à cause de tout ce qui lui pesait sur le cœur. Toute cette folie dont il croyait avoir laissé l'apogée loin derrière lui.

« Bref, continua Arly, on ne te dit pas que le pire est à venir. Tu penses à des semaines, ou à des mois ? Mais ça ne marche pas comme ça. Tes doigts se mettent à enfler et à enfler encore, tu dis rien, les matons ne viennent plus te chercher pour t'envoyer à la mine, ni nulle part d'ailleurs, et toi tu espères seulement que ces plaies et ces crevasses toutes boursouflées ne vont pas provoquer un empoisonnement du sang. Parce que alors tu vas mourir. Et puis tu te dis : réfléchis un peu. Y aurait rien de mieux qu'un bon empoisonnement du sang, tout comme un peu plus tôt tu te disais qu'y aurait rien de mieux qu'une bonne tuberculose. Mais la mort vient pas comme ça sur commande, t'arrêtes d'accepter les visites des gens de l'extérieur, même le dirlo vient plus te voir, tu peux plus faire de pompes et pas davantage te pendre avec ton drap parce que tes mains sont plus rien d'autre que des briques. » Il les sortit de ses poches et les tint devant la vitre du parloir.

Chicky sentit son ventre se contracter, sa respiration devenir sifflante. Il lui fallut essuyer ce qui lui coulait du nez. Il vit une chose, derrière cette vitre, dont il ne devait jamais parler. Une chose qu'il passa ensuite des jours et des nuits à tenter d'oublier. Il comprit qu'il n'aurait pas dû le faire, mais il détourna les yeux.

Arly remit les mains dans ses poches et poursuivit. « Et puis tu te mets à avoir des pensées dingues, vraiment dingues. T'apprends qu'un visiteur veut te voir, et tu décides de rencontrer ce journaliste nommé Bern qui émarge au registre des visites après quinze années passées sans que t'aies vu personne, parce que tu sais foutrement bien de qui il s'agit. Tu t'es souvent demandé s'il allait venir, ce qu'il allait te dire. Ce bon vieux Gueule Qui Pue. Si par hasard il s'est pas fait arrêter, parce que tout de même c'est lui qu'a appuyé sur la détente ce jour-là. Mais il s'assied là et il veut savoir comment tu te portes, à quoi ça ressemble de vivre ici. Alors tu lui expliques à quoi ça ressemble. Histoire de voir comment il va réagir. » Arly l'observa un moment, histoire de voir comment il réagissait. « Et juste avant qu'il se casse, tu lui dis que lui et toi vous avez jamais été potes. Parce que même un enfariné aux dents bien amochées compte davantage qu'un gars de couleur. On n'a *jamais* été amis, juste des types qui sont pas ennemis parce que tous les deux on regardait au bout d'un fusil un autre enfariné qui en était un, d'ennemi. On peut pas être amis quand l'un est noir et l'autre blanc. »

Arly se leva et, de ses mollets, renversa sa chaise. Il tourna le dos à la paroi vitrée et à l'homme qui se trouvait de l'autre côté, cet homme qui avait maintenant la tête baissée.

Arly Scott Jr. retourna au bloc sans jamais ralentir son allure.

*

Alors vint le cauchemar du vagabond. Il ne pouvait pas rentrer chez lui et il ne pouvait pas dormir. Sa place était dans une cage et il était condamné à l'errance. Son presque beau-frère était un représentant de la loi et il reniflait l'air à la recherche de l'occasion où il pourrait devenir un héros de l'ancien temps.

Contrairement à tant d'autres, le comté de Marshall autorisait la vente d'alcool. Dès qu'il eut franchi les portes de la prison, Chicky trouva un magasin de spiritueux. Malgré toutes les années écoulées, il lui restait un peu de l'argent de toutes ces femmes, et il décida de le dépenser. Deux pintes de whisky Old Cobb lui permirent d'oublier à peu près la vision des mains d'Arly. Elles lui permirent presque de dormir dans le train qui le ramenait à Bluefield.

L'Old Cobb était aussi foncé que du sirop d'érable. C'était le contraire absolu de la gnôle distillée par sa défunte mère, dont il n'avait toujours pas ouvert le dernier bocal restant. L'Old Cobb était un vrai tord-boyaux, quatre-vingt-dix degrés d'alcool, et il rendait mauvais l'homme qui en buvait. Sur la banquette de son wagon, Chicky secouait la tête de droite et de gauche pour chasser les visions de la bascule. Il croyait sentir l'odeur du sang qui avait coulé.

A la gare de Charleston, il descendit sur le quai pour prendre l'air. Mais il était ivre et il tomba à genoux. Quand un homme lui proposa son aide, Chicky l'abreuva d'injures et remonta dans le wagon.

Après Beckley, quand le contrôleur lui demanda de se montrer un peu plus discret avec sa pinte de whisky, Chicky se leva pour lui faire face. Si le train n'avait pas alors bringuebalé en le renvoyant sur sa banquette, il aurait frappé l'employé en plein visage.

Il regarda la place vide à côté de lui. Il repensa à Clarissa, à leur voyage de nuit en rentrant de Huntington quand il était gosse. La maison de fous et sa mère biologique. Mais la vision des mains d'Arly s'interposait sans cesse, se frayait brutalement un chemin jusqu'à sa conscience. Il but davantage et grimaça, puis finit par s'endormir.

Il dormait toujours pendant l'arrêt de Matewan, évitant ainsi les regards inquisiteurs de Mose et Warren Crews, envoyés à la gare par Fred Dallara pour surveiller les passagers qui montaient dans les trains et en descendaient.

Quand le contrôleur le réveilla, ils étaient arrivés à Bluefield. Il prit un bout de papier dans son sac à dos et lut l'adresse écrite dessus. *12 Magnolia Way*. A une heure du matin, il trouva cette adresse et s'allongea à plat ventre sous la véranda. Il perdit de nouveau conscience.

A six heures, Chicky se réveilla. Il s'extirpa de sa cachette et prit la flasque Derringer dans son sac. Il regarda cet objet et s'émerveilla d'avoir pu croire, durant vingt-quatre années, qu'elle se remplissait toute seule. Il se demanda comment les hommes pouvaient bien devenir ce qu'ils étaient.

Il enfonça le bouton-poussoir et vérifia que l'arme était chargée, les deux canons.

Lorsqu'il franchit la porte arrière pour entrer dans la cuisine, le grincement des gonds ne réveilla point le vieillard endormi, la tête posée sur la table. Ses flocons d'avoine avaient refroidi, le journal était tombé par terre. Il avait des poils dans les oreilles, des touffes grises épargnées par les ciseaux.

Chicky avança vers l'homme qui ronflait sur sa chaise à dossier droit. Il enfonça le canon du petit pistolet à la base de la nuque, en relevant la tête du vieillard. « Charles E. Lively, annonça Chicky. Assassin de sang-froid de Sid Hatfield, je viens exécuter ta sentence de mort. »

D'abord, Lively resta silencieux. Il ne bougea même pas, hormis sa nuque raidie. Ensuite, quand l'index de Chicky commença d'appuyer sur la détente plaquée de nickel, Lively parla : « Il y a deux mots de la langue anglaise avec lesquels tu devrais te familiariser, fiston. » Il marqua une pause, puis les prononça : « Légitime défense. »

Chicky repensa à la fois où il avait entendu cette même expression prononcée par un autre homme. Puis il se dit que les gens définissaient presque tous les mots de la manière qui leur convenait pour satisfaire leurs intérêts. La méchanceté inhérente au whisky Old Cobb commençait à se dissiper, et le moment était venu d'appuyer sur la détente ou de tourner les talons. Chicky venait d'opter pour la première solution quand une fillette arriva du couloir en franchissant les portes battantes de la cuisine.

« Papy », dit-elle. Sa chemise de nuit arborait des petites roses cousues sur le buste, des fleurs jaunes, roses et rouges. Quelqu'un avait pris du temps pour décorer ce vêtement. La fillette regarda Chicky, puis son grand-père, qui s'adressa à elle.

« Retourne au lit, Alice », ordonna-t-il.

Elle resta plantée là, à les dévisager à tour de rôle. Dans les yeux de cette gamine, Chicky retrouva ce qu'il avait vu en mai 1920 dans ceux de la petite fille voyageant en train. Cette gamine qui avait eu la malchance de contempler sept cadavres, allongés comme des dominos dans la boue. Ce jour-là, le jeune garçon qu'il était encore avait détourné les yeux. Tout avait viré au rouge et au pire. Mais cette fois-ci il voulait affronter la situation.

Dans la cuisine exiguë, aucune des trois personnes ne parlait.

Un souvenir s'imposa alors à Chicky, tandis qu'immobile derrière la chaise il tenait son arme contre la nuque d'un homme dont la petite-fille venait d'arriver dans la pièce. Ce jour-là, il y avait si longtemps, à Welch, la bouche tout enflée et remplie de gaze, il s'était retenu de demander à M. Bern qui avait tué Sid Hatfield. Il avait évité de poser cette question, car la réponse l'aurait placé dans la situation où il se trouvait maintenant. En cavale, à se planquer et à défourailler.

« Tu as une arme ? demanda la fillette.

— Retourne au lit », répéta Lively.

En cavale, à se planquer et à défourailler, pensa Chicky. Le moment était venu de renoncer définitivement à l'une de ces trois choses. Les deux premières étaient toujours indispensables, mais pas la troisième. Il abaissa le Derringer et marcha vers la porte de derrière. Il regarda la fillette prénommée Alice qui venait de le surprendre dans son plus mauvais rôle et de lui éviter de redevenir ce qu'il avait un jour été. Lorsqu'il eut descendu la dernière marche de la véranda, il tourna aussitôt les talons et prit ses jambes à son cou.

Johnnie Johnston était installé dans le train de sept heures trente à destination de l'ouest. Et de Chicago. Il n'aurait jamais pu deviner que Chicky d'Or l'homme à l'harmonica serait assis à côté de lui, le souffle court parce qu'il avait failli tuer un homme, l'haleine empestant le tord-boyaux, essayant une fois encore d'oublier tout ce qu'il avait jamais appris.

Chapitre 20

Il portait ce qu'il pouvait

La valise était noire, en cuir de vache déchiré, avec des ferrures argentées. La clef qui en verrouillait les serrures n'était pas plus grosse qu'un hanneton. L'intérieur était entièrement doublé de soie grise. Un travail de couture impeccable. Et indispensable pour garnir tous les compartiments. Quatre niches de forme cylindrique destinées à des objets de toilette pour dame, où la soie épousait parfaitement les contours. Il y avait toute une batterie de courroies à boutons-pression pour maintenir en place des miroirs face-à-main. Et en plus des poches intérieures classiques dans ce genre de modèle, il y en avait des petites, très bien cachées et utiles.

Cette valise était parfaite pour un homme devant transporter sept harmonicas, deux flasques, une boîte bourrée de coupures de presse, une tenue de rechange, une brosse à dents, un rasoir, un peigne et un flacon de lotion capillaire.

Le sac à dos datant de la guerre de Sécession avait vu échouer les ultimes tentatives de raccommodage à l'automne 1947. Il était finalement tombé en loques. Chicky d'Or, qui habitait un appartement d'une seule pièce dans le West Side de Chicago, n'avait pourtant pas réussi à se débarrasser de cette antiquité. Ce sac l'accompagnait depuis trop longtemps. Il découpa donc les meilleures pièces non trouées à l'extérieur du sac et il en fit une ceinture pour retenir son pantalon. La boucle, il la fabriqua avec des pièces du Derringer. Il avait réduit le petit pistolet en morceaux avec un marteau de forge, lors de son deuxième soir à Chicago, en 1946. Cette même soirée, il trouva le petit appartement ; et cette même soirée, il dit adieu aux armes à feu. S'il ne pouvait pas renoncer à l'alcool, il pouvait au moins renoncer aux armes.

A deux rues de chez lui, sur Western, se trouvait un mont-de-piété appelé Iffy's et à l'époque où le sac à dos fut découpé en morceaux, la valise de toilette atterrit dans la vitrine. Avec l'argent qu'il avait mis de côté grâce à ses cachetons dans des night-clubs comme Pepper's ou Sylvio's ou encore le Fickle Pickle, Chicky pouvait s'acheter une vraie valise s'il le désirait.

A la fin de l'automne 1952, il aurait même pu s'acheter une voiture avec l'argent qu'il gagnait en soufflant dans son harmonica sur la scène de tous les clubs de Chicago. C'était un musicien blanc solitaire parmi les émules de Howlin' Wolf, Sonny Boy Williamson et Willie Dixon, avec qui il avait d'ailleurs joué à un moment ou à un autre. Il avait même un peu enregistré en studio avec Dixon, si bien que, même s'ils ignoraient son nom, les gens pouvaient l'entendre jouer de l'harmonica sur tous ces gros 78 tours du label Chess qu'on trouvait dans les magasins de disques du centre-ville. Mais Chicky découvrit alors que les paroles d'Arly Jr. étaient vraies, car il avait beau jouer avec les meilleurs d'entre eux, il ne devint jamais l'ami intime d'un homme ou d'une femme noirs. Il était arrivé à un stade de sa vie où il n'était l'ami de personne, indépendamment de la couleur de sa peau. Et son seul vrai ami, Arly, était un homme qu'il se contraignit à oublier. Un homme en cavale doit apprendre à oublier.

Entre deux cachetons, il restait le plus souvent seul. Quand il devait jouer à Saint Louis ou à New York, il partait toujours avant les autres, en train, car il avait tenu sa promesse de ne plus jamais prendre place dans une automobile, même s'il avait désormais les moyens de s'en offrir une.

Johnnie Johnston était parti vivre à Saint Louis en 1949, après le succès initial des Homesick Dynamite Boys, le groupe qu'il avait formé avec Chicky d'Or et un bassiste nommé Bones Watts. Le bassiste partit avec lui, mais Chicky resta.

Le soir de Halloween 1952, Chicky fit tourner la clef minuscule dans les serrures de sa valise derrière le rideau élimé en velours rouge qui le séparait de la scène du Stuck Pig, sur Roosevelt. Il rangea la clef dans la poche intérieure de son veston de costume noir. Ce veston, ainsi que le pantalon assorti, la ceinture en patchwork, la chemise blanche et la cravate noire étaient les seuls vêtements que portait cet homme en public. Il était rasé de près, il avait les cheveux courts.

Ce soir-là il choisit l'Echo Vamper à douze trous. Il fit jouer le bouton-pression qui retenait le long harmonica dans son alvéole. C'était une soirée en si bémol, il le sentait, et en fin d'après-midi il avait incurvé les anches de l'Echo Vamper avec des cure-dents. Il allait offrir au public un cadeau sonore inhabituel en cette veille de la fête des morts.

Chicky but une gorgée à la flasque Derringer sans pistolet mais couverte des encoches signalant le passage des jours. Il adressa un signe de tête aux trois autres musiciens réunis derrière le rideau. Il les distinguait à peine à travers l'épaisse fumée. On avait réussi à installer sur scène un piano droit et une petite batterie, et il restait juste assez de place pour que Chicky et Hubert le chanteur puissent se déplacer sans se bousculer. Hubert lui rendit son signe de tête. C'était un jeune aux cheveux défrisés, qui aimait bien Chicky malgré sa peau blanche. On n'aurait pas pu dire la même chose des deux autres, recrutés à la dernière minute pour ce spectacle, mais ils respectaient malgré tout le talent incroyable du blanc-bec. Quand Chicky avait envie de se lancer dans un solo, de souffler dans son instrument avec les narines, chose qui l'avait rendu célèbre, personne ne l'en empêchait. Ainsi, les culs restaient posés sur les chaises, et les culs sur les chaises signifiaient des verres sur les tables, les verres sur les tables mettaient de l'argent dans les poches des musiciens, cet argent mettait de la gnôle dans les veines, et un toit au-dessus des têtes. L'argent convertissait tout.

Les quatre musiciens portaient un costume et une cravate noirs. Quand le rideau s'ouvrit, ils entamèrent aussitôt le premier morceau, *I Be's Troubled* de Muddy Waters. La voix de Hubert descendait très bas quand il chantait qu'il n'avait jamais été satisfait. Devant eux, le public était assis sur des chaises dépareillées regroupées autour de tables branlantes, grossièrement taillées, couvertes de bouteilles de Schlitz et de grands verres à moitié vides. Les gens fumaient, tapaient du pied, fermaient les yeux, oscillaient sur leur chaise. Derrière le groupe, le mortier qui scellait les briques du mur s'effritait chaque fois qu'une semelle percutait le sol, que des doigts frappaient les touches, que le maillet heurtait la peau de la caisse grave. Une pancarte était accrochée avec de la ficelle et des trombones. On y lisait, écrit à la peinture noire sur du papier de boucher : *Happy Halloween*. Il y avait une enseigne au néon Budweiser dans la vitrine, une horloge derrière le bar, et rien d'autre. Au-dessus des têtes, la tuyauterie serpentait le long du plafond et des serviettes enveloppaient les canalisations d'eau.

Les Blancs avaient pris l'habitude de venir écouter de la musique dans ce club et d'autres du West Side, et Chicky trouvait bizarre d'être le seul de sa race dans cet endroit. Ce soir-là, il y avait quand même deux autres Blancs, assis devant et au centre, qui semblaient trop sobres et trop bien habillés pour plaire aux autres clients ou à la direction du club.

Avant le break, Chicky se lança dans un solo. Il tordit les notes tant qu'il put et joua à fond du vibrato. Il se servit de sa langue comme personne et resta planté devant le micro, en faisant osciller son buste à partir de la taille, tel un métronome. Il ne jouait jamais assis, et tenait toujours le micro dans sa paume incurvée pour que le son amplifié monte à l'assaut des oreilles du public. En scène, il prenait de l'exercice, il sautait en l'air et pliait les genoux pour rester jeune.

Quand tout le monde crut qu'il en avait terminé, Chicky se mit à chanter dans son harmonica, avec un tremblement de gorge filtré et sonore. « Alors, les amoureux, tout va bien ? Oh oui, tout va pour le mieux. Les femmes de Bluefield lisent et écrivent, les femmes de Keystone mordent et griffent. » Personne, aucun des natifs de Chicago, aucun des migrants venus du delta du Mississippi ne comprit un traître mot à sa chanson, mais tous applaudirent.

Alors que les musiciens allaient faire la pause, Hubert présenta ses camarades. Quand il dit « Et à l'harmonica, monsieur Chicky d'Or », l'un des deux Blancs se pencha vers l'autre et lui chuchota quelque chose à l'oreille. Chicky remarqua leur manège.

Il emporta sa valise avec lui à la salle de bains.

Il n'en ressortit jamais par la porte.

Il s'avéra que ces deux types n'en avaient pas vraiment après lui. Hubert était un déserteur qui refusait d'aller se battre en Corée. Un agent du FBI débordant d'ambition avait demandé à son copain policier de l'accompagner ce soir-là au Stuck Pig après avoir appris qu'Hubert y jouerait. L'agent du FBI avait obtenu un mandat du juge pour coffrer le jeune chanteur, et il avait bien l'intention de le faire. Pendant que Chicky écoutait dans la salle de bains, ils menottèrent Hubert pour manque de patriotisme, puis ils demandèrent aux deux autres musiciens : « Où est donc passé ce Chicky d'Or ? » Cette question suffit à l'intéressé pour escalader la fenêtre.

Ce que le flic avait chuchoté juste avant la pause, c'était que ce nom, « Chicky d'Or », lui rappelait quelque chose. Car avant de venir travailler dans le nord du pays, il avait passé un certain temps en Virginie-Occidentale comme mineur dans les mines de charbon. Un homme avait utilisé ce nom en guise de pseudonyme, un homme qui avait été mêlé à un complot bolchevique contre ceux qui désiraient gagner un peu d'argent en ce bas monde. Tout ça n'était pas très clair pour le flic, mais il mit au parfum l'agent du FBI. « Ce type à l'harmonica est un fugitif. Il y a quelques années, il est sorti de sa planque avant de disparaître à nouveau dans la nature », expliqua-t-il.

Le lendemain matin, Chicky monta dans le train de dix heures à destination de Saint Louis.

*

Ainsi que Chicky l'avait découvert pour son plus grand bonheur en retournant vers la civilisation, le téléphone était une invention réellement magnifique. Entre Halloween et Noël 1952, il fut massivement utilisé par des policiers de Chicago pour appeler d'autres policiers en Virginie-Occidentale. Il n'y avait plus beaucoup de flics efficaces rescapés des guerres minières des années vingt, mais ces survivants d'une époque révolue furent pris d'un coup de sang. Surtout les frères Crews. Et le shérif Frank Dallara. Ce Chicky d'Or, jadis nommé Gueule-Tranchée Taggart, cet assassin de sang-froid, avait refait surface pour inhumer sa maman, avant de disparaître. Et maintenant, plus de cinq ans après, à en croire le FBI c'était un bluesman qui se produisait à Chicago. Mais il n'y avait personne dans son petit appartement. Il était de nouveau en fuite.

Il existait donc des hommes bien décidés à arrêter le fuyard, et ces hommes possédaient des téléphones et des armes dernier cri.

Chicky d'Or partit vers l'ouest, et lors d'une soirée spéciale de réveillon de Noël au Cosmopolitan Club de Saint Louis, il s'installa sur la scène avec l'orchestre maison, le Sir John Trio. Sir John était son vieux pote le pianiste Johnnie Johnston, qui de son côté ne se débrouillait pas trop mal. Mais pas assez bien, toutefois, pour plaquer son boulot à l'aciérie. Ce soir-là, son saxophoniste avait la grippe et il fallait donc le remplacer au pied levé. Le remplaçant s'appelait Chuck Berry, un musicien doté d'un flair hillbilly infaillible. Chicky se joignit à l'orchestre, et les deux compères tricotèrent des solos sur scène avec toute l'énergie qu'ils avaient mise un peu plus tôt en coulisses à échanger des flasques de whisky.

Ils improvisèrent un duo incluant des échanges de cris : « Chicky ! » « Chucky ! » « A toi Chicky ! » « A toi Chucky ! » tandis que le public rugissait de plaisir. C'était la grande ville, le hillbilly, le blues de l'enfer sacré, et aucun spectateur qui assista à ce concert ne l'oublia jamais.

Pas une seconde Chicky ne se douta que Chuck Berry était le premier des deux musiciens célèbres qu'il devait rencontrer en moins d'une semaine. L'un vivait une ascension fulgurante. L'autre était sur le déclin.

Quand le même crétin du FBI apparut dans la foule durant le dernier morceau de la soirée, Warren Crews l'accompagnait. Warren avait vieilli, mais son regard était le même que ce fameux jour où il avait joué au Plantelame. Ce regard était haineux.

Chicky était de nouveau en cavale. Sur le parking, il lacéra les pneus du type du FBI. Il dit à son ami, pour la troisième fois en six ans, « Tiens-toi à carreau, Johnnie », puis, dans la panique de cette soirée il fit une chose qu'il s'était bien juré de ne plus jamais faire. Il monta à bord d'une automobile, la Cadillac Series 62 décapotable qu'on avait prêtée à Chuck Berry.

L'odeur de la flicaille et la vue de Warren Crews avaient poussé Chicky à la remémoration, et il dut picoler deux fois plus que d'habitude pour s'empêcher d'exploser. Mais il avait cinquante ans et son foie donnait des signes de fatigue. La beuverie qu'il entama avec Chuck faillit le tuer.

Il monta dans une voiture et perdit conscience durant trois jours d'affilée.

Lorsqu'il se réveilla le 29 décembre, Chuck n'était nulle part visible. Chicky était seul, allongé sur le linoléum pourri d'un bar clandestin installé au fond d'une grange abandonnée. Il essaya de lever la tête. Son visage était collé au linoléum. Quand il l'en arracha, il découvrit assez vite que c'était son propre sang qui avait fait office de colle. Sa bouche palpitait.

Lorsqu'il y porta les doigts, il grimaça. Ses gencives étaient à vif, enflées comme jamais. L'or avait disparu. L'avertissement d'Arly lui revint en mémoire : « Ils vont te les arracher pour les mettre au clou. »

Les quatre du haut et les quatre du bas, toutes arrachées avec les tenailles qu'il aperçut bientôt dans un coin, couvertes des empreintes digitales écarlates d'un voleur inconnu et au sang glacé. Chicky vomit à deux reprises. Il avait l'estomac vide. Son corps venait de répandre tout ce qu'un homme pouvait perdre sans mourir pour autant. Il y en avait partout autour de lui. Du sang, du vomi. Le coupable avait laissé son manteau noir en laine accroché à un clou du mur. La valise aussi avait disparu. Les sept harmonicas, dont le Marine Band ayant appartenu à son papa. Tous envolés. Mais de l'autre côté de la pièce, le couvercle forcé et ouvert, son contenu intact, gisait la petite boîte à serrure. Les coupures de presse sauvées de l'oubli par la veuve. Personne n'avait eu envie de voler ces coupures. Elles lui appartenaient toujours.

En regardant autour de lui, il réussit seulement à se dire qu'il avait été empoisonné, pour finir, par l'alcool. Suffisamment empoisonné pour perdre trois jours de son existence et roupiller pendant l'extraction des dents. Il essaya de se lever, mais en vain. Il était fiévreux. Il écarta les vêtements de son corps pour laisser l'air de l'hiver lui caresser la peau.

Alors il fit une chose qu'il n'avait jamais faite.

Seigneur, pria-t-il en son for intérieur et en tremblant de fièvre. *Aide-moi à surmonter cette épreuve et plus jamais je ne boirai d'alcool.*

Il était allongé là, tout brûlant, incapable de lever la tête. Il regarda le sang séché et le vomi tournoyer en formes mouvantes sur le linoléum près de ses yeux. Tout vira au rouge. Un rouge éclatant. Et puis plus rien.

*

Quand il réussit enfin à se lever, Chicky se lava dans un ruisseau, prit de l'eau dans sa bouche et la fit circuler contre ses gencives, bien que ce contact lui fît un mal de chien. Le manteau de laine qu'on lui avait laissé le protégea contre les bourrasques de l'hiver et il serra la boîte à serrure dans sa main presque gelée. Il vit une pancarte sur la route et comprit alors qu'il avait atterri quelque part du côté de Cape Girardeau, dans le Missouri. Il sauta dans un wagon de marchandises vide qui roulait vers l'est. Et bientôt, il rejoignit la ligne du Kentucky.

Dans l'obscurité d'avant l'aube du 31 décembre 1952, quand il franchit la frontière méridionale de la Virginie-Occidentale, tout ce que Chicky d'Or désirait c'était un grand verre de gnôle pour apaiser sa douleur. Il sauta à bas du train de marchandises qui roulait lentement, se cassa la gueule et se remit sur pieds non sans mal. Puis il courut de toutes ses forces vers le seul endroit où, selon lui, un fugitif pouvait peut-être encore se procurer la plus puissante gnôle connue de l'homme.

Il était ridicule de croire qu'un bocal d'alcool distillé par la veuve pût encore se trouver à l'intérieur de la pierre tombale évidée de Mary Blood après tout ce temps, mais il creusa malgré tout. Il trouva le plan incliné et la caisse, qu'il ouvrit. Jamais il n'avait ressenti le soulagement qui envahit alors ses veines quand il découvrit cet unique bocal, et son contenu opaque qui clapotait. Mais avant de dévisser le couvercle pour se rincer le gosier, il se vit lui-même, comme d'en haut, agenouillé dans ce cimetière méthodiste en pente, en train de creuser la terre des morts. Il eut alors l'impression d'avoir creusé toute sa vie. Creuser des trous pour y enfouir des billes en terre et des pennies décorés d'une tête d'Indien. Crapahuter jusqu'en haut d'une colline et creuser des trous pour s'y cacher du monde. Creuser des trous pour chier dedans. Déterrer les morts. Et voilà qu'il se remettait à creuser, mais s'il buvait ce qu'il venait de déterrer, il en mourrait sans doute. Par-dessus le marché, il avait fait une promesse à un Dieu dont il n'était pas certain qu'Il l'avait entendue.

Chicky glissa le bocal inentamé dans sa poche de manteau et rejoignit en courant le dépôt de chemin de fer.

*

Alors que les heures passaient en cette veille de nouvel an et que la pluie se transformait en grésil, la cabane au toit de chaume de Chicky dans les montagnes proches de Bluefield lui parut de plus en plus séduisante. Il s'étonna d'y avoir passé presque un quart de siècle, tout seul, et sans gnôle. Pendant tout ce temps, il avait cru en écluser au goulot de la flasque magique, mais il avait fini par découvrir le pot aux roses. Il n'y avait aucune magie dans ce monde. Seulement de la folie.

Privé de ses dents et presque de sa vie, il comprit que l'existence solitaire d'un cinglé reclus dans la montagne valait mieux que les perspectives d'avenir qui l'attendaient en bas dans la vallée. Cavaler, encore et toujours, avec le passé à ses trousses.

A dix heures et demie, il se mit à faire les cent pas dans l'obscurité derrière une station-service. Un énième train de marchandises l'avait conduit jusqu'aux faubourgs de Bluefield. Il avait l'intention de tenter de faire du troc avec l'employé de la station-service. La gnôle de contrebande contre des provisions. Mais plus il gambergeait, plus il devenait paranoïaque et redoutait que l'employé ne reconnaisse le visage du vagabond et n'appelle le FBI. Pour ce qu'il en savait, sa tronche figurait peut-être de nouveau dans les journaux.

Par-devant, une Cadillac bleu layette à toit ouvrant se gara près des pompes. Le conducteur, qui ne devait pas avoir plus de dix-huit ans, en descendit et fit quelques étirements pour se détendre. Son haleine se condensait en vapeur dans l'air froid. Il se retourna vers l'homme grand et mince assis à l'arrière. « Désirez-vous quelque chose à manger, monsieur Williams ? s'enquit-il.

— Non. J'ai seulement envie de dormir. » L'homme descendit de voiture. Il avait les joues creuses et il portait un Stetson en feutre blanc qui faisait un angle sur le devant. Il tendit les bras vers le ciel obscur comme son chauffeur venait de le faire. La cloche de la porte de la station-service tinta quand le jeune homme entra.

Chicky observa le grand type. Il se dit que ce gars-là ne pouvait pas peser plus de soixante-quinze kilos à tout casser. Il lui rappelait quelqu'un. Sans vraiment comprendre pourquoi, Chicky s'approcha.

Chacun jaugea l'autre, tous deux courbés à quelques pas de distance pour rester au sec sous l'auvent. « B'soir », lança M. Williams avec un signe de tête.

Chicky lui rendit son salut. Maintenant que ses dents en or avaient disparu, il peaufinait de nouveau cet art du silence et de la dissimulation qu'enfant il avait pratiqué durant tant d'années.

« Vous avez l'air dans un plus sale état que moi, monsieur. » L'accent était celui du Sud profond. De l'Alabama.

Chicky ne répondit pas. Il regarda l'arrière de la voiture, la guitare posée sur la banquette.

L'employé sortit et prit la pompe d'une main pour remplir le réservoir. L'autre tenait une canette de RC Cola. Chicky le regarda et sentit son ventre se contracter. S'il ne mangeait pas, il vomirait. S'il mangeait, il vomirait.

M. Williams contourna sa Cadillac et fourra les mains dans ses poches de pantalon. Il inhala l'air de la nuit et regarda les collines environnantes. « Joli pays », dit-il. L'employé ne réagit pas. Il remit la pompe sur son support et retourna à l'intérieur.

Le garçon sortit de la boutique avec deux sandwiches, des chips et deux RC Cola. Quand il en tendit un à M. Williams, l'homme ne broncha pas, puis il le prit et le regarda. « Allons-y », dit le garçon. Il monta derrière le volant de la Cadillac.

Avant de rejoindre la banquette arrière, M. Williams donna son sandwich à Chicky. Fromage pimenté. « On dirait que vous en avez davantage besoin que moi », souffla-t-il alors.

Chicky l'accepta. Il savait que c'était le dernier repas auquel il aurait droit avant de pouvoir poser un piège ou cueillir des baies. « Tenez », dit-il sans vraiment ouvrir la bouche. Il sortit de sa poche de manteau le dernier bocal existant de gnôle distillée clandestinement par la veuve, puis le tendit à l'homme. Ils échangèrent un ultime signe de tête, après quoi chacun partit de son côté, l'un vers le sommet de la montagne, l'autre vers la dégustation d'un alcool très puissant et ce sommeil dont on ne se réveille jamais.

Alors qu'il montait en voiture, des fêtards accueillirent le nouvel an en dansant et en buvant. Aucun d'eux ne se doutait que Chicky allait une fois encore disparaître dans le monde sauvage. Et Chicky d'Or ne se doutait pas une seule seconde que dans la vallée et en moins d'une semaine il venait de rencontrer à la fois l'homme qui allait occire le blues pour faire naître le rock'n roll, puis l'homme qui se ferait occire par l'ancienne gnôle de la veuve, et qui emporterait la musique country, la vraie musique country, dans sa tombe.

Chicky Gold n'avait même plus d'harmonica. Ni arme à feu, ni couteau, ni gnôle. Il avait un sandwich au fromage pimenté et les vêtements qu'il portait sur le dos. Et ses coupures de presse.

CHAPITRE 21

La vision élargie en courant

Ce serait un sale hiver. Plusieurs signes avant-coureurs l'annonçaient. Les castors construisaient des abris deux fois plus épais que d'habitude, les chouettes effraies hululaient comme une femme. Août avait été brumeux. L'écorce des arbres se fit plus épaisse du côté nord des troncs, les oignons sauvages exhibaient six couches, il y eut deux fois plus de glands. Ainsi, Chicky d'Or en ramassa autant qu'il put. En plus de la viande séchée et des peaux d'opossum, de raton laveur et de lapin à queue noire, il fit provision de racine de chicorée, d'aiguilles de pin et de bulbes d'oignons sauvages. Deux décennies passées dans les bois alors qu'il était encore relativement jeune lui avaient appris ces précautions, mais son second séjour lui enseigna bien davantage. Cette fois, il arriva sans rien dans le monde sauvage et il parvint quand même à se débrouiller. Le nouvel an 1958 était pour dans trois mois, et s'il arrivait à survivre à l'hiver, alors il aurait réussi à passer cinq autres années de sa vie tout seul au sommet d'une montagne.

Le soleil levant d'un matin d'octobre le réveilla alors que, pelotonné tel un bébé, il dormait près d'un sentier. Il avait passé une partie de la nuit à traquer un couguar jusqu'à deux heures du matin. La plupart des gens du cru croyaient que ces gros chats de montagne avaient déserté la région, mais Chicky savait que ces traces étaient celles d'un couguar. Dans son enfance, la veuve lui en avait montré un. Quatre pattes, des griffes rétractiles et un coussinet fendu en trois. La traque du couguar aurait pu convaincre un homme moins avisé que cet animal marchait sur deux pieds – lorsqu'il levait la patte avant, la patte arrière avançait alors et se posait pile dans l'empreinte de la patte avant. Une trace unique de sa progression.

A quatre cents mètres de distance, Chicky discernait l'odeur immanquable des excréments du félin. Il devait marcher longtemps et il voyageait léger bien que l'hiver s'installât. Il avait transformé ses chaussures bostoniennes en mocassins quand les semelles s'étaient trouées, les remplaçant alors par de la peau animale tannée. A cette occasion, il avait retrouvé ses bonnes vieilles habitudes : coudre avec un pénis de raton laveur en guise d'aiguille, et du tendon de lapin à la place du fil. Il put ainsi se confectionner des vêtements pour toutes les saisons grâce aux animaux qu'il tuait.

Ses cheveux avaient beaucoup poussé et sa barbe lui tombait jusqu'à la poitrine. Tous deux étaient gris.

Il trouva le plus récent des tas odorants du couguar et soulagea sa propre vessie dessus. Puis il se remit à courir vite sans plus se cacher. Il adopta une vision non focalisée, considérablement élargie et périphérique. Il atterrissait en silence sur la partie extérieure de la plante du pied, avant de la faire pivoter vers l'intérieur. Il devenait le couguar qu'il traquait.

A vingt mètres de la berge d'un torrent de montagne, où une clairière longeait des bois touffus, Chicky s'arrêta pour attendre. Et se poster en embuscade. Il connaissait ce terrain, il savait que lui-même se trouvait à moins de huit cents mètres de cette autre clairière où Clarence Dickason et Rose Kozma avaient autrefois créé leur foyer. Cinq ans plus tôt, en gravissant la pente, il était passé à cet endroit, et même alors la cabane était abandonnée depuis un certain temps déjà. En ruine. Les toilettes extérieures s'étaient écroulées sous le poids d'une branche d'arbre. Il ne découvrirait jamais ce qu'étaient devenus Clarence et Rose, et il s'interrogea souvent sur le sort du petit Albert, mais surtout sur celui de la petite Zizi. Lorsqu'il se sentait tout seul là-haut, et pris de faiblesse, il aspirait à bercer le bébé dans ses bras. Pour le calmer.

Accroupi derrière un peuplier tulipier, il vit le couguar. Les muscles de ses épaules roulaient et se chevauchaient tandis que l'animal avançait en diagonale. Lorsqu'il s'arrêta au bord de l'eau et inclina la tête pour boire, il se figea et Chicky observa les oreilles de l'animal qui remuaient indépendamment l'une de l'autre, en avant, en arrière, sur le côté, à l'affût de la présence humaine. Quand la langue du félin toucha l'eau, Chicky se leva, bien planté sur ses jambes. Gardant sa lance tout près du corps, il arma lentement son geste et propulsa très vite son arme. L'animal entendit l'intrus tout proche et fit volte-face. Le dos rond et toutes griffes dehors, il bondit à l'écart du torrent et hurla. La lance avait manqué sa cible et l'homme faisait maintenant face à l'animal. L'espace d'un instant, Chicky eut envie de hurler à son tour, de siffler et de piauler comme enfant il l'avait fait quand Fred Dallara avait embrassé Clarissa. Au lieu de quoi il observa le couguar. Après une confrontation de plusieurs secondes, le félin s'enfuit.

Chicky ne maîtrisait pas le maniement de la lance comme celui des autres armes. La fronde en tendons et peau animale qu'il avait fabriquée assommait aisément les renards et les ratons laveurs. Il avait les os, les peaux et son propre ventre plein pour prouver qu'il n'avait jamais oublié les leçons que Frank Dallara lui avait données. Et les quatre pièges mortels et appâtés qu'il déplaçait et réamorçait chaque semaine lui fournissaient écureuils et lapins susceptibles de le nourrir durant tout l'hiver. Mais lorsque les cours d'eau gelaient et que son trident n'attrapait plus le moindre poisson, quand le froid devenait si mordant qu'il restait terré dans sa cabane durant des jours d'affilée, il regrettait de n'avoir jamais trouvé le moyen de chasser le gros gibier sans fusil. Une fois, perché sur une branche de hickory, il avait bondi sur le dos d'un cerf huit-cors et poignardé l'animal à la gorge avec un couteau en silex tandis que le cerf ruait pour se débarrasser de son assaillant. Mais ç'avait été une tuerie lente et affreuse. La viande séchée du cerf, il l'avait savourée pendant des mois, mais plus jamais il n'avait chassé ainsi.

Ce couguar lui échappait depuis deux ans.

Ce soir-là, il se servit de son foret pour faire du feu. Lorsqu'il eut terminé ses flexions du buste, ses sauts en extension et ses pompes, il mangea. Quand il eut mangé, il fit bouillir dans de l'eau les fragments d'écorce d'un chêne, raclés près du tronc. Il laissa cette décoction refroidir, puis il la fit passer sur ses gencives désormais vides, et cracha. Ses douleurs s'en trouvaient calmées. Il obtenait le même effet avec le thé aux aiguilles de pin et le café à la racine de chicorée qu'il préparait sur le feu. Il respectait certains rituels. Il connaissait des breuvages capables de venir à bout des souffrances qui assiégeaient son esprit et son corps. Ce n'était pas le whisky, d'autant qu'il avait promis à Dieu ne ne plus jamais y toucher, et Chicky comptait bien tenir cette promesse.

Il n'avait plus prié une seule fois, durant toutes ces années après la matinée passée sur le linoléum de la grange du Missouri. Il maintenait son corps occupé, surtout pour éviter les cogitations de son esprit. Pêcher, poser des pièges, chasser, ramasser des racines, toutes ces activités suffisaient à remplir les journées de Chicky. Les nuits étaient les moments qui lui posaient le plus de problèmes. Les souvenirs venaient la nuit.

En cette soirée d'octobre, il fit ce qu'il faisait toujours pour s'empêcher de devenir fou. Il sortit les coupures de presse que la veuve avait mises de côté pour lui. Il avait lu et relu ces articles jusqu'à ce que le papier journal tombe presque en poussière. Il se léchait les pouces et recollait ainsi les déchirures. Les mots se brouillaient, disparaissaient par endroits. Comme il avait appris par cœur jusqu'au dernier mot de ces textes, c'était sans importance. Il lisait des articles sur les guerres minières et les guerres mondiales. Au dos des coupures figuraient des fragments d'articles insipides sur des absurdités, comme celui de 1932 qui parlait d'un zoo : *Dans le zoo de Cincinnati, Ohio, un hippopotame valant 6 000 $ s'étouffe sur une balle de base-ball et trépasse.* Des registres de la police évoquaient des individus *fréquentant des maisons de mauvaise vie*, conduisant en état d'ivresse, se rendant coupables de violences sur la personne d'autrui et, bien sûr, découverts *en possession de whisky d'origine clandestine*.

Il y avait deux articles qu'il avait lus et relus plus souvent que les autres, tous deux extraits du journal de Richwood appelé le *News-Leader*, tous deux écrits par un certain Jim Comstock. Cet homme dominait largement les autres journalistes. Il avait un style entraînant, et puis ses sujets semblaient réels sur la page. Les montagnards qui avaient conservé les anciennes coutumes. Ou leurs enfants, fichus en l'air par la Seconde Guerre mondiale et les mines de charbon, puis rentrés chez eux avec des membres en moins. Ces articles poussèrent Chicky à écrire les siens. Il récapitula les habitudes de la veuve. Les remèdes contre diverses maladies, sa connaissance de la chasse, et puis ses convictions philosophiques pour vivre bien. D'abord il utilisa l'extrémité carbonisée de brindilles pour écrire sur des morceaux de peau tannée. Mais cela se révéla peu pratique. Bientôt, il trouva un nouvel usage au pénis de raton laveur, dont il possédait une kyrielle. Aiguisés et plongés dans un mélange d'eau, de cendres et de sang animal, ils permirent à Chicky de rédiger ses souvenirs désormais indélébiles sur des bouts d'écorce de tilleul et de cerisier qu'il ramassait tous les jours avant de les mettre à tremper. C'était un papier magnifique, épais mais souple aussi. On pouvait le rouler aisément et il était très absorbant. Il utilisait très souvent ce papier de fabrication maison. Un article s'intitulait *Cette femme soignait les maladies.* Un autre, *Frank Dallara fabriqua un outil.* Il était devenu une sorte de version déformée et solitaire du journaliste que la veuve avait souhaité qu'il devînt. Et il ne se sentait jamais aussi bien que lorsqu'il écrivait.

*

En avril 1958, tout un groupe de gens gravit la montagne. La plupart étaient des citadins. Un géologue, un fonctionnaire du gouvernement chargé de l'aménagement du territoire, un ingénieur. Des universitaires experts en topographie, cartographie et économie. Il y avait un employé de l'Etat chargé du droit foncier et un autre appartenant au service des Eaux et Forêts. Ils parlaient de mine à ciel ouvert. L'exploitation des filons souterrains était une chose dépassée. Dénuder une montagne depuis la cime jusqu'aux contreforts revenait moins cher, était plus facile et nécessitait moins d'ouvriers. Certains membres de ce groupe avaient dans l'idée d'ôter tout le haut de la montagne afin d'accéder directement au filon.

Ils firent halte pour déjeuner et levèrent la tête vers la pente qui aboutissait tout en haut à la cabane cachée de Chicky. Mais tout ce qu'ils voyaient, c'était de l'or bitumineux.

Il les entendit alors qu'ils étaient encore à huit cents mètres de lui. Il commença par se déplacer très vite en direction de ce bruit. Vision élargie et défocalisée, il courut vers le premier écho humain qu'il eût entendu en cinq années d'isolement. Puis il ralentit, suivit la progression du groupe par en haut. En rouge vif, ils peignaient des symboles sur les arbres. Ils installaient des trépieds et enfonçaient de petits boutons sur de petites machines. Ils riaient en travaillant. Il était facile de rire quand la terre pouvait fournir tant de dollars.

Chicky plia bagage à minuit. Il brûla sa cabane en chaume. Dans les peaux de ratons laveurs et de renards, il emballa la viande et les plantes séchées ainsi que les articles qu'il avait écrits. Ces derniers, il les fixa à sa ceinture avec des tendons d'animaux en guise de ficelle.

A trois heures du matin il marchait vers le nord-est. Richwood était la destination qu'il avait en tête.

*

Il resta pour l'essentiel parmi les replis de la chaîne supérieure des Appalaches. Pour autant qu'il pût le savoir, il marcha au nord de Hinton, puis au sud d'Oak Hill, poursuivant dans le comté de Nicholas, une partie de l'Etat où il s'aventurait pour la première fois de sa vie. Un touriste aurait conclu que ce paysage ressemblait beaucoup aux hauts plateaux qui dominaient Bluefield. Mais Chicky y découvrit un monde nouveau. A la mi-mai, il se retrouva sur un surplomb rocheux, à mille cinq cents mètres d'altitude, en train de grimper en se servant de ses bras comme un artiste du trapèze. Une heure plus tard, il marchait sur de la mousse. Des bouleaux et des sapins-ciguë poussaient en abondance et il n'avait jamais vu autant de chevreuils. En une seule journée, il compta trois dindes sauvages. Descendant au fond d'une vallée, il y découvrit d'innombrables pâtures. Ensuite, une espèce de terrain spongieux dont il n'avait jamais rien vu de comparable. Il crut pour de bon traverser des marais et des marécages en Virginie-Occidentale, tout en sachant que c'était impossible.

Deux fois il entendit des voix humaines, deux fois il se cacha.

Lorsqu'il discerna le bruissement, reconnaissable entre tous, de l'eau courante, il le suivit. Ces rivières et ces cours d'eau étaient plus limpides que n'importe quel autre dans le sud de la Virginie-Occidentale. Les truites y étaient plus vivaces. Elles mirent à rude épreuve son habileté et sa vitesse dans le maniement du trident que durant ce voyage il avait fixé sur son dos.

Au milieu d'une matinée particulièrement ensoleillée où il descendait vers ce qu'il croyait être la ville de Richwood, il perçut le bruit d'une eau très rapide. Il se dirigea vers cette rumeur. Mais son origine était plus éloignée qu'il n'y paraissait, et plus il s'en approchait, plus ce bruit devenait assourdissant. Lorsqu'il atteignit enfin son objectif, il comprit. Debout au bord d'un rocher lisse, il baissa les yeux et fut pris de vertige. Treize ou quatorze mètres plus bas, la cascade tombait dans un bassin d'eau bouillonnante, avant de poursuivre son chemin. C'était la première cascade que Chicky contemplait.

Il suivit encore un peu cette rivière à flanc de montagne et rencontra une autre cascade. Haute d'une vingtaine de mètres ou plus, estima-t-il. Le soleil traversait la canopée et jetait des éclats de cristal parmi le tumulte des eaux. Chicky rejoignit le bas de la cascade, puis leva la tête en s'abritant les yeux avec la main. Il retira les paquets, la ceinture, ses vêtements et ses mocassins, il se prépara au froid et entra dans le bassin d'eau glacée. Il se mit à hurler à pleins poumons quand l'eau l'enveloppa, mais il alla de l'avant malgré tout. Il désirait ressentir contre sa peau toute la puissance de la cascade. Ce devait être la plus mémorable de toutes ses expériences de baignade en plein air. Il tint bon sous le pilonnage de l'eau qui faillit le mettre K.O. Il recula d'un pas et cria de toutes ses forces, mais le rugissement des eaux l'empêcha d'entendre le son de sa voix. Sa peau devint rouge et tout enflée. Insensible à force d'être martelée. Il se passa les doigts dans les cheveux, dans la barbe. Laissa la force de l'eau les laver. Les yeux clos, les oreilles pleines d'un rugissement sans fin, il ouvrit la bouche et laissa l'eau nettoyer ses gencives sanguinolentes.

Il resta vingt minutes dans cette position.

Quand il émergea de la cascade, un groupe de gens l'observait sur le petit sentier situé en amont. Chicky se hissa hors du modeste bassin et se redressa de toute sa taille, nu comme un ver, pour leur faire face. Il tordit ses cheveux et sa longue barbe, qu'il essora comme une serviette mouillée. La seule femme du groupe lui tourna le dos. Un homme fut saisi d'un fou rire incontrôlable, un autre prit des photos. Celui qui semblait les guider, un type mince à la démarche gracieuse, ordonna au ricaneur de se calmer. Puis il leva la main et adressa un salut à Chicky.

Il savait que ce groupe n'était pas à la recherche de veines de charbon. Ces gens-là n'avaient pas l'arrogance des prospecteurs. Leur avidité. Mais ce n'étaient pas non plus des touristes. Il décida de ne pas leur rendre ce salut. Il observa un moment le type mince, remarqua le petit calepin qu'il avait dans sa poche de chemise, le crayon coincé derrière l'oreille. Chicky se rhabilla, remit ses paquets en place, et entreprit de grimper le long du versant opposé, tandis que les autres le regardaient, avant de descendre eux-mêmes jusqu'au bassin inférieur de la cascade.

Quand Chicky eut disparu de l'autre côté de la crête, le type mince se pencha vers l'endroit où le montagnard venait de se sécher. Pendant que les autres membres de son groupe discutaient pour savoir s'il était possible de tracer un sentier praticable jusqu'aux chutes d'eau pour les touristes, leur guide prit son carnet et y ajouta quelques notes sur le montagnard, son allure, ses habits. L'habileté avec laquelle il avait escaladé ce versant de montagne. Il ignorait alors que, deux jours plus tard, ce même homme allait se présenter dans son bureau.

*

Baissant les yeux vers les lumières de Richwood au crépuscule, Chicky eut envie de se faire couper les cheveux et raser. Mais il ne connaissait aucun barbier dans le comté de Nicholas. Un homme comme lui entrant dans une boutique pour réclamer un brin de toilette risquait de se faire chasser avec pertes et fracas. Et puis il n'avait pas un sou vaillant. Son trident avait fini par se briser, ses réserves de viande et de plantes séchées avaient fondu, et le spectacle d'êtres humains l'avait transformé.

Par un lundi matin de la fin mai, il entra à pied dans Richwood. Il pleuvait et les gens le regardèrent de l'intérieur de leur voiture.

Un panneau indicateur lui apprit qu'il se trouvait sur Oakford Avenue. Il y avait un petit restaurant dont l'enseigne au néon annonçait au-dessus de la porte *Ritzy Rae Diner*, et sans réfléchir davantage il y entra. Un homme seul assis au comptoir mâchonnait un cure-dent. Il considéra Chicky, puis posa la fourchette dont il se servait pour manger des œufs sur le plat. Il se mit à cligner anormalement les yeux. Derrière le comptoir, une femme qui rangeait des fournitures dans un placard se releva. Elle se figea en le découvrant là, les deux présentoirs de serviettes en papier qu'elle tenait dans les mains semblant garantir son équilibre, l'empêcher de tomber. « Je peux t'aider, mon joli ? » fit-elle. C'était une belle brune.

« Oui, m'dame, répondit Chicky. Je cherche les bureaux d'une publication appelée le *News-Leader*. Un certain Comstock. » Il ruisselait à l'endroit où il se tenait immobile, en faisant bien attention de ne pas s'aventurer au-delà du paillasson.

« Le *News-Leader* ? » s'étonna l'homme. Il fronça les sourcils et regarda par la vitre derrière Chicky.

« Mon joli, ce journal a disparu il y a plus de dix ans, lui répondit la femme. Mais Jim Comstock dirige le *Hillbilly* dans son bureau de Main Street. » Elle faillit sourire. « Il t'attend ?

— Non, m'dame.

— Tu as faim ? »

Il ne répondit pas. S'il n'avait pas depuis longtemps maîtrisé l'art de converser en gardant la bouche hermétiquement close, il aurait peut-être souri à cette femme. Pour un homme tel que lui, elle semblait plus belle que toutes les beautés de la nature. Et puis elle venait de lui proposer de lui donner à manger.

« Je fais des biscuits secs au jus de viande absolument succulents, dit-elle.

— Merci de votre générosité. Merci aussi du renseignement. » Chicky lui adressa un signe de tête, puis un autre à l'homme au cure-dent, après quoi il retourna sous la pluie.

Sur la vitrine du modeste bâtiment de Main Street était écrit : « Le *Hillbilly* de Virginie-Occidentale : un journal. » Pour la deuxième fois ce matin-là, il faillit sourire. Il ouvrit la porte et entra. Le bureau était inoccupé, mais sur la table le téléphone sonnait bruyamment. Dans le second bureau situé derrière une porte entrouverte, une voix beugla : « Dorothea, tu peux répondre ? » La sonnerie s'arrêta, il y eut quelques marmonnements dans le bureau du fond, puis Chicky entendit le bruit d'une chasse d'eau en provenance d'une porte fermée située à droite. Supposant que Dorothea était aux toilettes et Comstock dans la pièce du fond, il n'attendit pas qu'elle revienne dans le premier bureau. Il secoua toute l'eau de pluie qu'il put sur le paillasson et se dirigea droit vers l'homme dont les écrits lui avaient permis de tenir bon durant tant de soirées quand rien d'autre ne parvenait à le faire.

Il frappa, puis entra. Lorsque le fauteuil pivota vers lui, Chicky découvrit le même type mince qu'il avait aperçu au-dessus de la cascade deux jours plus tôt. Cette coïncidence le poussa curieusement à sourire enfin, largement. Il exhiba donc l'espace vide de sa bouche, les gencives étrangement guéries. Pareil spectacle aurait inquiété la plupart des gens. Chicky était après tout un homme édenté, grisonnant, à la peau tannée comme celle d'un animal. Mais Jim Comstock se contenta de lui rendre son sourire et de dire : « Bonjour. »

Chicky hocha la tête.

« Je devrais peut-être dire : re-bonjour. »

Chicky eut recours à la fameuse vision élargie expertement peaufinée au fil des ans pour se faire une idée de l'endroit où il se trouvait. Il y avait des piles partout. Des livres, des journaux, encore d'autres livres. Tout un fatras que certains auraient pu qualifier d'ordures, mais d'autres de trésors. Quant à l'homme face à lui, il était bien habillé, presque beau, vêtu d'une chemise assez bien repassée et d'une cravate.

« Monsieur Jim Comstock ? demanda enfin Chicky.

— Lui-même. Que puis-je faire pour vous, monsieur ? » Il tenait ses lunettes entre deux doigts, l'extrémité d'une branche touchant le menton.

« Eh bien, monsieur, dit Chicky, je m'appelle A.C. Gilbert. » Il avança vers Comstock, puis les deux hommes échangèrent une poignée de main. « Vous êtes selon moi un très bon écrivain, et je désire moi-même me lancer dans le journalisme. »

Chapitre 22

Écrire devint naturel

Il refit ce qu'il avait déjà fait. Le retour à la civilisation. Cette fois, il se fit appeler A.C. Gilbert, un nom entendu au cours de l'enfance et jamais oublié depuis. Le vrai A.C. Gilbert avait inventé l'*Erector Set* et, ce faisant, volé à un gamin son passe-temps favori. Le nouveau A.C. trouva que cet emprunt était un juste retour des choses.

Cette fois, sa coupe de cheveux et son rasage furent l'œuvre d'un professionnel payé par Comstock. Le barbier de la ville adorait couper les cheveux, et ceux de A.C. constitueraient pour lui un authentique défi. « Il va te dessiner un cercle autour des yeux et flanquer le feu à sa brosse, l'avait prévenu Comstock. Il va te tailler les oreilles en pointe. » Ce fut après avoir lu les gribouillis des écorces d'arbre laissés dans son bureau pour son usage personnel que Comstock proposa de payer ces frais de toilette, ainsi qu'un costume, un chapeau et des chaussures. On prit rendez-vous chez le dentiste, un certain docteur Pinkerton, pour s'occuper des gencives du montagnard, mais les dents ne firent pas partie du budget alloué. Comstock accepta aussi d'engager A.C. comme journaliste. Son premier mois de loyer pour l'espace d'un seul tenant situé au-dessus des bureaux du *Hillbilly* lui fut avancé sur le paiement de ses futurs écrits. A.C. voulut du liquide en dessous-de-table, Comstock accepta sans barguigner. Ce n'était pas tous les jours qu'il tombait sur des récits comme ceux du montagnard.

Il y avait un évier de cuisine et une baignoire pattes-de-lion dans le petit appartement. Une cuisinière à gaz à deux feux, des prises électriques pour les lampes. A.C. en vint à apprécier ce confort spartiate. Un homme habitué à survivre dans la nature sauvage se méfiait forcément des facilités du monde moderne, mais leur côté pratique le séduisit. Leur prétention outrancière à l'invention.

Ses tout premiers articles pour le journal furent rédigés au stylo à encre sur un bloc-notes jaune. Dorothea les tapait à la machine, puis Comstock les révisait. L'un était une ode à l'os de pénis de raton laveur. Ses divers emplois, comme cure-dent, accessoire d'écriture et aiguille à coudre. Un autre article parlait du thé au sassafras et stipulait d'utiliser seulement les racines rouges. Et puis il y avait le poireau sauvage. Jim Comstock avait un faible pour cette petite plante, semblable à de l'ail, qui poussait partout autour de Richwood. Il envoya A.C. cueillir, cuire et manger cette plante selon toutes les recettes qu'il voudrait, avant d'écrire un article à sa guise sur ce sujet. Il s'en réjouit. Car le poireau sauvage lui permettait de rester jeune.

Comstock prenait en charge l'aspect commercial du journal, et il écrivait sur la politique, la religion, la littérature. Les gens se mirent à remarquer cet hebdomadaire mince mais de qualité, publié en Virginie-Occidentale. Des habitants de New York et de Chicago, parmi d'autres. Les bulletins d'abonnement imprimés au dos de chaque numéro se mirent à revenir si vite que Dorothea réussit à peine à s'occuper des chèques et des billets qui arrivaient avec les bulletins remplis. Elle trouva néanmoins le temps d'apprendre à A.C. l'art de marteler le clavier d'une machine à écrire Underwood.

Il tapa encore et encore la même phrase. Dorothea jurait que c'était le meilleur entraînement pour un journaliste novice. Assis le soir dans son petit appartement, la vieille Underwood posée sur la table de la cuisine, A.C. tapa des centaines et des centaines de fois : *Le temps est maintenant venu pour tous les hommes de bonne volonté de voler au secours de leur pays. Le temps est maintenant venu pour tous les hommes de bonne volonté de voler au secours de leur pays. Le temps est maintenant venu pour tous les hommes de bonne volonté de voler au secours de leur pays.*

Tous les jours, A.C. petit-déjeunait puis déjeunait au Ritzy Rae Diner. Il fit connaissance avec des clients, mais aucun d'entre eux ne devint son ami. Si Jim Comstock s'en abstint, d'autres demandèrent à A.C. d'où il venait. « Wheeling, par là », répondait-il alors. On en restait là, car c'était un homme pour qui les questions désagréables touchant à son passé étaient tout bonnement insupportables. Ses yeux et sa peau toute ridée conseillaient aux bavards de trouver un autre sujet de conversation. Le temps qu'il faisait, par exemple. Ou encore les différences entre les truites arc-en-ciel, d'océan et de rivière.

Il avait raconté à tout le monde en ville qu'il était né en 1916. Qu'il avait donc quarante-deux ans. Cela paraissait vraisemblable, car même si de toute évidence cet homme avait vécu à la dure, il avait la constitution et le ressort d'un type jeune et rapide. On aurait dit un boxeur dont la gloire remontait à quelques années seulement. Et puis les habitants de Richwood étaient habitués à voir des hommes et des femmes qui faisaient plus vieux que leur âge. Il en avait toujours été ainsi.

Un jour, au déjeuner, A.C. buvait sa troisième tasse de café bien noir servie par Rae. Un homme venu en ville pour chasser était assis à côté de lui au comptoir et il lui demanda où se procurer de fausses dindes en bois munies d'une poignée, pour attirer les vraies.

« J'en sais sincèrement rien, lui répondit A.C. J'ai jamais fait grand cas de la dinde. Mais il me semble qu'on peut aussi bien se servir de sa bouche.

— De sa bouche ? » s'étonna l'homme.

La cloche de vache fixée à la poignée de porte tinta. Une femme vêtue d'un haut blanc moulant et d'une jupe grise entra dans le boui-boui, aussi déplacée qu'on pouvait l'être en ce lieu. Les clients interrompirent leurs conversations, reluquèrent cette ravissante apparition et tendirent l'oreille. L'élégante se dirigea vers le comptoir et s'arrêta près de A.C. Le chasseur de dindes écarquilla les yeux. C'était une splendide beauté citadine, à la peau olivâtre, aux cheveux noirs remontés sur la tête. Elle portait sous le bras un grand portefeuille en cuir noir.

Rae demanda à cette créature si elle pouvait lui être utile.

« Oui, merci. Je m'appelle Cynthia Webster. J'arrive du bureau de M. Comstock. J'écris dans la *Saturday Review* et je suis venue pour rédiger un article sur le *Hillbilly*. M. Comstock m'a assuré que je pourrais trouver ici M. Gilbert, le journaliste local. » Tout cela dit très vite et en termes choisis.

« Eh bien, répondit Rae, il est assis juste ici, près de vous. »

Mme Webster se tourna vers le chasseur de dindes. C'était forcément lui, le journaliste. Le travail de couture sur son blouson en cuir était très raffiné. Il portait de luxueuses lunettes. « Monsieur Gilbert », déclara-t-elle en lui tendant la main.

« Non », dit l'homme. Il jouait maintenant les indifférents, car il avait appris que cette distance feinte attirait les femmes célibataires, à condition de ne pas oublier d'enlever son alliance.

Rae servit une nouvelle tournée de café. « Raté, ma belle, c'est celui d'à côté », dit-elle.

Mme Webster se tourna avec une prudence navrée vers A.C. On le prenait tout naturellement pour un type banal. Malgré son costume, c'était un gars du cru dont les lèvres témoignaient de l'absence d'incisives. « Enchantée », commença-t-elle. Ils échangèrent une poignée de main. « Je suis arrivée de New York ce matin. Je me demandais si je pourrais vous interviewer brièvement. Votre journal suscite un fort intérêt culturel pour les coutumes uniques de cette région. »

A.C. opina du chef en pensant qu'il était vraiment magnifique d'entendre de tels mots sortir de lèvres si parfaites. Il découvrit qu'il ne pourrait pas dialoguer avec une dame aussi importante dans un endroit aussi confiné que celui-ci. « Si nous allions marcher un peu ? » proposa-t-il.

Ce qu'ils firent. Et Mme Webster décrocha son interview, qui fut publiée le mois suivant. Les lecteurs du *Saturday Review* tombèrent amoureux des deux hommes qui à eux seuls s'occupaient de ce journal des Appalaches, et les abonnements affluèrent. A.C. avait charmé Mme Webster, et elle lui téléphonait souvent au bureau pour lui parler des coutumes de la ville et de celles de la campagne. Le plat contre l'escarpé. Elle évoqua même une nouvelle visite, ou bien un déplacement de la campagne vers la ville. A.C. pourrait venir dans la cité qui ne dormait jamais.

*

Le 1er avril 1960, A.C. était assis en face de Dorothea à son grand bureau en chêne, où il s'entraînait à taper à la machine. Mais il n'avait que Cynthia Webster en tête. Depuis presque deux ans, elle prenait l'avion tous les deux ou trois mois, d'abord sous prétexte de travail professionnel, ensuite pour raisons personnelles. Elle embrassa A.C. lors de sa troisième visite, même si le journaliste tenta de lui offrir sa seule joue. Elle l'aimait, elle n'accordait aucune importance aux apparences ni à cette bouche qui empoisonnait la vie de A.C. depuis toujours. Pour sa quatrième visite, elle renonça à descendre dans un hôtel.

Il relisait les épreuves d'un article de Comstock intitulé « Comment fabriquer votre propre gnôle ». Comme d'habitude, c'était limpide et dénué de la moindre erreur grammaticale. Mais dans tous ces conseils pour devenir bouilleur de cru amateur, A.C. ne put s'empêcher de trouver quelque chose à redire. Le feu sous l'alambic semblait trop fort. La suggestion d'utiliser du panais plutôt que des pommes de terre, le cas échéant, sonnait faux. Quand Comstock lui avait demandé de relire son article, il avait regardé A.C. bizarrement. Presque comme s'il savait que le montagnard avait déjà distillé de la gnôle clandestine. A ce moment-là comme à d'autres, le rédacteur en chef soupçonnait de toute évidence son nouvel employé d'avoir un passé plutôt chargé. Et comme toujours en pareille situation, tous deux firent comme si de rien n'était.

Les articles sur les alambics clandestins, comme ceux sur l'exploitation charbonnière ou sur les problèmes raciaux, poussaient A.C. à faire part de ses propres connaissances et de son expérience, mais chaque fois il se retenait d'intervenir. Peut-être écrirait-il un jour quelque chose sur les nouvelles technologies minières, l'exploitation à ciel ouvert qui mettait les ouvriers aux chômage, détruisait des pans entiers de montagne ainsi que les cours d'eau qui y coulaient. Il pensa écrire quelque chose sur Moundsville, sur des hommes comme Arly Jr. Mais pour s'attaquer à de tels sujets, il lui aurait fallu mettre au jour des zones d'ombre qu'il avait soigneusement occultées. Rouvrir des plaies qu'il avait eu tant de mal à faire cicatriser. Affronter des policiers américains, des hommes du FBI et des fils de pute comme Fred Dallara et les frères Crews. Il ignorait tout à fait si ce genre d'individu désirait toujours l'envoyer derrière les barreaux, ou même s'ils vivaient et respiraient encore. Il n'était pas prêt à le découvrir. Il continua donc d'écrire sur les cataplasmes à la moutarde, les bâtons de marche et la cuisson du raisin d'Amérique.

Le téléphone sonna et Dorothea répondit. Elle adressa un signe de tête à A.C., puis annonça qu'elle sortait déjeuner. Il prit le combiné et entendit la voix de sa chérie à l'autre bout du fil.

« C'est officiel, dit Cynthia Webster. Kennedy sera mardi à Charleston. Il paraît qu'il va mener une campagne dure. » John F. Kennedy avait terminé sa primaire dans le Wisconsin et, selon la plupart des commentateurs politiques, il allait se dispenser de visiter la Virginie-Occidentale, où vivaient trop de protestants rétrogrades.

« Nom de Dieu, lâcha A.C. Tu viens donc en ville plus tôt que prévu ?

— J'ai pris mon billet d'avion ce matin. Je serai là dimanche soir.

— Je vais récurer le plancher et astiquer les cendriers », dit-il.

Elle éclata de rire. Elle le connaissait maintenant mieux que personne, même s'il ne lui avait jamais révélé sa véritable identité. Elle lui pardonnait sa méfiance envers l'automobile, son désintérêt pour la grande ville. Elle ne trouvait pas injuste qu'il ne vînt jamais à New York. « A.C., poursuivit-elle, Bill Simpson, du *Times*, m'a filé des tuyaux sur le planning de Kennedy. Je crois pouvoir vous décrocher un entretien, à Jim et toi. Apparemment, il connaît le travail de Jim.

— Nom de Dieu », répéta A.C.

Plus tard le même jour, Cynthia parla avec le journaliste du *New York Times* et obtint le numéro de téléphone de Bobby Kennedy sur la route. Il lui déclara que son frère serait ravi de rencontrer un journaliste comme Comstock et de faire un bout de chemin avec lui s'il en était d'accord. Dès samedi, la nouvelle s'était répandue dans Richwood. Le riche candidat catholique acceptait une rencontre qui s'annonçait explosive.

Le dimanche, A.C. prit le premier train à destination de Charleston pour y attendre l'arrivée de Cynthia. Ils devaient se retrouver à la gare vers six heures. A six heures et demie, quand une grosse dame se mit à hurler dans le café avant de s'évanouir, il attendait toujours. Il aurait pu attendre éternellement. Le DC-8 en phase d'approche avait très vite perdu de l'altitude avant de percuter le versant d'une montagne.

Le magasin ABC se trouvait à trente-sept pas de la gare ferroviaire. Il les compta après que la nouvelle de la catastrophe aérienne fut tombée. Des gens en larmes se réunissaient autour des postes de télévision. Mais A.C. resta imperturbable et ressortit bientôt dans la rue. Quand il passa devant un magasin d'alcools, il maudit la loi qui interdisait l'ouverture des commerces le dimanche, tout en la remerciant de le tenir à l'écart de la bouteille. Mais personne ne pouvait l'empêcher de prendre la brique descellée qui saillait de la façade du bâtiment. Il la saisit donc et se prépara à la lancer dans la vitrine. Pour retrouver enfin sa meilleure amie dont il était séparé depuis longtemps, cette amie liquide capable d'apaiser sa douleur comme aucune femme n'avait jamais su le faire. Maintenant qu'il venait de perdre une autre compagne, il se dit qu'il pouvait bien se lâcher un peu. Mais ses genoux se dérobèrent sous son corps avant même qu'il ait pu lancer sa brique. Son derrière percuta le trottoir et sa vision vira au rouge, comme tant de fois déjà au cours de son existence. La couleur écarlate revint en force, avec des visions brouillées. Des montagnes s'effondrèrent. Des automobiles et des avions furent transformés en boules de feu. Le hurlement vibrant et haut perché rugit sans discontinuer.

A.C. reprit conscience et se releva. Il lâcha sa brique, retourna à la gare et prit le train de huit heures à destination de Richwood. Puis il se terra dans son appartement. Pelotonné sur son matelas, il se demanda si tout ce qu'il aimerait jamais continuerait à se transformer sans cesse en poussière.

CHAPITRE 23

Kennedy avait la niaque

Jim Comstock n'attendit pas longtemps pour intervenir. Il avait la clef de l'appartement situé au-dessus des bureaux, et bien qu'il n'en ait jamais fait usage précédemment, il s'en servit après avoir frappé en vain à la porte. C'était mardi et il était midi passé. Il avait des nouvelles.

Le loquet de la porte joua derrière lui et il vit A.C. sous le mince drap blanc, toujours pelotonné. Comstock savait d'avance que l'endroit sentirait l'Ajax, car deux soirs plus tôt Cynthia devait arriver. Il s'approcha de son ami. « Je ne sais pas quoi dire, et donc je ne dirai rien d'autre que "je suis désolé". Sincèrement désolé. » Il se racla la gorge. « Et puis j'ai pensé que tu me laisserais tambouriner toute la sainte journée, si bien que j'ai ouvert moi-même. J'ai des nouvelles. »

A.C. n'avait jamais été du genre à bouder ou à montrer de la faiblesse en présence d'autrui. Il s'assit. Il était toujours en maillot de corps, pantalon et chaussettes. Avant de dire quoi que ce soit, il prit une Chesterfield dans le paquet posé sur la table de nuit, et l'alluma. Au saut du lit, une bonne dose de nicotine dans les poumons lui permettait d'y voir à peu près clair. « Des nouvelles, tu as dit ? » Il se forçait à prononcer des mots absurdes, comme un acteur de théâtre.

« Oui, des nouvelles. Tu sais que, depuis ton arrivée ici, ce bon vieux docteur Pinkerton s'est occupé de tes gencives. »

A.C. lui jeta un regard en biais.

« Je ne t'ai jamais donné assez d'argent pour même envisager un dentiste, je le sais bien. Mais Dorothea déborde d'énergie. Surtout en temps de détresse. Elle a battu le rappel au cours de ces deux derniers jours.

— Allez, Jim. » La cigarette coincée entre les lèvres, il enfila sa chemise.

« Bon, écoute-moi. Tu te souviens qu'il a fait un moulage en cire de tes mâchoires quand tu es allé le voir. En ce moment même il termine un ensemble de dents provisoires. Je crois qu'il appelle ça un "dentier express". Voilà un truc nouveau. »

A.C. se leva. Il avait l'allure d'un homme sur le point de céder. Trop las pour discuter pied à pied. « Jim, c'est pas des fausses dents qui vont arranger ce qui s'est passé.

— Je sais. Mais le travail répare tout ce qui a été cassé. Et je te mets au boulot. Le dentier, c'est juste pour que le jeune Kennedy se tire pas en courant quand il te verra.

— Comment ça ?

— J'ai une affaire urgente à régler. Il faut que j'aille à Hinkle demain. Problèmes personnels. » Il se racla encore la gorge. « En tout cas, il prend la parole au Capitole demain midi. Tu retournes à Charleston, je t'ai réservé une place dans le train de six heures du matin. Tu vas le suivre comme un brave toutou le plus longtemps que tu pourras. Renifle-moi un peu ce catholique.

— Jim, ça ne m'intéresse pas de…

— Son frère Robert connaissait un peu Cynthia, je crois. Il s'est montré très aimable. Il m'a dit que tu pouvais les rejoindre. »

A.C. se rassit sur le lit. Il tira sur sa cigarette, inhala, exhala, secoua la tête. « Je comptais même pas aller à New York pour l'enterrement, Jim.

— Y a pas de mal à ça.

— Je connaissais même pas ses proches ni sa famille. » Il s'assena une bonne claque sur la nuque, quatre fois de suite.

Comstock n'avait rien à ajouter. Leurs regards se croisèrent.

« Les dents, fit A.C. Saleté de dents. »

*

Elles faisaient mal et c'était difficile de parler avec. Il s'entraîna durant tout le voyage en train, en écrasant le caoutchouc et en frottant la porcelaine avec sa langue. Il lut à voix haute tous les articles de journaux découpés par Jim sur la primaire de Kennedy. Dans le Wisconsin, le problème du catholicisme du candidat démocrate était apparu au grand jour. Le sénateur Bob Byrd, désormais rentré chez lui avec son violon dans une main et la Bible dans l'autre, en avait fait son fonds de commerce. Il enflammait des gens qui n'avaient jamais demandé à être enflammés, il jouait devant des foules amassées dans des églises perdues au fond de la cambrousse. Un catholique venait vendre aux habitants de Virginie-Occidentale ce qu'ils n'avaient pas les moyens d'acheter, leur disait-il.

A.C. se moquait de la religion comme de l'an quarante. Il se contrefichait également de ce jeune riche venu de Nouvelle-Angleterre. Il avait simplement envie de travailler pour l'oublier, elle. Comme il ne pouvait pas se mettre à picoler et chercher la bagarre pour goûter à son propre sang, le boulot était la seule alternative.

Ce jour-là, vers midi, il y avait près de cinq cents personnes réunies sur les marches de la grande poste de Charleston. John Kennedy allait et venait parmi elles avec un microphone serré dans la main gauche. Toute sa manière d'être suggérait aux questionneurs de mettre sur le tapis le problème du catholicisme. D'y aller carrément. « Je suis catholique, annonça-t-il d'une voix forte. Cela signifie-t-il que je ne peux pas être président des Etats-Unis ? » Les gens l'écoutaient. « Mon frère a pu sacrifier sa vie, mais nous ne pourrions pas devenir président ? » A.C. avait déjà la mort en tête, et le fait d'écouter ce jeune homme évoquer le décès de son propre frère permit étrangement au journaliste d'y voir plus clair. A.C. avait souvent été confronté à la mort et il s'en était toujours tiré indemne. Il acquiesça quand Kennedy s'écria : « Personne ne m'a demandé si j'étais catholique quand je me suis engagé dans la marine des Etats-Unis. Personne n'a demandé à mon frère s'il était catholique ou protestant avant qu'il ne monte dans un bombardier américain pour accomplir son ultime mission. »

Le candidat venu de la Nouvelle-Angleterre avait gagné l'attention et le respect des habitants de Virginie-Occidentale. Il était passionné et, quand il parlait, ses mots sonnaient juste. Ils n'étaient pas fabriqués. Ils étaient honnêtes. Ils étaient réels. A.C. prit son calepin et se mit à les noter.

Après le discours, il parla avec le directeur de campagne de Kennedy, un certain McDonough. Ce type lui dit de venir à Huntington ce soir-là. Il fixa un dîner-entretien à six heures, en supposant que A.C. accepterait son offre. « Je ne supporte pas l'automobile », lui annonça A.C.

Après un instant de stupéfaction, McDonough répondit seulement : « Jim's Steak and Spaghetti, à six heures. » Puis il s'éloigna.

A.C. retourna très vite à la gare afin de s'informer sur les horaires des trains à destination de Huntington.

*

Le syndicat des mineurs soutenait Hubert Humphrey, et non John Kennedy. Dans l'espace consacré aux périodiques de la bibliothèque publique de Huntington, A.C. lut des articles sur ce sujet et d'autres. Certains lui mirent la puce à l'oreille. D'abord, les mineurs et les cheminots ne soutenaient pas le jeune sénateur du Massachusetts. Mais d'autres faits impressionnèrent A.C., par exemple les états de service du candidat démocrate à bord d'un torpilleur à Guadalcanal. Kennedy avait sauvé des hommes. Il avait survécu dans des circonstances où d'autres seraient morts. Accomplir ce qu'il avait accompli, parcourir des kilomètres à la nage, ce n'était pas rien. Et puis, pensa A.C., pour voir ces cocotiers sur une île lointaine, John Kennedy possédait sans doute le pouvoir de la vision élargie.

A.C. regarda l'horloge murale. Il était six heures moins dix. A force de lire et de réfléchir à la vision élargie, il en avait oublié l'heure. Il franchit la porte de la bibliothèque et descendit la Cinquième Avenue vers le restaurant.

Lorsqu'un homme en costume noir l'accompagna jusqu'à une grande alcôve située à droite de la salle, Kennedy ne s'était toujours pas assis. Il serrait des mains et posait pour des photographes. McDonough s'approcha. « Jack, dit-il, voici M. A.C. Gilbert, le journaliste du *West Virginia Hillbilly*. Je t'ai parlé de lui.

— Oui, je me souviens », dit Kennedy. Il serra la main de A.C. et le regarda droit dans les yeux. « J'aime bien le nom de votre journal. Ravi de vous rencontrer.

— Bonsoir », rétorqua A.C.

Ils s'assirent. On le présenta à Frank Roosevelt, le petit-fils de Franklin Delano Roosevelt, puis à un certain Sorenson. La serveuse avait l'accent du comté de Logan, sinon de Mingo. Tout de blanc vêtue, elle avait les cheveux tirés en arrière. Elle était intimidée et elle rappela Clarissa à A.C. Les autres convives commandèrent, et tout le monde prit des spaghettis. A.C. avait une petite boule dans la gorge à cause de cette belle serveuse. Clarissa lui avait fait penser à Cynthia, et il avait du mal à s'exprimer. « Cheeseburger », réussit-il à dire. Son dentier du haut tomba dans sa bouche et il serra très fort les dents pour le remettre en place. Kennedy l'observa tandis qu'il buvait un verre d'eau à toute vitesse.

Lorsque A.C. changea de position sur la banquette, l'air sortit en sifflant par une déchirure du skaï vert. McDonough s'éclaircit la voix. Ils étaient tous fatigués. La veille, ils avaient travaillé depuis quatre heures et demie du matin jusqu'à une heure trente du matin. « Bon », fit McDonough. Le silence devenait presque gênant.

« Monsieur Gilbert, dit Kennedy. Mon jeune frère m'a parlé de votre collègue et amie, Mlle Webster. Je suis sincèrement désolé.

— Merci », répondit A.C., touché. Puis il pensa qu'un autre que Kennedy aurait sans doute oublié ce détail, à cause de la fatigue, des longues heures de voyage entre ces bourgades inhospitalières, et puis tous ces discours devant des inconnus et des journalistes. Ou alors, même s'il s'en était souvenu, un autre que lui aurait peut-être choisi de ne rien dire.

« Désirez-vous me poser quelques questions pour le *Hillbilly* ? » Sans trop savoir pourquoi, A.C. éclata de rire. Peut-être était-ce l'accent de Kennedy, la manière dont il prononçait les *i*. Surtout dans le mot *Hillbilly*. En tout cas, A.C. venait de montrer son dentier.

Kennedy se mit à rire lui aussi.

« Eh bien, fit A.C., je crois que vous avez entendu toutes les questions que vous vouliez entendre sur les mineurs et sur la lente dégringolade de notre bel Etat vers la pauvreté. » Lorsque la serveuse apporta des salades de chou cru, il lui sourit en s'assurant de garder bien serrées l'une contre l'autre ses deux rangées de quenottes nacrées. Il tripotait la salière tout en parlant. « Et je sais que vous en avez soupé de la religion, jusqu'à l'indigestion. » Ils rirent encore. A.C. sentit que les autres l'adoptaient. Il prit une bouchée de chou cru en faisant bien attention de mastiquer avec ses molaires. « Pourquoi ne pas manger un peu. Je poserai mes questions à mesure qu'elles me viennent. »

Ils mangèrent donc.

A.C. dit que la Virginie-Occidentale comptait une douzaine de médaillés d'honneur du Congrès américain. Et proportionnellement davantage d'anciens combattants que n'importe quel autre Etat de l'Union. Lorsqu'il complimenta Kennedy pour sa bravoure dans les îles Salomon, Kennedy l'en remercia.

Ils évoquèrent les votes truqués et tombèrent d'accord pour dire que le « système de l'ardoise » signifiait qu'en un certain sens tout le monde achetait des votes. « Je n'ai jamais tendu à personne une bouteille de whisky ni un billet de vingt dollars afin que cette personne vote pour moi », déclara Kennedy.

Il lui importait de ne pas dire du mal de Humphrey, même si ce dernier ne se gênait pas pour en dire du candidat démocrate.

Au beau milieu d'une discussion sur le sénateur Byrd et son anti-catholicisme primaire, Kennedy s'écria : « C'est la sauce de spaghettis la plus étonnante que j'aie jamais mangée ! »

Ce soir-là, l'homme qui devait devenir président des Etats-Unis d'Amérique se régala de cette sauce étrange et épaisse. Il enlaça les épaules de Jim Tweel, le propriétaire du restaurant, pour le photographe. Puis il dit à A.C., qui avait pris peu de notes sur les diverses conversations de la soirée : « Pourquoi ne pas nous accompagner aux mines de Logan demain matin ? » Ils devaient rencontrer des mineurs à six heures. Comstock lui avait donné un peu plus d'argent que d'habitude pour les imprévus, par exemple une éventuelle nuit à l'hôtel.

*

Le lendemain matin à six heures, A.C. retrouva l'équipe de campagne devant la mine numéro 3. Il prit des notes sur la manière dont le sénateur interrogeait les mineurs, leur posait de vraies questions sur leur équipement ou leurs horaires. Kennedy parla peu de lui ou de l'élection. Un mineur, un vieux type râblé avec un petit cigare du Kentucky planté entre les mâchoires, dit : « Sénateur, ce que je veux savoir c'est… Est-ce que c'est vrai que vous êtes fils de millionnaire et que vous avez jamais trimé une seule journée de votre vie ?

— Eh bien, je suppose que c'est la vérité. »

Le mineur assena une grande claque dans le dos de Kennedy et sourit. « Eh bien, moi ça me va, dit-il. Je vais vous confier quelque chose : vous avez rien loupé d'important ! »

Tous ceux qui entendirent cette blague éclatèrent de rire. Kennedy fut celui qui rit le plus fort. Il était presque plié en deux.

Plus tard dans la matinée, ils prirent ensemble un café bien fort et John Kennedy confia à A.C. qu'il avait eu l'occasion de visiter un peu la Virginie-Occidentale. « Ce n'est pas bien, la manière dont beaucoup de gens vivent ici, dit-il. Si nous gagnons, je vais faire quelque chose pour ces gens. »

Après cette journée, ce furent ces mots, plus que d'autres, qui marquèrent A.C. Il passa presque une semaine en compagnie de John Kennedy, qu'il vit par intermittence. Il en vint à le considérer presque comme un ami. Mais l'idée de « faire quelque chose pour ces gens » le troublait, le tracassait. Kennedy avait déclaré qu'on avait « oublié » les habitants de la Virginie-Occidentale. D'un côté, A.C. désirait que Washington se rappelle leur existence. Ses concitoyens, davantage que d'autres, avaient besoin d'argent. Mais l'argent signifiait aussi autre chose, la volonté d'un changement imposé d'en haut. Il se souvint des études de M. Estabrook, l'eugéniste. La veuve avait déclaré que les individus de cet acabit désiraient modifier le mode de vie qu'ils découvraient dans les collines, et peut-être même l'effacer.

A.C. se souvint de ce qu'Arly Sr. avait dit à Arly Jr. tant d'années plus tôt : « S'ils commencent à te regarder de haut, fais-leur baisser les yeux. »

Dans le travail, il avait trouvé exactement ce dont il avait besoin pour tenir le coup après la mort de Cynthia. La réflexion. Une vraie réflexion. Il continua de gamberger pendant tout le trajet du retour à Richwood. Il regarda les montagnes sombres défiler lentement derrière la fenêtre de son wagon, toutes différentes les unes des autres. Quand il retrouva sa vieille machine à écrire Underwood, il aligna sur le papier des mots ignorés des masses dociles convaincues de détenir la vérité.

Chapitre 24

De découverte en découverte

Il finit par se rendre à New York, un an et un mois après le décès de Cynthia. L'article qu'il écrivit sur Kennedy, intitulé « Les habitants des montagnes ont trouvé un homme sur qui compter », parut dans le numéro de la mi-novembre du *Hillbilly*, peu après l'élection du candidat démocrate au poste de président des Etats-Unis. Le *New York Times* le choisit et le publia à la une la semaine suivante. En avril, A.C. apprit au téléphone qu'il venait de remporter le prix Pulitzer du journalisme régional.

Son article évitait les partis pris faciles. Il énonçait des vérités si élémentaires qu'elles étaient devenues invisibles, enfouies sous les affirmations gratuites. On y lisait, en substance :

Le sénateur Kennedy n'a jamais tendu la moindre bouteille de whisky à un homme des bois. Si un membre de son équipe l'a fait, lui-même ne l'a jamais su. Même chose pour les billets de banque. Nous autres habitants de Virginie-Occidentale, à cause de notre isolement géographique parmi d'autres facteurs, avons pourtant plus que d'autres besoin d'argent. Ceux qui vivent loin d'ici parlent souvent de nous comme de « gens oubliés ». Les citadins viennent donc nous voir. Nous étudier. Un jour, un prétendu savant nommé

Arthur Estabrook a débarqué ici pour mesurer nos crânes et écrire tout un fatras d'âneries ensuite publiées sous forme de livre. A maints égards, ce sont des gens comme lui qui ont affirmé qu'on pouvait acheter nos votes pour l'élection présidentielle. Mais ici toutes ces manœuvres illégales ont lieu dans des coins comme le comté de Logan et durant les élections locales, par exemple celle du shérif. C'est comme ça depuis des années, et si vous croyez pouvoir y remédier, venez donc faire un petit tour par ici et mettez-vous au boulot.

De fait, nous avons un système d'ardoise pour les candidats à la présidence, mais jusqu'à ce que ce système devienne illégal et tant que ses détracteurs ignoreront tout de son fonctionnement, je ne compte pas m'attarder davantage sur les aspects injustes de ce système. Non, John F. Kennedy n'a pas eu besoin d'acheter nos votes. Il les a gagnés avec son bon sens. Il nous a regardés droit dans les yeux, sans la moindre condescendance hautaine, s'il vous plaît, mais face à face. Il nous a posé des questions sur la pauvreté dont, contrairement à tant d'autres qui prétendent y remédier, il n'en avait jamais vu de pareille. Il nous a serré la main et nous a proposé un contrat. Il s'agit d'oublier tous les clichés véhiculés par les journaux et par les reportages de la télévision. Le Massachusetts signifie ceci, la Virginie-Occidentale signifie cela. Etre catholique signifie cela tout là-bas, être protestant signifie ceci juste ici. De la bouillie pour les chats.

La vérité, c'est que nous autres, habitants de Virginie-Occidentale, ne nous soumettrons jamais à une religion ou à une autre. Nous restons calmement assis sur les bancs de l'église, nous parlons en langues inconnues et manipulons des serpents, nous sommes des chrétiens extatiques en attente de renaissance, nous sommes des grenouilles de bénitier qui adorent le pape. Notre peau inclut toutes les nuances de noir, de brun et de blanc. Nous venons d'Ecosse et d'Irlande, de

Hongrie et de Sicile. Nous venons d'Afrique via la Georgie. Et si notre cher sénateur nous ordonne de ne pas voter pour un catholique, nous aimerions simplement rappeler qu'il bavarde toujours aussi cordialement avec des individus encagoulés qui nous prouvent combien les humains sont parfois hideux. Les habitants de Virginie-Occidentale ont élu John Kennedy président des Etats-Unis d'Amérique, et un homme qui compte autant que lui, eh bien, nous comptons sur lui pour améliorer notre sort.

A.C. descendit dans un immense hôtel de luxe de Times Square, avec Jim et Dorothea. Il tenait à ce que tous deux l'accompagnent, car à ses yeux ils étaient autant responsables que lui de cet article.

Le jour du Pulitzer, Jim et Dorothea acceptèrent l'invitation matinale du rédacteur en chef du *New York Times*. Il les emmena en voiture jusqu'aux bureaux du *Times* pour une visite avant d'aller à Columbia pour la remise du prix et le déjeuner. A.C. avait dit non merci lors du dîner de la veille. « Je préfère marcher », déclara-t-il. Sur le chemin de l'université, il faillit enlever la paire de chaussures neuves achetée pour l'occasion. Des ampoules se formaient sur ses pieds. Il faillit ainsi marcher pieds nus dans Manhattan. Son costume et sa cravate étaient noirs, comme ceux qu'il avait portés à Chicago, du temps où il s'appelait Chicky d'Or, l'homme à l'harmonica. Il se sentit redevenir un peu Chicky en traversant la 110e Rue. Harlem lui rappela vaguement les clubs du West Side où il avait joué à Chicago, et en passant devant un club en sous-sol sur Amsterdam Avenue, il s'arrêta pour regarder. A la seule pensée de l'université qui se trouvait à quelques rues de là, et de tous ces intellectuels sophistiqués, il eut envie de modifier son emploi du temps. De l'intérieur de ce petit club obscur, montait l'odeur de l'alcool de maïs, absorbé la veille au soir et transpiré par les pores de nombreuses peaux. Le sol en était sans doute imbibé d'une gloire poisseuse. L'alcool imprégnait aussi les semelles du musicien qui y avait joué, en tapant du pied et en soufflant dans son harmonica en clef de sol.

Depuis le Missouri il avait tenté de ne pas penser à l'harmonica. Mais çà et là il avait eu des nouvelles de Chuck Berry, du rock and roll. Le peu de musique qu'il avait entendue lui avait déplu. Mais ce matin-là à Harlem, il eut l'eau à la bouche et en perdit presque son dentier flambant neuf.

A.C. arriva à l'heure à la réception. Il se retrouva assis à la table du président de l'université, il sirota du bon café, fuma et se montra cordial avec tous ceux qui vinrent le féliciter. A chacun, il présenta Jim Comstock et Dorothea, en s'assurant de dire à chacun : « C'est elle qui m'a appris à taper à la machine. »

Le gros chèque fut très apprécié.

Un homme se détacha du lot ce jour-là. Un certain Joseph Mitchell, journaliste au *New Yorker*. Comme il était originaire du comté de Robeson, en Caroline du Nord, le pays du tabac, son accent réconforta quelque peu A.C. dans la salle somptueuse. A.C. avait lu un article écrit par Mitchell dans les années quarante, intitulé « Professeur Mouette ». Comstock le lui avait cité en exemple, et il comptait parmi les plus belles pages que A.C. eût jamais lues. Ce jour-là, il le dit à Mitchell.

« Bah, franchement je n'en sais rien », rétorqua Mitchell en détournant les yeux. Il avait un visage amical et un sourire engageant. « En fait, ça fait un moment que je suis abonné à votre journal, et je dirais volontiers la même chose de votre travail.

— Eh bien, merci », répondit A.C. Tous deux baissèrent les yeux vers leur café, puis ils y firent tourner leur petite cuillère.

« J'espère que ce n'est pas trop présomptueux de ma part, reprit Mitchell, mais j'aimerais vous faire une proposition.

— Allez-y, dit A.C.

— Voilà. J'ai relu tout ce que vous avez écrit ces deux dernières années, et après être rentré chez moi récemment, j'ai eu une idée soudaine et j'ai parlé à mon rédacteur en chef de la possibilité de vous faire bosser pour le *New Yorker*... si ça vous intéresse. » Il sourit, alluma une cigarette.

« Vraiment ? dit A.C. Eh bien... » Il ne trouvait pas quoi dire. Le son de l'harmonica montant de ce club sur Amsterdam Avenue résonna dans sa tête. Son café eut brusquement le goût du whisky. « A dire vrai, monsieur Mitchell, je pourrais sans doute planter ma tente un moment à New York. » Son buste oscillait presque tandis qu'il parlait. « Histoire de tenter ma chance. Mais au bout d'un certain temps, je crois que je deviendrais cinglé à cause d'une découverte dont personne dans cette salle ne veut parler. » Il ne s'expliqua pas davantage.

« Une découverte ? Que voulez-vous dire ? » Mitchell eut un rire nerveux.

« Eh bien, je crois qu'en réfléchissant un peu vous allez me comprendre. Tous ces textes que vous et moi écrivons sur des gens et les lieux où ils vivent. Pour autant que je sache, nous essayons de les rendre aussi réels qu'on peut le faire avec de l'encre sur du papier. Vous me suivez ?

— Je crois que oui. »

Quelqu'un fit tomber un verre par terre. Le brouhaha des conversations était assourdissant. « Mais tous les récits vraiment réels perdent un peu de leur vérité dès qu'on les tape à la machine. Et dès que quelqu'un les lit, ils perdent encore un peu de leur vérité. Ensuite, des gens importants les trouvent formidables et leur donnent une récompense. Ils écrivent des articles *sur* votre article, lequel perd encore un peu plus de sa vérité initiale. Vous comprenez ?

— Oui, très bien. » C'était la meilleure et la pire des conversations à laquelle Mitchell eût jamais participé lors d'une réception.

« Donc, poursuivit A.C., à un moment vous envoyez tout balader et vous mettez votre machine à écrire au clou. Je ne dis pas que j'en suis là, mais si je m'installe à New York, je suis sûr de m'approcher à toute vitesse de cette catastrophe. » Il vida sa tasse de café avec une vivacité fort peu élégante, puis posa violemment la tasse vide sur une table roulante. Alors il se pencha tout près de Mitchell et lui murmura à l'oreille : « Toute cette agitation autour de nous n'a rien de réel. Et dans la mesure où nous essayons de trouver la réalité pour la coucher sur le papier, nous allons droit à l'échec. Il n'y a pas de réalité quand on parle d'écriture. » Il se redressa et sourit à l'autre écrivain, qui semblait plongé dans une grande confusion.

A.C. alluma une Chesterfield, inhala la fumée au fond de ses poumons et éclata de rire en la laissant sortir simultanément par les narines et la bouche. Il eut soudain envie de cracher son dentier par terre. « Pourtant, c'est vous qui y parvenez le mieux, je crois », ajouta-t-il. Il serra la main de Mitchell et s'excusa pour aller aux toilettes. Ce café de luxe vous traversait le corps en un rien de temps.

*

A.C. réfléchit brièvement à la proposition de Joseph Mitchell. Une fois de retour à Richwood, il eut presque envie d'accepter, à cause de toutes les rumeurs d'enquête du FBI sur des votes truqués ou achetés au cours des primaires, et l'intervention de la mafia. Le bruit courait qu'un agent du FBI allait débarquer pour interroger A.C. Il savait ce que cela signifiait. Des fouille-merde allaient éplucher son passé. Et très vite, le type qui le traquait depuis Chicago jusqu'à Saint Louis aurait vent de l'affaire, sans même parler de Dallara et des frères Crews.

Il alla à la banque et encaissa son gros chèque.

Par une splendide matinée de juin 1961, Jim Comstock remarqua que A.C. n'était pas au bureau. Il gravit l'escalier menant à l'appartement de son ami. La porte était grande ouverte.

Sur le lit, dans une enveloppe, il y avait l'argent du loyer, et plus encore. Le lit était fait, les draps n'avaient pas un seul pli, comme si on venait de les repasser. La fenêtre était ouverte et l'air sentait l'Ajax. Il n'y avait aucune lettre nulle part. Pas un seul mot susceptible d'expliquer où A.C. était parti ni pourquoi. Comstock avait son idée. Il y réfléchissait depuis deux ans, car c'était un homme désireux de comprendre les gens et leur passé. Mais ce matin-là, il n'y repensa pas particulièrement. Il s'assit sur le petit matelas mince et soupira. Il regardait fixement la machine à écrire Underwood posée sur la table de la cuisine, ses touches de tabulation effacées, la touche du margeur perpétuellement coincée. Il faillit verser une larme en envisageant ses futurs déjeuners solitaires au Ritzy Rae Diner, sans son ami, et puis son entrée imminente dans le bureau à l'étage en dessous pour annoncer à Dorothea que l'inévitable venait de se produire. Au lieu de quoi il se contenta de pousser un autre soupir. Il se creusa la cervelle pour ébaucher mentalement un article annonçant que A.C. Gilbert venait de les quitter. Puis il prit une autre décision. Il n'allait pas relever ce défi surhumain, car il y avait des choses dans la vie qu'il était tout bonnement impossible de rendre avec des mots.

LIVRE III

1989-1993

Si vous voulez la vérité, nous sommes tous cinglés.

Jane Barnell

CHAPITRE 25

Valdingués dans les trois États

Zizi et les Kozmanauts était un groupe de gospel bluegrass à l'ancienne. Ils étaient quatre. Dale Price à la contrebasse, Everett Harrah au banjo, Flunky Cy Ray à la batterie, et au chant ainsi qu'au thérémine la belle Zizi Kozma-Townsend. Ce groupe devait atteindre l'apogée de sa gloire lors d'un concert collectif prévu le samedi 29 mai 1993. Tous leurs amis et parents seraient là pour les soutenir. Ce devait être une soirée magique.

Zizi Kozma avait d'abord joué du thérémine à l'âge de douze ans quand Albert, son frère aîné, en acheta un en kit par l'intermédiaire d'une petite annonce publiée dans un magazine de loisirs, et le construisit. En 1968, Albert, à l'âge de vingt-cinq ans, fut tué au Vietnam. Zizi préparait alors un doctorat d'enseignement musical à l'université de Virginie-Occidentale. C'était une virtuose du violoncelle qui continuait de jouer du thérémine pour ses amis. Elle était mariée à un jeune professeur d'histoire nommé Sam Townsend, qui devait publier ensuite un livre sur le désastre de Buffalo Creek. Après l'enterrement d'Albert, Sam et Zizi disparurent. Ils se mirent à consommer beaucoup de drogue et d'alcool. Ils comptèrent parmi ces jeunes désireux de tirer un trait sur un monde qui leur paraissait aller de mal en pis. Ils finirent dans une communauté hippie proche de Berkeley Springs. En 1974, Al Townsend naquit. Un gros poupon. En pleine santé. Pendant sa grossesse, la mère d'Al avait renoncé aux substances psychédéliques et à l'alcool. Son père fit de même.

Par une chaude soirée de l'automne 1975, une fois le thérémine relié à un générateur appartenant à un biker dealer d'héroïne arrivé du New Jersey, Zizi joua et chanta. Assis en tailleur devant elle, les hippies de la communauté laissaient leur buste osciller de droite et de gauche, au milieu d'une brume de marijuana cultivée dans les montagnes. Elle chanta une chanson avec laquelle elle avait grandi, *All That Thrills My Soul Is Jesus*, puis une version étrangement morose de *Put a Little Love in Your Heart* de Jackie DeShannon. Elle accordait sa voix de soprano à la mélodie du thérémine, contrôlée par les mouvements aériens de ses fines mains de violoncelliste. Dans la foule réunie là se trouvait un homme âgé qui, au cours de l'après-midi, était arrivé des collines voisines. Il se faisait appeler Ace. Quand il entendit les vibrations de l'instrument et cette voix, il faillit s'écrouler sur place. C'était ce qu'il avait entendu plusieurs fois déjà. Sous le ciel de Bluefield, dans le couloir de la radio WHIS, puis devant le magasin ABC après la mort de Cynthia. Il avait enfin déterminé l'origine de ce son.

Lorsque Zizi eut terminé, il s'approcha d'elle. « Zizi Kozma ? » demanda-t-il. Elle acquiesça. « Fille de Clarence Dickason et de Rose Kozma ? » Elle acquiesça encore. Il sourit. Il ne portait pas son dentier. « Je t'ai tenue dans mes bras quand tu avais mal au ventre. »

A partir de ce soir-là, il prit dans ses bras le petit Al, un autre enfant crieur. Et, comme sa mère avant lui, le poupon se calmait seulement, le soir, quand on le plaçait dans les bras toujours musclés de cet homme qui venait de sortir de la forêt.

*

Sam Townsend était un brave homme dont la famille blanche n'avait guère apprécié de le voir épouser une métisse. C'était un menuisier amateur ainsi qu'un docteur en histoire américaine. Il adorait sa femme, et en guise de cadeau de mariage il fabriqua un magnifique étui en cerisier pour le thérémine Wurlitzer remis à neuf de Zizi. Durant quatre années passées dans la communauté, il apprécia beaucoup l'aide, à la fois spirituelle et matérielle, que lui fournit Ace. Le vieil homme, désormais âgé de soixante-quinze ans, faisait toujours ses pompes, ses flexions du buste et ses sauts en extension quotidiens. Il maniait la hache aussi bien que les meilleurs bûcherons. Un jour qu'un hippie de Baltimore sous acide avait tenté de pratiquer des attouchements sur le jeune Al, d'une droite fulgurante Ace l'envoya valser sur ses fesses. Sam appréciait surtout l'aide d'Ace pour élever le petit Al, lequel était un garçon plein de vie et ressemblait un peu à un jeune Gueule-Tranchée Taggart.

Et le soir où, devant des tasses remplies de thé au sassafras, Ace révéla à Zizi et à Sam sa véritable identité de Gueule-Tranchée Taggart, Sam s'enticha du vieillard. Il avait un peu étudié la vie et le combat de cet as de la gâchette aux dents pourries. Pour la plupart des collègues de Sam, Taggart n'était qu'un mythe forgé pour redonner courage aux opprimés, mais Sam avait toujours cru à la réalité de ce personnage. Son père avait été mineur dans le comté de Marion.

Ace leur fit jurer un secret absolu.

C'est ainsi qu'en 1979, quand les Townsend retrouvèrent la société des hommes, ils emmenèrent le vieux Ace avec eux. Ils s'installèrent à Huntington, dans la vallée des trois Etats, où Sam prit un poste de professeur à l'université Marshall et Zizi donna des cours de musique. Ace s'installa dans l'appartement aménagé au garage et il passa ses journées à regarder la télévision, à lire le journal, à apprendre au jeune Al à boxer et à être un homme, et parfois à jouer de l'harmonica avec Zizi et les Kozmanauts lors des fêtes religieuses et des pique-niques.

Un certain David Pace, du *Huntington Advertiser*, payait Ace cent dollars par semaine, au noir, pour rédiger la rubrique de la police locale. C'est Pace qui, plus tard et à la demande d'Ace, ferait quelques recherches dans les archives de la nécrologie, et l'informerait du décès en prison, en 1964, d'un condamné à perpétuité nommé Arly Scott Jr. Ace fouilla à son tour dans les archives et trouva en 1932 la trace de l'inhumation de Mittie Ann Taggart, pensionnaire folle et dangereuse du foyer pour incurables. Il voulut se rendre sur la tombe de sa mère biologique, mais ne réussit pas à franchir l'entrée du cimetière, où il cracha, tourna les talons, puis s'éloigna.

*

C'est en 1984, l'année où il trouva Chien Jaune, que Louise Dallara se rendit à un concert des Kozmanauts dans le parc de Beech Fork State. A soixante et un ans elle était mariée à un joueur de mandoline de soixante-dix ans, prénommé Larry. Ils vivaient toujours dans le comté de Mingo, à Williamson. Larry était un ancien mineur de charbon dont la première femme et les deux enfants avaient péri à Buffalo Creek. Depuis lors, il avait d'abord occupé le poste de président de l'association du Poumon Noir de Virginie-Occidentale, puis celui de directeur du programme Guerre à la Pauvreté, et enfin celui de vice-président de Sauvons nos Montagnes. Comme il occupait toujours cette dernière position, Louise et lui donnaient des concerts devant des bulldozers et autres gigantesques engins de chantier, en faisant tout ce qu'ils pouvaient pour ralentir l'exploitation des mines à ciel ouvert. Cela, et la dernière invention en date, l'arasement de la cime des montagnes.

Quand Louise vit Ace jouer de l'harmonica sur scène avec ses narines, elle comprit qui il était. Au milieu de la mer des chrétiens pentecôtistes qui faisaient la queue pour se faire baptiser dans le lac de Beech Fork, elle se campa devant lui et dit : « Les Picoleurs de Virginie-Occidentale, radio WHIS, Bluefield, un samedi soir. » Ils tombèrent dans les bras l'un de l'autre en riant, mais lorsqu'il lui demanda des nouvelles de sa mère, Louise baissa les yeux vers ses pieds. Clarissa était morte en 1971, un an après Fred.

Il y en avait maintenant deux autres, Louise et Larry Blevins, qui savaient qu'Ace était en réalité Gueule-Tranchée Taggart, alias Chicky d'Or. Et en 1988, quand Larry acheta une maison dans la même rue qu'eux à Huntington, pour que Louise et lui puissent recruter des étudiants prêts à se battre contre les mines à ciel ouvert, Ace leur en apprit encore un peu plus. Autour de la table du dîner, après qu'Albert se fut excusé, Ace évoqua pour Sam, Zizi, Louise et Larry, son époque A.C. Gilbert. Le président Kennedy et le prix Pulitzer. Il sortit les coupures de presse pour attester ses dires. « Bon Dieu, Ace, dit Sam. Tu devrais faire savoir tout ça, le rendre public. Tu es célèbre. Tu devrais écrire une lettre au gouverneur Caperton. Il ferait de toi son héros, il te pardonnerait tout ce qui s'est passé autrefois, à Mingo. »

Ace regarda alors Sam comme si le docteur en histoire américaine aurait mieux fait de la boucler. A quatre-vingt-six ans, le vieillard savait toujours intimider, car il avait conservé toute la présence, l'énergie et la vivacité de sa jeunesse. Sam baissa les yeux vers son assiette. Ace dit : « Bon. Je vous fais confiance à tous pour que ça ne s'ébruite pas. Je pouvais simplement pas rester seul avec mes souvenirs et la fermer éternellement. Surtout maintenant que nous avons tous atterri ici, valdingués dans les trois Etats. » Puis il évoqua les mystères du destin, les amis d'autrefois et les parents soudain réunis. Les pouvoirs curatifs de la musique d'antan. Quand Ace parlait de la sorte, lorsqu'il décrivait par exemple la traque du gibier sauvage, les pièges, la survie dans la forêt hivernale, en général on l'écoutait.

*

Ace entra dans le garage avec un mètre chromé à la main. « Envergure », dit-il. Plus les années passaient, moins il utilisait de mots.

Albert écarta les bras à l'horizontale. Derrière lui, Ace déroula son mètre, puis enfonça le bouton coinceur. Il avait maintenant du mal à prendre ces mesures. Ça faisait cent soixante et onze centimètres. « A peu près du vingt-six, dit Ace. Je vais commencer à t'appeler l'Elastique. »

Le garçon baissa les bras le long de son corps. A quinze ans, il mesurait déjà plus d'un mètre quatre-vingts. Il pesait soixante-quatre kilos, sans un gramme de graisse. Au cours de ses neuf années d'école on l'avait pris pour un Blanc, pour un Noir, pour ni l'un ni l'autre, pour les deux à la fois, mais à quinze ans dans l'été de Virginie-Occidentale il était indéniablement noir. Ace lut les mots inscrits au dos du T-shirt d'Albert. *Boogie Down Productions : Criminal Minded.* Il y avait une image des rappeurs et de leurs pistolets. Ace décocha une pichenette sur la nuque d'Albert – le signe que l'adolescent devait se redresser. Albert bomba le torse, serra les fesses. « Qu'est-ce que tu y connais, à l'esprit des criminels ? demanda Ace.

— Hein ? » Albert s'assit sur la caisse de lait et entreprit de se bander les mains.

« Ton T-shirt.

— C'est de la musique, grand-père. » Il l'avait toujours appelé ainsi.

« C'est pas de la musique.

— Tu vas pas m'apprendre ce que c'est.

— Arrête de frimer. » Le vieillard rejoignit le banc et y prit les gants de boxe. Il glissa les doigts dans les trous. Ses mains avaient commencé de trembler un peu l'an dernier, mais seulement en milieu de journée. Chaque fois, cette tremblote passagère lui rappelait le sevrage de l'alcool, un serment qu'il n'avait jamais trahi. Ace frappa l'une contre l'autre les parties avant, plates et fendues, des gants. Ce geste signifiait qu'Albert devait se dépêcher de bander ses mains. Lève-toi et frappe. Ce qu'il fit.

Quand le garçon avait douze ans, et qu'il balançait de bons coups de poing depuis longtemps déjà, Ace avait pris l'habitude de surprendre Albert en lui assenant des tapes amicales aux pommettes et au menton. Zizi avait assisté à ce manège depuis la fenêtre de la cuisine. Elle sortit et dit : « Ace, je me rappelle pas que tu m'aies prévenu que pour l'entraînement de mon garçon, tu avais besoin, toi, de le frapper.

— C'est juste une tape amicale, Z. Ces gants sont rembourrés.

— C'est juste une tape amicale, maman », avait renchéri le gamin. Son soutien avait plu à Ace. Cela, et puis le fait que, lorsqu'ils crapahutaient ensemble en forêt, il ne se plaignait jamais d'avoir soif ou mal aux pieds, pas plus que de leurs haltes immobiles qui duraient parfois une heure.

Pendant l'été 1989, ils ne firent plus la moindre promenade en forêt. Albert avait quinze ans. Ils habitaient la 12e Rue, près du viaduc, et assez près de ses copains qui vivaient entre Hal Greer et la 20e Rue, si bien que les balades en forêt avec grand-père furent terminées. Il ne restait plus que la boxe, trois fois par semaine quand Ace avait de la chance. Albert passait ses journées à jouer au basket au Lewis Center, et ses soirées à traîner avec ses potes sur les marches de leurs vérandas. Mais seulement jusqu'à neuf heures et demie, quand Sam l'attendait sur sa propre véranda.

Parce qu'il rédigeait la rubrique de la police, Ace savait que, sur certaines de ces vérandas où Albert traînait le soir, quelqu'un avait peut-être de la cocaïne dans sa poche, bien préparée et ensachée, en provenance directe de Detroit. Et si quelqu'un avait ce produit en poche, ce quelqu'un avait sans doute aussi un pistolet. Voilà surtout ce qui déroutait Ace. Ces garçons n'avaient strictement rien à voir avec G.T. Qui Pue. Ils avaient de la drogue quand lui avait eu de la gnôle. Ils étaient noirs, mais lui était blanc. Ils étaient de la ville, et lui de la campagne. Pourtant, sur le chapitre des armes, ils étaient bien tous pareils. Il n'y avait en ce bas monde rien de mieux qu'une arme à feu pour donner à un gamin le sentiment d'être un homme.

Albert décocha sa gauche deux fois de suite et très vite, en faisant pivoter son pied droit de manière à optimiser ses appuis. Pap pap poum. Encore. Pap pap poum. Chien Jaune, couché dans un coin, gémit. Il n'aimait pas beaucoup ce bruit. Ace tourna autour d'Albert, lequel pivota à mesure. Quand il se mit à balancer des coups de poing combinés sans bouger la tête, sans reprendre sa garde assez vite, Ace le contra. A l'estomac, puis au nez. Ce jour-là, il mit un peu plus de pression sur ses frappes amicales. Ce fut plus fort que lui. Le gamin était à deux doigts de lui filer entre les pattes, et il ne lui avait jamais appris qui il était, ni ce qu'il avait fait. Ace comprit soudain qu'il n'avait jamais parlé de grand-chose à Albert. Il le frappa encore au nez, puis il abaissa volontairement sa garde devant le direct du droit d'Albert, histoire de ressentir la bonne vieille piqûre. Et de permettre au gamin de savoir ce que ça faisait d'être l'envoyeur. Albert sourit et lâcha un petit rire.

« Tu m'as eu », dit Ace en lui rendant son sourire. Comme toujours à cette époque, il ne portait pas son dentier.

*

Sam Townsend essayait désespérément de ne pas coucher avec l'une de ses étudiantes en histoire américaine post-1877. Elle avait de longues jambes bronzées, elle venait du comté de Wetzel et elle avait raté l'examen au printemps rien que pour suivre à nouveau le séminaire en été. Sam avait quarante-sept ans, elle vingt. Il n'avait jamais trompé Zizi.

Un mardi matin, elle referma derrière elle la porte du bureau de Sam. Il n'y avait pas de fenêtre, simplement des piles de livres et un mobilier bon marché. Elle s'assit au bord de la table pour que son genou touche celui de son professeur. Il fit pivoter son fauteuil pour s'éloigner. « Bon, déclara-t-elle, je vous ai demandé cette lettre de recommandation pour la bourse du département ? » Elle portait une chemise verte qui s'accordait à la couleur de ses yeux et mettait bien en évidence ses bretelles de soutien-gorge.

« D'habitude, je n'écris pas de recommandations pour les étudiants qui ratent leurs examens », répondit Sam. Il eut un petit rire, regarda ses fossiles de trilobite. Il y en avait six. Des presse-papiers.

« D'habitude, je ne les rate jamais. Sauf avec vous. » Elle sourit et se mordit la lèvre inférieure.

Sam connaissait par cœur cette petite morsure infligée par les dents des jeunes femmes. Celle-ci ressemblait à tant d'autres. Elle signifiait quelque chose. Tout signifiait quelque chose. « Très bien, dit-il, il faut que j'y aille.

— Et les heures de permanence ?

— C'est l'été. » En fait, le genou effleuré et cette morsure de la lèvre inférieure lui avaient donné une légère érection. Il lui fallait se lever et bouger pour se sentir un peu plus à l'aise.

*

C'était le même contenant que la première fois où Ace vit Zizi en train de picoler de la vodka. Un flacon violet de voyage pour lotion corporelle, sans doute débarrassé de toute trace de lotion depuis des années. Cette fois, Zizi était chez elle. Dans sa cuisine. La fois d'avant, en 1986, ç'avait été en coulisses après un concert à guichet fermé dans l'amphithéâtre de Ritter Park. Ace ne lui avait pas adressé un seul mot, ni alors ni ensuite. Même pas après l'avoir vue témoigner et pleurer lors de ses réunions régulières aux Alcooliques Anonymes. Il y était allé une fois ou deux. Mais en ce jour d'août où il sortit faire faire sa crotte à Chien Jaune, debout derrière la fenêtre de la cuisine, il s'écria : « Ho ! »

Zizi lança la bouteille en plastique dans l'évier, puis tourna le dos à la fenêtre. Et à Ace. En ce milieu de journée, elle resta parfaitement immobile dans la cuisine. Ace entra d'un pas très calme par la porte de derrière. « T'inquiète, déclara-t-il. Je ne dirai rien à personne, si c'est ça qui te tracasse. »

Elle le regarda du coin de l'œil. Puis elle fondit en larmes. A quarante-trois ans, Zizi était encore le genre de femme qui paraît très belle même quand elle pleure. Elle se mettait un produit dans les cheveux qui les faisait briller et les gardait en place. Pas un seul cheveu gris. Ses dents étaient régulières et d'une blancheur éclatante. Son dos ne trahissait pas la moindre scoliose. « Je voulais juste… » Elle ne réussit pas à terminer sa phrase. Elle était démasquée.

Ils s'assirent dans la salle réservée à la télévision. Elle était allumée comme toujours – la série *All my Children*. Zizi se releva, pour passer l'aspirateur sur le tapis. Elle regardait l'épisode tout en faisant le ménage, même si le rugissement de l'appareil ménager couvrait les dialogues. Elle éteignit la télé, puis se rassit. Chacun alluma une cigarette et elle se passa les doigts dans les cheveux. Ace restait assis en silence, il l'observait en attendant qu'elle trouve ses mots. « Je voulais juste… J'ai pris de tout, tu sais. Acide, champignons, coke. Et puis je me suis dit que je pourrais peut-être me contenter d'une seule drogue, de temps à autre, tu vois ? Ça fait de mal à personne. Tu peux me le dire, Ace. Ça a fait du mal à qui, ces quatre dernières années ? Qui est au parfum, en dehors de toi ? »

Il la vit passer de la femme démasquée et terrifiée à la harpie furieuse et accusatrice. En cinq secondes. Ce fut une incroyable métamorphose. « Personne, à ce qu'il me semble. » Il écrasa sa cigarette dans le grand cendrier vert posé sur la table basse. « Comme je t'ai déjà dit, c'est pas la peine d'essayer de me convaincre. Je ne te juge pas. J'ai eu trop de problèmes avec la gnôle pour faire la morale à quiconque.

— Merci », répondit-elle. Elle était vraiment remontée. « Merci. Tu vois… Je regrette qu'aux A.A. y ait pas plus de gens comme toi. J'ai pas raté une seule séance… Je prononce les mots qu'il faut, je connais le Grand Livre par cœur, tu sais. J'essaie de croire qu'ils ont raison à propos de l'obsession fondamentale, du contrôle et du plaisir. J'ai tout appris par cœur. » Elle saisit la télécommande et la fit pivoter entre ses mains. « Mais un soir je me suis garée sur le parking de l'ABC, dans la Troisième Avenue, et c'est reparti. » Elle tira une dernière bouffée de sa cigarette, l'écrasa à côté de celle d'Ace, puis le regarda droit dans les yeux en poursuivant : « Et je l'ai fait. Je sais que ça paraît idiot, mais *je suis la seule à avoir réussi ça*. Peut-être qu'il y en a d'autres, mais depuis 1983 je réussis à boire un verre après le déjeuner, un autre après le dîner, et un dernier avant de me coucher. Depuis Noël 1983.

— C'est vraiment les seuls moments de la journée où tu picoles ?

— Les seuls. » La télévision diffusait des publicités. Un homme d'une tribu africaine enfilait une paire de

Nike et disait quelque chose dans sa langue maternelle. Au bas de l'écran apparurent ces mots : *Just Do It.* D'un œil, Ace et Zizi regardaient la pub. « Bon, fit la musicienne. Et parfois avant un grand concert, peut-être aussi juste après quand tout s'est très bien passé. Mais seulement vingt-cinq centilitres, tu vois ? Ce flacon de shampooing contient vingt-cinq centilitres.

— Hm hm. » Il réfléchit. Hocha la tête d'un air inexpressif.

Zizi se leva. « Hé, on joue au centre commercial dimanche soir. Tu viendras ?

— Je n'aime pas les centres commerciaux. C'est ce qui a fait du centre-ville ce qu'il est aujourd'hui.

— C'est un *centre commercial*, Ace. Pas l'enfer.

— Hm hm. »

Elle émit un rire forcé, puis rejoignit l'escalier de l'entresol. En été, elle ne donnait pas de cours de musique, elle faisait toujours la lessive. Elle faisait toujours quelque chose dans cet entresol.

Ce jour-là, Ace envisagea une seconde de l'y suivre. Il savait qu'elle allait changer les cachettes de toutes ces pintes et demi-pintes de vodka qu'elle y dissimulait. C'étaient des flacons plats en plastique, qu'on pouvait glisser dans de petits recoins et qui ne se cassaient jamais. Aujourd'hui, la vie des pochetrons était plus facile qu'hier. L'invention. Cette bonne vieille vodka de Zizi n'était peut-être pas indétectable à l'odeur comme la gnôle de la veuve, mais cette saleté était quasiment inodore.

A travers le bois du plancher, Ace l'entendit déplacer des choses à l'entresol.

Chapitre 26

Un homme agressé, un homme volé

Le 23 décembre 1991, Ace acheva sa septième année à l'*Advertiser*. Personne ne s'en soucia.

Comme chaque lundi matin à huit heures, il croisa l'officier St. Clair au poste de police, tout comme le mercredi, le vendredi et le dimanche. Autrefois, les flics lui flanquaient la trouille, ils lui remettaient en mémoire ses actes passés. Mais Ace jouait désormais au vieillard inoffensif et il s'en tirait très bien dans ce rôle. Ce lundi ressemblait à n'importe quel autre. St. Clair lui transmit des photocopies de ses rapports d'arrestation des soirées précédentes. Devant la pièce où l'on conservait les preuves des délits, Ace et lui burent chacun un café dans un gobelet en plastique et parlèrent un peu de l'équipe de Football, récemment privée de Major Harris. « Tu peux oublier les matches d'exhibition », déplora St. Clair. Ils devaient se cacher dans la pièce de repos pour discuter du football Mountaineer de Virginie-Occidentale. Tous les autres flics soutenaient l'équipe de Marshall qui, deux semaines plus tôt, avait perdu le championnat de seconde division contre Youngstown State. St. Clair serra la main d'Ace, avant de prononcer les paroles rituelles : « Evite les ennuis.

— Je vais tâcher. »

Dans son bureau sans fenêtre, situé à l'entresol presque vide du bâtiment de l'*Advertiser*, Ace martelait le clavier d'une machine à écrire électrique pour rédiger la rubrique du jour. Les rapports d'arrestation de St. Clair lui suffisaient. Voies de fait. Vols. Toujours avec de l'alcool dans le sang des coupables. Ace choisit le délit dont il ferait la une, puis se mit à réfléchir à un titre. « Si j'avais un *cent*… », dit-il à voix haute. De fait, s'il avait reçu un *cent* chaque fois qu'il avait tapé les mots *Un homme agressé* ou *Un homme volé* durant ses sept années de boulot, il serait richissime. Presque tous les titres de la rubrique de la police commençaient par *Un homme*, car c'étaient surtout des hommes qui se rendaient coupables des délits, et aussi des hommes qui en étaient les victimes. *Une femme* arrivait parfois, mais surtout dans le rôle de la victime.

Les gens étaient pauvres, les gens étaient ivres. Et souvent en colère.

Ace avait toujours été bon pour les titres. Il avait conservé ses meilleurs titres d'articles publiés par l'*Advertiser*, bien à plat entre les pages du même livre où il avait glissé certains de ses articles du *Hillbilly* – un livre intitulé *En suivant l'équateur* de M. Samuel Clemens. Les textes écrits pour la rubrique n'étaient pas aussi excitants, mais certains étaient malgré tout des classiques. *Un homme fourre des perruques dans son pantalon et sort du magasin*, était l'un de ses préférés. Ça s'était passé dans une boutique de déguisements, dévalisée en plein jour. *Un homme s'assomme après avoir été chassé par les parents de son amie.* Ils refusaient que ce type courtise leur fille et le malheureux s'était cogné le crâne avec son casque de moto jusqu'à ce qu'il s'écroule dans l'allée. *Un mari dit à son épouse de « se battre comme un homme ».* Il la gifla après qu'elle l'eut brûlé avec son fer à friser. Il voulait voir ce qu'elle avait dans le ventre. *Un homme attaqué avec une machette rouillée.* La lame était émoussée. Des lacérations mineures. Ce type n'aurait pas dû coucher avec la femme d'un autre.

Les histoires d'exhibitionnistes étaient les préférées d'Ace. Il y en avait quatre ou cinq par an. Elles étaient surtout amusantes à écrire quand elles impliquaient des délits multiples, comme dans *Un homme nu vole un sac à main, la femme le récupère.* L'homme, nu comme un ver, le lui vola à deux heures quatorze du matin. Il ne crut pas qu'elle le poursuivrait pour récupérer son sac, mais c'est ce qu'elle fit. Tout en courant, il ôta de sa bite la capote usagée qui en pendait encore, puis il lança cette capote vers sa poursuivante, qui se révéla néanmoins têtue. *Un homme nu arrêté alors qu'il essayait d'entrer dans l'église pendant le service religieux.* Il portait seulement un drap autour du cou à dix heures et demie du matin. Les gardiens de l'église baptiste de la Cinquième Avenue le retinrent en attendant l'arrivée de la police. On le coffra pour « trouble de l'adoration religieuse », une infraction reconnue.

Ace ne rit jamais autant, tout en se grattant le cuir chevelu, que le jour où il écrivit *Un homme retrouve son appartement cambriolé, des poils et des revues pornographiques dispersés un peu partout.* Le propriétaire revenait de Myrtle Beach où il venait de passer une semaine. Ces revues et ces poils n'étaient pas les siens. Ace se demanda ce que Jim Comstock aurait pensé, en écrivant *Il est vraisemblable qu'un individu, homme ou femme, est entré par effraction dans l'appartement de cet homme, s'est rasé les poils pubiens, les a dispersés à travers les pièces, puis a dormi dans le lit du propriétaire des lieux. Aucun objet n'a été volé.*

A Richwood, Dorothea avait rendu les doigts d'Ace à peu près opérationnels sur le clavier, mais il croyait mordicus que peu de gens savaient taper aussi vite que lui les mots *vol simple, cambriolage, vol avec voies de fait, vol à main armée, pièces automobiles, agression, coups et blessures volontaires, vandalisme, délit de fuite* ainsi que *destruction de biens privés*. David Pace ne relisait même pas les épreuves de la rubrique de la police avant de la faire imprimer.

De plus en plus souvent, Ace se surprenait à taper les mots *en possession de substances illicites avec l'intention de les vendre*. Et le plus souvent, cette substance était du crack. Les individus en possession de crack étaient d'habitude des jeunes Noirs qui résidaient de plus en plus près de la rue où habitaient Ace et les Townsend. Le 23 décembre, pour la troisième fois depuis deux ans, il reconnut l'un des noms. Des amis d'Albert qui, à dix-sept ans, avait arrêté d'enfiler les gants de boxe au garage. Il ne retrouvait pas davantage son père sur la véranda à l'heure du couvre-feu. Parfois, à cette époque, Albert ne revenait pas de la nuit.

*

Chien Jaune devait avoir une vingtaine d'années. Le matin du printemps 1984, quand il était arrivé devant la porte ouverte du garage d'Ace, la moitié de l'oreille droite arrachée et couverte de sang noirci, Ace avait posé sa tasse de café par terre pour s'agenouiller. « Allez viens », dit-il. Chien Jaune agita la queue et approcha. Ils vivaient ensemble depuis lors.

A bien le regarder en ce premier jour, même après un bain, l'animal devait avoir plus de dix ans. Il souffrait des hanches. Son museau avait déjà blanchi. Et puis ses yeux étaient entourés des cercles de l'âge. C'était un bâtard, mais il avait sans aucun doute du sang de labrador jaune.

« C'est un gros labrador », répondait Ace chaque fois qu'on lui demandait la race de son chien.

Le 1er janvier 1992, ils firent ce qu'ils faisaient toujours ensemble à cette époque. Ils regardèrent la télévision. Ace avait cédé aux charmes de la boîte à images deux ans après son arrivée en ville, quand Sam avait voulu jeter à la poubelle son vieux poste. Un an plus tard, Ace se lassa de la mauvaise réception. Il céda bien vite aux charmes du câble. Il effectua un branchement illégal sur la télé du voisin, lequel s'était déjà branché illégalement sur un autre câble.

A la télé, Bob Barker n'avait pas un seul cheveu gris. Tous les jours, Chien Jaune et Ace regardaient *Le Juste Prix* et ce jour-là c'était comme d'habitude. Une fille coiffée à l'Iroquoise n'arrivait pas à faire tourner complètement la grosse roue. « Allez ! Un peu d'huile de coude ! » cria Ace à l'écran. Chien Jaune releva alors sa tête jusque-là posée entre ses pattes sur la moquette verte, puis aboya. Il regarda autour de lui d'un air déboussolé. Certains bruits, certaines inflexions de la voix d'Ace provoquaient parfois chez lui cette incompréhension angoissée. Ace lui frotta gentiment les oreilles. « Tout va bien, mon gros », lui assura-t-il. La tête du chien retrouva la moquette. Il n'était pas aussi gros qu'autrefois. Il ne pouvait plus manger autant qu'au début.

Pendant la pub, Ace mit CNN. C'était toujours la même rengaine. L'URSS s'effondrait. Les gars qui partaient dans le golfe Persique continuaient de revenir chez eux complètement sonnés. Si on regardait la télé trop longtemps, on risquait d'en conclure que le monde touchait à sa fin.

Il changea de chaîne quand CNN se mit à diffuser des images de canards couverts de pétrole et incapables de s'envoler.

Sally Jesse Raphael était à l'antenne. Des gamines de treize ans habillées comme des prostituées. L'une d'elles brailla : « Vous pouvez pas me dire ce que je dois faire ! Je fais ce que je veux ! Je suis payée ! » Quand le réalisateur de l'émission décida de la censurer, Ace changea encore de chaîne, mais trop tard. Les *biiip* avaient toujours le même effet sur Chien Jaune. Dressé sur ses pattes avant, il se mit à aboyer. Chaque fois qu'il aboyait, il geignait, à cause de la douleur provoquée par cet effort. Mais il continua malgré tout. « Tout doux, mon gros », lui dit Ace. Il caressa la tête du vieux chien, il lui massa le crâne entre les oreilles. « Tout doux. »

*

Quatre seulement vinrent au rendez-vous. Quatre étudiants décidés à arrêter l'exploitation minière à ciel ouvert qui défigurait les montagnes de Virginie-Occidentale. Louise et Larry auraient pu en accueillir davantage dans le grand salon de leur maison, mais c'était un endroit qui restait souvent vide. Louise et Larry passaient le plus clair de leur temps dans la maison de Mingo. Ils avaient demandé à Ace de venir à cause de ses connaissances historiques. Ils avaient demandé à Zizi et à ses musiciens de venir pour organiser un concert. Et ils tenaient à la présence de Sam à cause de ses compétences de charpentier. Il ignorait que l'une des étudiantes venues de Marshall serait Brandie, encore une de ses étudiantes dotées de jambes, d'yeux et de manières qui ne laissaient pas les hommes indifférents.

« Combien d'entre vous sont ici parce qu'ils ont vu les flyers sur le campus ? » demanda Larry.

Trois sur quatre levèrent la main.

« Combien savent ce qu'est l'arasement de la cime des montagnes ? »

Deux sur quatre. Louise arriva de la cuisine avec un plateau. Il y avait de la limonade et une assiette remplie à ras bord de bœuf séché fourré au fromage frais. Les planches grinçaient dès que quelqu'un bougeait.

« Bon, poursuivit Larry. La compagnie Massey Coal, parmi d'autres, a décidé, malgré toutes les protestations, de continuer à aménager des réservoirs de boue et d'eaux usées, entre autres choses. » Larry disait toujours « entre autres choses ». Entre deux phrases il frottait machinalement sa moustache en bataille. « Ils déclarent qu'ils continuent de dynamiter, car ils doivent faire face à une demande soutenue en charbon de conformité peu soufré, mais contrairement à leurs dires les territoires touchés réagissent mal. Vraiment mal. »

Pour les jeunes gens, c'était du chinois. Brandie n'avait d'yeux que pour Sam, qui essayait d'être gentil avec Zizi même s'il la soupçonnait de s'être remise à picoler. D'ailleurs, Zizi se demandait dans combien de temps elle pourrait boire un verre. Les autres musiciens donnaient l'impression d'avoir fumé un joint avant de se rendre chez Louise et Larry, et Ace regrettait de rater la séquence la plus spectaculaire du *Juste Prix.*

Quand on demanda qui était d'accord pour se rendre à Mingo le vendredi suivant, les gens présents découvrirent tout à coup qu'ils avaient des examens de fin de trimestre ou bien des parents malades dont ils devaient absolument s'occuper. Seul Ace répondit par un oui dénué de toute ambiguïté. Louise allait exprimer sa déception lorsqu'une voiture passa lentement devant la maison. Une pulsation de basse en sortait comme les battements d'un cœur gigantesque. Tout le monde se tourna vers la fenêtre. Une voiture noire aux vitres fumées, à peine entrouvertes. Ace aperçut deux sommets de crâne et crut reconnaître celui d'Albert. Le gamin était soi-disant à l'école.

Les musiciens du groupe nettoyèrent les sandwiches sur l'assiette comme si chacun d'eux faisait la course pour en dévorer plus que les autres. « Madame Blevins, conclut Flunky Cy le batteur, ces trucs au bœuf sont vraiment géniaux. »

*

Le vendredi 1er mai, Ace monta à bord de l'Amtrak Cardinal à destination de Matewan. Il avait la gorge nouée, mais le moment était enfin venu de retourner chez lui. Histoire de jeter un coup d'œil. Larry et Louise lui avaient promis que tout se passerait bien, qu'il n'y aurait aucun problème avec la police.

Il avait mis son dentier pour l'occasion.

La principale raison de son voyage, c'était la maison où il avait grandi. Elle était toujours là. La compagnie charbonnière désirait acquérir le terrain, mais Louise avait eu gain de cause devant les tribunaux. La veuve l'avait léguée à Clarissa, qui entretint l'endroit, procéda à de petites réparations sur le toit, et la légua à son tour à Louise. Elle avait l'acte, le titre de propriété, pour le prouver.

Ce vendredi-là, quand la manifestation tourna en eau de boudin à cause du mauvais temps et de l'absence de tous les opérateurs miniers, Ace, Louise et Larry allèrent marcher. Dans Warm Hollow. Cette balade contrasta agréablement avec la grand-rue de Matewan. Même s'il avait réussi à fouler l'asphalte où il avait autrefois abattu plusieurs hommes, Ace n'avait aucune envie de s'attarder dans le chaos urbain du centre-ville. On avait détruit beaucoup de bâtiments pour aménager une nouvelle digue contre les inondations. Matewan n'était plus la même. Des maisons et des rues entières avaient disparu. Sans parler des gens. Cette désolation était suffisante pour donner envie de pleurer à un vieil homme.

Dans Warm Hollow l'air était enfin respirable. Avec l'aide du bâton de marche qu'il avait taillé dans une branche de cornouiller, il était toujours capable de gravir en biais une pente abrupte et rendue glissante par la pluie. « Moins vite, la jeunesse ! » cria Larry derrière Ace. Tous éclatèrent de rire. De l'autre côté, il aperçut l'endroit où, selon lui, se trouvait sa première planque. Le toit s'en était sans aucun doute effondré.

Ils atteignirent le sommet du mont Sulfur Creek et regardèrent vers le sud, en direction de Tug Fork. Ace n'en crut pas ses yeux. L'endroit où aurait dû se trouver sa deuxième planque avait purement et simplement disparu. Tout, d'ailleurs, avait disparu. L'intégralité du sommet de la montagne était remplacée par des routes plates, rouge brun, et par une sorte de plateau. « On dirait la surface de la lune », s'écria Ace.

Louise, le souffle court, s'assit sur un rocher. « C'est comme ça depuis 88, dit-elle. Rien ne repousse. »

La végétation entourait de toutes parts cet énorme arasement désertique. Des plantes vert vif encerclaient ce vide central comme un puzzle inachevé. « Aussi plat qu'une table de billard, pas vrai ? » fit Larry. Il montra un endroit très éloigné, une pente raide située juste sous le plateau supérieur. « Tu vois ça ? » Il y avait au loin un tas d'épaves de voitures – un gigantesque enchevêtrement de rouille au flanc de la montagne. « Une fois que les opérateurs miniers ont supprimé le haut de la montagne, pourquoi les gens ne viendraient-ils pas se débarrasser là de leurs vieilles épaves ? Le paysage est déjà bousillé. Vous avez entendu parler des cimetières de voitures et des ferrailleurs. Voici le mont Ferrailleur. »

Personne ne répondit. Une fois de plus, le vieil homme se retrouva au bord des larmes. L'espace d'un instant, ce spectacle fut insupportable et il se détourna pour ne plus voir une telle horreur.

Ils redescendirent de l'autre côté de la montagne, puis marchèrent jusqu'à la maison de son enfance. La grange avait disparu, tout comme les toilettes extérieures. Une partie de la cheminée faite de bric et de broc s'était brisée et ce qu'il en restait se dressait au-dessus du toit comme une défense rouge sang. Ace s'arrêta pour examiner l'ensemble. Il se revit jeune, en train de courir. Toujours il courait, grimpait et creusait. Il se revit là en 1946, debout devant la porte avec Clarissa, leur mère allongée sur le lit, pâle et sans vie, à l'intérieur. Il se tourna vers Larry et Louise, qui s'étaient arrêtés quelques pas derrière lui pour respecter son émotion. Pour lui laisser un peu de temps. « Merci à tous les deux de m'avoir amené ici », leur dit-il.

La maison lui semblait minuscule, rapetissée par les collines environnantes.

A l'intérieur, il gravit l'échelle jusqu'au grenier et s'allongea sur les planches à moitié pourries. Il respira et fit comme si d'autres êtres respiraient avec lui. Quand il redescendit, il posa la main sur la vieille cuisinière et rit un peu tout seul. Secoua la tête. « Nous vivions ainsi jadis, dit-il.

— Tu sais, Ace, on descend toujours au fond de la mine dans cette région, dit Larry. Louise est restée propriétaire de cet endroit, le juge en a décidé ainsi. Nous pensons que la situation est gelée, que ces salopards ne pourront pas mettre la main sur cette vallée, du moins pour un temps. Jusqu'à ce que nous puissions faire voter certaines lois, faire virer certaines personnes.

— Je ne sais pas si aujourd'hui on peut faire virer des gens pour ce genre de raison », objecta Ace. Sa voix avait perdu un peu de son assurance. « Tout le monde a son prix. Tout le monde se fait embobiner. »

Louise se renfrogna. Ils regardaient Ace, la main posée sur la cuisinière, le regard perdu derrière la grosse fenêtre au châssis voilé. Les vitres étaient cassées. Il y avait des trous dans le plâtre. Quand la pluie reprit, le vent la chassa à l'intérieur ; des gouttes piquetèrent les joues d'Ace et s'amassèrent dans ses sourcils, mais il resta immobile, le regard fixe.

Dehors, au-delà de l'endroit où avait poussé le potager, au-delà du carré de terre où les plants de tomates avaient monté jusqu'à deux mètres de haut le long de leur tuteur, Ace discerna une silhouette. La pluie la rendait difficile à voir, mais c'était sans aucun doute un homme. Un homme voûté, aussi vieux que lui. L'homme, trempé par l'averse, lui rendit son regard. Puis il retourna dans la forêt.

*

Ace sentit l'odeur dès qu'il entra dans le garage. Et lorsqu'il ouvrit la porte de son appartement, il le vit. Le vomi. Partout. C'était surtout de la bile, jaune et brune. Il y avait du sang par endroits. Chien Jaune avait parfois marché dedans. Sur le linoléum bas de gamme de la cuisine, on voyait des traces de pattes. Quatre pattes. Çà et là, le vomi avait entièrement imprégné la moquette verte. On aurait dit des petits îlots dans tout l'appartement et

Ace ne put s'empêcher de repenser à ses propres taches de bile sur le linoléum de la grange, dans le Missouri.

Il traqua son chien et le découvrit dans la chambre à coucher, tapi entre le lit et le mur. Il pantelait. On voyait ses côtes.

« Tout va bien, mon gars », le rassura Ace en se penchant vers lui. Il s'agenouilla et serra Chien Jaune contre lui. L'haleine du chien sentait la puanteur d'un animal prêt à quitter ce monde. « C'est toi, mon gros garçon », le cajola Ace. Quand il fit courir ses mains le long du corps de Chien Jaune, les halètements se calmèrent.

Il alla chercher de l'eau à la cuisine, mais changea d'avis. L'estomac du chien ne la garderait pas.

Il quitta le garage pour rejoindre la maison. Sam était sans aucun doute dans son bureau. Ace posa les mains sur la porte grillagée, puis s'arrêta. Il pensa tout à coup que ce n'était pas non plus la chose à faire. Car Sam lui conseillerait d'aller chez le vétérinaire, et Chien Jaune n'avait aucune envie de ça.

La nuit tombait.

Ce soir-là, Ace aida son chien à quitter l'endroit où il s'était réfugié, entre le lit et le mur. Il le porta jusqu'au terrain plat et découvert situé devant le garage et le posa à terre. Huit ans plus tôt, il était arrivé ici tout amoché, mais sur ses quatre pattes. Il partirait de la même manière. Ace y veilla.

Les hanches de Chien Jaune cédèrent en premier, mais il réussit à se relever. Ace le prit dans ses bras, embrassa le museau blanc du chien, et le regarda s'éloigner. Il connaissait la destination de l'animal. Deux ans plus tôt, un incendie avait détruit un immeuble d'habitation de deux étages situé un peu plus loin dans la rue. Quand les gravats furent déblayés, seules restèrent les épaisses haies donnant sur le trottoir. Derrière elles, la ville avait laissé la végétation sauvage pousser à sa guise. Les mauvaises herbes et les gerbes d'or montaient très haut, les passants jetaient volontiers leurs ordures dans ce terrain vague.

Chien Jaune ne trouverait pas à proximité un terrain qui ressemblerait davantage à la forêt.

Cette marche vers la mort, Ace le savait, était un parcours secret et paisible. Mais il sortit jusqu'à la rue pour s'assurer qu'il avait bien deviné la destination de l'animal. Pour s'assurer que Chien Jaune arriverait à bon port. Il rejoignit le côté de la véranda et vit alors le chien, dont à présent les intestins se relâchaient, pénétrer dans les broussailles du terrain vague. Là-bas, il pourrait se coucher et respirer plus facilement.

Ace attendit jusqu'au matin. Puis il alla chercher la dépouille de Chien Jaune et l'enterra dans son arrière-cour.

Ce soir-là, il ne vit personne dans la maison à qui rapporter ce qui venait de se passer. Albert n'y habitait plus vraiment, et il y avait de l'eau dans le gaz entre Sam et Zizi. Il fallait nettoyer le vomi, mais Ace n'avait plus d'Ajax et il était entré pour en demander à ses amis. Il avait un peu dormi ce jour-là, et regardé la télévision malgré la puanteur, jusqu'à ce qu'il n'en puisse plus.

Mansour's, le magasin familial tout proche dont le patron commandait des Chesterfield juste pour Ace, était fermé. Ace se sentait un peu courbaturé après sa promenade dans les bois de Mingo en compagnie des Blevins. Il mit des chaussures confortables, son chapeau mou, prit deux billets de vingt dans le rouleau Pulitzer toujours épais dissimulé à l'intérieur de son matelas, puis partit à pied vers le grand supermarché de la 1re Rue.

Il n'avait jamais fait ses courses là-bas. Toujours au Mansour's, et toujours la même liste. Dans le Kroger's, il ne réussit pas à trouver un seul des articles qu'il désirait acheter. Et quand enfin il mit la main sur un article figurant sur sa liste, il y avait vingt produits différents dans les rayons. Il n'avait jamais vu autant de boîtes de sardines. De toutes les couleurs, avec des noms extravagants. Où donc étaient les cigarettes ? Où, le bœuf tranché à la crème ? Il n'y avait pas d'employés dans les allées. On entendait de la musique, une sorte de country soporifique, et lorsque les vaporisateurs d'eau se déclenchèrent sur les légumes, Ace bondit en arrière.

Il regardait ses doigts serrés sur la barre du chariot. Cette crasse noire sous les ongles. Il avait creusé toute la matinée. Il lui sembla soudain avoir creusé toute sa vie. « T'as plus qu'à creuser jusqu'à la Chine, putain », marmonna-t-il. Une femme qui avait placé son bébé dans le chariot le regarda bizarrement. Il sourit, essaya de passer pour un vieillard normal, mais au fond il s'en fichait. Car ce matin-là, il venait d'enterrer son chien.

Il entra dans une allée sous le panneau indiquant *Balais, Serpillières, Liquide vaisselle, Lessive, Teinture, Cire d'ameublement*. Impossible de trouver de l'Ajax. Il y avait du Mr. Propre. Du Windex pour les verres, du Lysol avec teinture. Pine Sol. Pledge. Goo Gone. C'était le langage qu'il entendait depuis dix ans à la télévision, et qu'il n'avait jamais compris. Debout dans l'allée, il découvrit soudain que tout autour de lui, ces gens qui poussaient leur chariot sans jamais échanger un seul bonjour comprenaient ce charabia. Tous parlaient le langage de la publicité. Tous donnaient à manger à leurs gosses des Pop Rocks et des Lucky Charms ainsi que toutes sortes d'aliments qui faisaient du bruit et arboraient des couleurs d'enseigne au néon.

Ace se rappela alors que les habitants de Virginie-Occidentale avaient élu Kennedy président en 1960. Il se rappela que, comme il l'avait promis, Kennedy avait fait quelque chose pour changer leur vie et, du même coup, les changer. Aujourd'hui, ils étaient devenus exactement comme les autres.

Ace abandonna son chariot au milieu de l'allée des détergents. Il rejoignit l'une des douze caisses, dépassa un maigrichon qui déchargeait son panier sur le tapis roulant, puis demanda à la caissière : « Pourriez-vous m'indiquer où je pourrais trouver de l'Ajax, mademoiselle ? Je vous en serais reconnaissant.

— A… quoi ? fit-elle.

— Les détergents.

— Allée 9.

— Merci beaucoup. Ça fait un bon moment que je suis dans l'allée 9 et j'arrive pas à le trouver. »

Elle prit le micro situé devant son visage et prononça dedans quelques paroles inintelligibles. En tout cas, ses mots interrompirent la musique country et résonnèrent dans tout le supermarché.

« Merci », lui dit Ace.

Une heure plus tard, après avoir utilisé une brosse à poil dur et un seau rempli d'eau pour faire pénétrer l'Ajax dans les dix-sept taches de vomi et les nettoyer, Ace ouvrit la grande fenêtre de son appartement situé à l'étage. Il fallait aérer. Il marcha jusqu'au poste de télévision, plia les genoux, le souleva, puis traversa en biais la petite pièce. Il posa le poste marron sur le rebord de la fenêtre et reprit son souffle. Puis il poussa la télévision, passa aussitôt la tête par la fenêtre et la regarda exploser sur l'asphalte.

Chapitre 27

Putain de clapier

Sam était encore dans son bureau. Il était toujours fourré dans son bureau, à lire, à écrire ou à dessiner des projets de décors pour la scène. Ace frappa à la porte.

« C'est ouvert, dit Sam.

— Sam. » Ace le salua d'un signe de tête.

« Ace. » Sam s'adossa à son fauteuil en cuir et posa les pieds sur la table. Il semblait fatigué. Des valises sous les yeux, une barbe de trois jours. « Assieds-toi. » Il montra de la main un petit canapé installé contre le mur opposé.

« Comment va ? » Ace préférait une chaise à dos droit plutôt qu'un fauteuil rembourré. Il essaya de se mettre à l'aise.

« Bien. Je bosse sur un livre.

— T'en as pas déjà écrit trois ? » Ace éclata de rire. Sam l'imita. « Ecoute, Samuel, dit-il. Ce matin, l'officier St. Clair m'a parlé d'une mission spéciale machinchose. Un coup de filet dans le milieu de la drogue. M'est avis que ça devrait avoir lieu cette semaine.

— Pourquoi me dis-tu ça à *moi* ? »

Ace se racla la gorge. Il mit une bonne minute à comprendre le sens de cette dernière question. « Je t'en parle parce que, quand il y a un coup de filet, c'est pour prendre des poissons.

— Alors comme ça, Albert est un poisson ? » Ces mots sortirent de la bouche de Sam plus violemment qu'il ne l'aurait voulu. Voilà deux semaines qu'il broyait du noir sans parler à personne.

« Samuel, dit Ace avec un regard appuyé destiné à rappeler à son interlocuteur à qui il s'adressait, si tu tiens à monter sur tes grands chevaux, va faire ton cinéma dans ta salle des profs. Je suis sûr que tes collègues seront très impressionnés par tes effets de manche. »

Sam soupira et remit les pieds par terre. « Un point pour toi, dit-il.

— Ils vont coffrer des gens qu'Albert connaît, peut-être des amis à lui. Faut juste que tu t'assures que ça sera pas lui.

— Je sais. » Son regard vide traversait Ace.

« C'est tout, mon vieux », dit Ace en se levant. Il serra la main de Sam et avança le bras au-dessus de la table pour lui tapoter l'épaule. Avant de rejoindre la porte, il se retourna et ajouta : « Au fait, ça te ferait le plus grand bien de quitter un peu ton putain de clapier. Ici ça sent le trou de balle à l'origan. » Il y avait quelques formules bien senties, issues de son passé, qui refusaient de lui sortir de la mémoire. Celle-là par exemple.

Au salon, Zizi était assise avec ses musiciens sur le sofa jaune défoncé. Ils étaient censés répéter. Flunky Cy avait apporté une vidéo de *Little Big Man*, un film de 1970. Ils venaient de commencer à le regarder. Un homme très âgé parlait. « Je suis un Blanc et je ne l'ai jamais oublié », disait-il.

« Quel âge a ce type ? » demanda Ace.

Les autres firent d'abord la sourde oreille. Puis Everett, le joueur de banjo, répondit : « C'est Dustin Hoffman, mec. »

Ace avait un faible pour Everett depuis le jour où le musicien lui avait permis de prendre son banjo entre ses mains. La caisse de résonance avait été fabriquée par un ami de Detroit à partir d'une bague de convertisseur en aluminium provenant de l'embrayage d'une Buick 1956. C'était splendide. « Pas possible que ce soit Dustin Hoffman, protesta Ace.

— C'est lui, Ace. Ils l'ont maquillé. » Zizi tenait absolument au silence. Elle rembobina la cassette, puis appuya de nouveau sur *Play*.

Ace posa les mains sur le dos du sofa et plissa les yeux en regardant le vieillard sur l'écran. Il n'avait jamais vu un corps aussi âgé, ridé, tavelé. C'était vraiment un vieux chnoque. Impossible de croire qu'il s'agissait pour de bon de Dustin Hoffman, même maquillé. Il se redressa. « C'est pas Dustin Hoffman », trancha-t-il. D'un grand geste du bras il congédia tout le monde, puis franchit la porte grillagée pour retourner chez lui au-dessus du garage. Sur les marches de la véranda de derrière, il pesta : « Putain de saloperie de téloche. » Il était mal luné depuis qu'il avait flanqué son poste par la fenêtre. Mais jamais il n'aurait avoué à quiconque combien son amie la télévision lui manquait.

Chapitre 28

Les garçons ont le droit d'aller à l'école

Albert passa à travers les mailles du coup de filet qui eut lieu ce week-end d'août 1992. Ce fut en octobre, le lendemain d'Halloween, que l'officier St. Clair tendit à Ace les photocopies des rapports de police avec un drôle d'air. « Ç'aurait pu être bien pire, Ace », confia le flic.

Ace fut dispensé de taper *arrêté en possession de substances illicites avec l'intention de les vendre* après le nom d'Albert. Il en fut reconnaissant. C'était seulement *mineur en possession d'alcool* et *tentative de fuite*. Malgré tout Albert écopa de vingt heures de travaux d'intérêt général.

Le jour de Thanksgiving, Ace l'accompagna au Manoir presbytérien. C'était une maison de retraite et l'endroit où l'on envoyait tous les jeunes délinquants effectuer leurs heures de travaux d'intérêt général. Aider à écrire les cartes postales adressées aux membres de la famille et s'occuper de rapatrier les plateaux-repas. Certains membres du personnel n'aimaient pas ces visites, mais le plus souvent ils étaient en congé.

Les deux hommes suivirent une jeune et jolie infirmière dans un couloir jusqu'à la salle de repos Ace avait conscience d'être plus âgé que certains pensionnaires. Mais à quatre-vingt-neuf ans, il en faisait soixante-dix. Il chuchota à Albert : « Les laisse pas m'enfermer ici, espèce de sale morveux. » Il voulait essayer d'arracher ce gamin au milieu où il traînait désormais. De toute évidence, Sam et Zizi en étaient incapables.

« Attention à M. Overby », prévint l'infirmière. Elle s'écarta pour laisser passer un vieillard en fauteuil roulant. Des tubes d'oxygène lui sortaient du nez. Albert et Ace se plaquèrent contre le mur.

Le vieillard leva les yeux vers Albert en passant. « Navel ? » fit-il. Le gros type qui poussait le fauteuil ne ralentit pas, mais le vieux tordit le cou pour dévisager Albert. « Navel ? » répéta-t-il.

Albert regarda Ace, qui rit tout bas. « Je crois qu'il t'a pris pour Navel », lui dit Ace.

Dans la salle de repos, Albert s'assit près d'une femme originaire du comté de Wayne et écrivit les adresses de ses parents restés là-bas. La main de cette femme tremblait trop. Elle s'appelait Mme O'Brien et elle avait des dizaines de cartes postales qui toutes montraient des oiseaux. « Celle-ci, ici, bon j'ai dit que c'est un lori sombre. Et celle-là ici, bon j'ai dit que c'est une tourterelle à collier rose », déclara-t-elle. Elle commençait chacune de ses phrases par « bon j'ai dit que ».

Dans un coin au fond, Ace glissa plusieurs pièces de vingt-cinq *cents* dans un distributeur de boissons et choisit un soda au raisin. Il examina le dos des livres rangés sur une étagère voisine. Il ne connaissait aucun de ces titres. Il prit un livre intitulé *Voyage de vengeance* puis, après avoir lu quelques phrases, il le remit sur l'étagère. Ça ne valait vraiment pas *En suivant l'équateur*.

Albert finit d'écrire la dernière des huit adresses sur les cartes postales de Mme O'Brien. Il lui sourit et lui serra la main. Soudain, elle se mit à crier : « Oh là là !

Comme tu es mignon aujourd'hui ! » Elle trouvait manifestement Albert très beau et charmant. « Il est si mignon aujourd'hui ! lança-t-elle à la cantonade. Il est si mignon aujourd'hui ! » Albert hocha la tête et lui tapota doucement la main jusqu'à ce qu'il réussisse à en extirper la sienne. Elle lui serra alors le bras. Il se pencha vers elle et l'embrassa sur la joue. Ce baiser la calma et elle prit un air rêveur qui, sans ses yeux atteints de cataracte, aurait pu être celui d'une fillette de quatorze ans.

« Et voilà, madame O'Brien, dit Albert, prenez bien soin de vous. »

Après avoir récupéré quelques plateaux-repas, Albert et Ace échangèrent un regard appuyé et un signe de tête vers le couloir. La pause cigarette.

Ils filèrent d'un bon pas vers la sortie.

Par la porte ouverte d'une chambre, ils virent et entendirent un vieux Noir barbu crier « Dehors ! Dehors ! » alors qu'il n'y avait personne dans la chambre.

M. Overby était à l'arrêt dans l'entrée. Il avait toujours ses tubes dans le nez. A travers les baies vitrées il regardait les voitures rouler sur Veterans Memorial. Lorsqu'il vit les deux hommes se diriger vers la porte, chacun sortant un paquet de sa poche de chemise, il parla : « Navel. Viens un peu ici, Navel. »

Alors Ace se demanda s'ils étaient tombés sur une journée particulièrement agitée. La majorité de ces personnes âgées étaient calmes, voire amorphes, mais le pourcentage de cerveaux fêlés était néanmoins impressionnant.

Ils ne purent faire autre chose que rejoindre M. Overby. Il avait une couverture bleue en laine étendue sur les cuisses. Le gros aide-soignant lisait une revue et regardait la télé dans un coin. Quand ils s'approchèrent du vieillard,

Ace murmura à Albert : « Avant de commencer à voir des gens qui ne sont pas vraiment là, je partirai dans la forêt, exactement comme Chien Jaune, et je m'allongerai sous un grand hickory en haut d'une montagne.

— Que lui avez-vous chuchoté ? demanda le vieillard à Ace.

— Je lui ai dit que selon moi vous l'avez confondu avec quelqu'un d'autre.

— Oh. Eh bien, es-tu Navel ? » Il examina Albert des pieds à la tête par-dessus ses lunettes. De grosses touffes de poils lui sortaient du nez et des oreilles, et il respirait par la bouche.

« Non, je ne suis pas Navel.

— Bah, tu n'en sais rien, dit le vieillard. Donne-moi une cigarette.

— Ne faites pas ça, intervint le gros type assis dans le coin sans quitter des yeux sa revue.

— Peut-être la prochaine fois, dit Ace.

— Je te connais aussi. » Il dévisagea Ace avec un regard de fou. « Tu me connais. J'ai fréquenté l'école primaire de Mink Shoals. Nous étions tous deux dans cette école primaire. Les garçons ont le droit d'aller à l'école.

— Non, monsieur, trancha Ace. Je crois que vous me prenez pour quelqu'un d'autre. » Il voulait bien accorder un peu de son temps à ce vieillard, mais pour des raisons évidentes tous ces gens qui croyaient l'avoir connu autrefois lui déplaisaient.

« Navel », reprit le vieillard. Alors il se troubla et se mit à pleurnicher.

« Bon, ça suffit », dit Ace. Il tapota les mains de l'homme, cachées sous la couverture. Il adressa un signe au gros aide-soignant. « Monsieur, dit-il en montrant de la tête M. Overby, vous pourriez peut-être… » Le gros type comprit sans même arrêter de lire sa revue. Il se leva, laissa tomber la revue sur le canapé, puis se dirigea vers eux.

« Très bien, monsieur Overby », dit Ace. Puis Albert et lui sortirent du Manoir presbytérien.

Dehors, il faisait froid pour novembre. « Merde », lâcha Albert. Il tenait la cigarette entre ses lèvres, il n'avait pas de feu.

Ace alluma sa Chesterfield, puis approcha la flamme du visage d'Albert en la protégeant au creux de sa paume. « Ainsi va la vie », dit Ace.

CHAPITRE 29

Ewart Smith parla en rêve

« Harla harla ha na na na atta hoo hay om idayayamana », dit-elle. Mais ce n'était pas tout à fait ça. C'était le thérémine Wurlitzer, déchaîné et bourdonnant comme s'il était doté de lèvres. Ewart se trouvait quelque part dans la foule. Les gens dansaient telles des marionnettes. Dominant le vacarme, Ewart criait : « Boîte à gants, chéri. Trente-huit. Boîte à gants, chéri. Trente-huit. » On discernait l'odeur des saintes huiles, du poison, de la chair brûlée. Il y avait des serpents. Ace laissa un reptile monter le long de son bras, puis entrer dans sa bouche comme il l'avait fait, gamin. Mais il s'étouffa et vomit quand la gueule froide arriva dans sa gorge et tenta de continuer à descendre. La tête du serpent lui bouchait l'œsophage, et il ouvrait largement la gueule.

Ace s'assit dans son sommeil. Manquant d'air, il rejoignit la cuisine en heurtant le chambranle de la porte avec son genou droit. Et malgré tout, il ne se réveilla pas. Pas avant de s'emparer de la bouteille d'Ajax et de la brandir au-dessus de sa tête. Alors seulement il ouvrit les yeux. Il regarda à l'intérieur du placard devant lui. Il ne se rappelait pas l'avoir ouvert ni avoir pris la bouteille d'Ajax. Il respira à fond et s'interrogea sur ses intentions de somnambule. Il aurait parié n'importe quoi qu'il se préparait à verser de la poudre de détergent dans sa gorge afin d'effrayer le serpent qui s'y était glissé et qui l'étouffait.

« Ace ! cria quelqu'un dehors. Ace ! » Son cœur battait toujours la chamade et il n'avait pas retrouvé son souffle. Il entrouvrit la fenêtre de la cuisine.

Dans l'allée, Zizi tremblait de froid et tenait un téléphone sans fil. « Y a trop de friture ici. Viens à la maison.

— Comment ça ?

— Un appel pour toi. »

A cet instant précis, Ace se souvint qu'il n'avait jamais reçu le moindre coup de téléphone durant les treize années qu'il avait passées là. Il enfila une paire de chaussures. Il faisait froid dehors.

Il saisit le combiné que lui tendait Zizi et s'assit sur la véranda de derrière. Il respira une fois encore à pleins poumons. « Allô.

— Deux mots pour toi ? fit une voix masculine.

— Quoi ?

— Deux mots pour toi ? Légitime défense ? C'est tout ce que le vieux Charles Lively t'a dit pour t'empêcher de le buter ? Je croyais que tu gardais davantage ton sang-froid. Je croyais que tu savais descendre un verre d'eau. »

Ace essaya de faire quelques calculs. Mais il n'arriva pas à trouver qui pouvait être encore vivant et susceptible de lui parler ainsi. Lively, vu son mode de vie, était sans doute mort depuis belle lurette.

« T'as la gueule trop pourrie pour causer ? fit la voix.

— Non, mais attends un peu.

— Non, c'est toi qui vas attendre. » C'était Warren Crews. Ace venait d'identifier cette voix saturée de haine. De vraie haine. « J'avais pas l'intention de revenir sur le passé. Mais il se trouve que tu t'es pointé en ville avec ces connards d'amoureux des arbres. Va donc faire un tour dans ta cabane de merde au fin fond de la cambrousse. Va voir comment elle a été redécorée. Un saligaud de ton âge, sa place est au pénitencier. »

Ace bondit sur ses pieds, gueula dans le combiné. « T'as été là-bas, Warren ? T'en reviens ? Ecoute-moi, espèce de sale fils de pute… »

Warren Crews raccrocha.

Ace se mit à sauter à pieds joints sur les marches. Il frotta le genou qu'il venait de se cogner, pesta dans une langue inconnue. Il portait un T-shirt troué et un short. Des tennis sans chaussettes.

Zizi le regardait par la fenêtre. Elle ouvrit la porte de derrière. « Merde alors, que se passe-t-il, Ace ? » Elle frissonnait dans l'embrasure de la porte.

« Oh, va donc retrouver ton petit flacon de vingt-cinq centilitres, Zizi. »

La peau de son cou frémit. Zizi se retourna pour voir si quelqu'un avait entendu, puis elle se ravisa. Albert n'avait pas mis les pieds à la maison depuis un mois et Sam dormait dans son bureau fermé à double tour. Zizi ouvrit la porte grillagée et prit le téléphone des mains d'Ace. Elle jeta un regard à son voisin, puis elle lui tourna le dos et referma la porte.

Il rentra chez lui, puis se fit couler un bain aux sels d'Epsom.

Dans la baignoire, il se gargarisa et recracha l'eau. Il en baigna ses gencives douloureuses. La souffrance était revenue ces derniers jours, comme au bon vieux temps. Il savait que la bouche était à l'origine de ses rêves, et la seule raison de sa mauvaise humeur. Voilà que cette palpitation le remettait dans tous ses états. Il s'était laissé aller à lancer une pique à Zizi, qui ne la méritait nullement. Et ce n'était pas la seule fois. Il avait aussi envoyé quelques vacheries bien senties à Sam. Des choses qu'il n'aurait jamais dû lui dire, par exemple ceci : « T'es un putain de prof, mec, et tu pousses même pas ton fiston à aller en fac ? » C'était comme si les mots lui venaient avant même qu'il n'y ait réfléchi. La palpitation des gencives était la raison de tout ce fiel. Mais il refusait d'aller chez le dentiste. Il ne voulait pas respirer encore ce gaz.

Il se dit que ce serait vraiment formidable d'arrêter tout bonnement de parler. De se coudre les lèvres pour de bon et de s'obturer les oreilles avec des miettes de pain.

Il sortit de la baignoire et se coucha.

C'était la mort de Chien Jaune.

C'était le gamin qui traînait dans les rues.

C'était la télévision balancée par la fenêtre.

C'était l'hiver. Il lui suffirait de tenir bon pendant l'hiver et ensuite tout s'arrangerait.

CHAPITRE 30

Un homme donna tout ce qu'il avait

Samedi 29 mai 1993. Le week-end du Memorial Day. Ace se leva à sept heures et se prépara un bain de bouche antiseptique dont il baigna ses gencives jusqu'à ce qu'il ait trop mal pour continuer. Ses gencives palpitaient toujours dès qu'il baissait la tête, mais elles avaient un peu dégonflé depuis l'hiver précédent. Il enfila sa bonne chemise blanche et la boutonna lentement. Devant lui sur le bureau, son dentier trempait dans un grand verre. Il avait renoncé à le mettre, même pour travailler.

Ace considéra ce dentier et pensa : « C'est la dernière fois que tu vois ces dents. » Il les laissa à l'endroit où elles étaient. En s'asseyant sur le lit, il repoussa le drap et tendit la main pour récupérer son rouleau de billets. Cette fois-ci, il était hors de question d'en retirer quelques-uns de la manne Pulitzer. Il prit le tout, le déroula, puis le replia bien à plat sous la semelle intérieure de sa chaussure droite.

Une fois dans la maison principale, il appela Louise et lui demanda d'apporter les titres de propriété ce soir-là au spectacle.

« Pourquoi ? demanda-t-elle.

— Apporte ces papiers », répéta Ace.

Il s'assit devant la machine à écrire électrique dans son bureau de l'*Advertiser* en se passant la langue sur les gencives. Il examina les rapports de police que St. Clair lui avait transmis le matin même. *Vol avec voies de fait. Agression.* Il posa les doigts sur les touches de la machine, mais il n'avait aucune envie d'écrire. Ce soir-là le grand événement allait avoir lieu. Le soleil brillait dehors. Tous les membres de la famille, toutes ces âmes valdinguées dans les trois Etats, se retrouveraient à six heures à Camden Park pour le concert. Camden Park abritait une fête foraine, et des manèges qui vous faisaient remonter le cœur dans la gorge. Six groupes au programme, venus d'un peu partout, dont les Kozmanauts. Certains parlaient de *revival*, d'autres de carnaval.

Il sortit de la poche arrière de son pantalon une feuille de papier pliée en quatre. Il y avait noté, au stylo à plume, la rubrique de la police imaginaire à laquelle il travaillait depuis qu'il avait commencé ce boulot, en 1984. Voilà ce qu'il faisait de temps à autre. Coucher sur le papier des événements imaginaires quand les faits réels devenaient insupportables. Au fil des ans, il avait rayé certains passages pour les réécrire. Mais avant ce matin-là, il n'avait jamais dactylographié ce texte.

Il glissa une feuille de papier neuve dans la machine et tapa le titre. *Un bandit se fait la malle et abandonne les citadins pour rejoindre le soleil du Mexique.* Il vérifia la dextérité de ses doigts sur le clavier. Des phalanges vieilles de quatre-vingt-dix années réussissaient toujours à faire le boulot, puisqu'elles avaient été entraînées par Dorothea. Il tapa comme un sourd. Il le savait en transmettant ensuite sa rubrique : Dave Pace n'y jetterait même pas un œil.

Lorsqu'il s'arrêta enfin, il eut l'impression de ne pas avoir écrit ce qu'il voulait vraiment dire. C'était impossible. Comme il l'avait confié en un jour lointain à Joseph Mitchell à New York, « il n'y a pas de réalité quand on parle d'écriture ». Il ramena les mains vers son corps, puis les posa de nouveau sur le clavier, et tapa : *Le temps est maintenant venu pour tous les hommes de bonne volonté de voler au secours de leur pays.*

*

Sam s'était garé à six heures du matin sur le parking de Camden Park. Il avait chargé dans son minibus Volkswagen les pièces démontées du décor ainsi que trois étudiants volontaires. Gary, Jason et Brandie. Durant toute la matinée et tout l'après-midi, ils agrafèrent, clouèrent et peignirent les montagnes du décor. Les cimes avaient été découpées à la scie sauteuse, puis poncées. Ces montagnes peintes d'un vert profond étaient splendides. Sam avait de bonnes raisons d'être fier.

A cinq heures il enfonça le dernier clou. A cinq heures trente, le groupe qui faisait l'ouverture de la soirée s'installa, et à six heures le chanteur affublé d'un Stetson dit : « Bonsoir tout le monde, nous sommes les Nehemiah's Blowtorch. » Ils commencèrent par *Sweet Home Alabama*, dans une version où le nom de cet Etat était remplacé par *West Virginia*.

A sept heures, Sam consulta sa montre. Albert n'était toujours pas là. Zizi se montrait trop exubérante pour être vraiment à jeun, et les autres musiciens du groupe avaient franchi les portes du parc pour disparaître dans un bosquet d'arbres situé de l'autre côté de la Route 60. Ils devaient jouer à neuf heures.

En vue de l'événement, des cordons de sécurité délimitaient une partie du parking, de la taille d'un terrain de football. Les gens arrivaient.

Ace rejoignit Sam. Un joueur d'harmonica originaire du Kentucky venait de lui confier une information qui le troublait. « Sam », commença-t-il. Le soleil descendait derrière Ace, se reflétait sur le sommet usé de son chapeau mou et, un peu plus loin, sur les wagons chromés du Plongeon de la Mort qui filaient bruyamment. « J'imagine que cet après-midi tu as eu l'occasion de rencontrer presque tous les musiciens ?

— Oui, la plupart.

— As-tu croisé un certain Hambone, originaire de Fairmont, venu ici avec son groupe ?

— Oui. » Tout en parlant, Sam dévorait une brochette recouverte de ketchup.

« Il t'a parlé d'un mec célèbre, qui doit jouer du piano ce soir ? Un mec de Fairmont. Johnnie Johnston ?

— Le pianiste qui a joué avec Chuck Berry ? » Des dents, il racla la viande collée à la brochette en bois.

« C'est pas croyable », dit Ace. Il secoua la tête et rit. A cet instant, il ne regardait ni Sam ni aucune des personnes pressées autour de lui, certaines dansant, d'autres écoutant simplement la musique. Il frotta le chaume de sa mâchoire. « Bon, alors à plus », dit-il.

Vers huit heures, il retrouva Johnnie derrière la scène, qui fumait une cigarette et attendait d'être appelé pour deux chansons avec Hambone et les Virginia Slims.

« Johnnie », dit Ace en marchant vers lui. Johnnie Johnston semblait en forme. Pour un homme de soixante-huit ans, il n'était ni trop ridé ni excessivement gros. Il laissa tomber sa cigarette par terre et pencha la tête en considérant Ace.

« Oui ? Qui le demande ? » Il était pourtant certain de connaître ce vieux type. Simplement, il n'arrivait pas à se rappeler son nom.

« Chicky d'Or l'homme à l'harmonica des Picoleurs de Virginie-Occidentale », dit Ace. Il se redressa de toute sa taille. Fit jouer ses muscles sous ses vêtements.

« Meeeeeeerde », lâcha Johnnie. Il sourit, puis les deux musiciens tombèrent dans les bras l'un de l'autre en s'assenant force claques dans le dos.

Lorsque Johnnie se mit à lui taper de plus en plus fort dans le dos, Ace protesta : « Ça va, fais gaffe. Je suis un vieux fils de pute qu'a pas froid aux yeux. »

Et ils rirent tant qu'ils purent jusqu'à ce qu'on appelle Johnnie pour distiller ses notes cristallines sur *Georgia* de Ray Charles. Installé devant la scène en sentant dans son dos trois cents rangées de spectateurs ravis, Ace n'en perdit pas une bouchée. Johnnie joua magnifiquement. Au milieu de la foule qui transpirait, des couples dansaient lentement tandis que le soleil orange descendait doucement derrière les montagnes. Les types qui avaient bu un coup de trop pelotaient les filles.

Après *Georgia*, Johnnie appela Hambone près de son piano. Il lui chuchota quelque chose à l'oreille, puis Hambone rejoignit son micro. « Mesdames et messieurs, vous allez avoir droit en exclusivité à une autre merveille. Monsieur Chicky d'Or l'homme à l'harmonica va rejoindre monsieur Johnston pour le morceau suivant. » Il baissa les yeux vers Ace. « Monsieur d'Or », dit-il en lui faisant signe de gravir les marches.

Ace ne dit pas un mot dans le micro quand il remplaça Hambone. Il retira ce micro du trépied et y colla le Hohner. Il vérifia le retour, enveloppa ses longs doigts osseux autour de l'acier et du bois. Il se retourna vers

Johnnie, qui venait d'annoncer au contrebassiste : « Douze mesures lentes, en do. » Johnnie et Ace échangèrent un signe de tête et les grondements de la basse commencèrent. Le piano la rejoignit, puis l'harmonica. Johnnie chanta le premier couplet, Ace le deuxième. Tous deux avaient les yeux fermés et le corps secoué de spasmes. Ils entonnèrent le refrain en chœur :

Oui, je vais me servir un verre d'eau
Et te passer la corde au cou
Le diable je l'ai dans la peau
Et il m'a ôté tout espoir
Oui, je vais te coller ce bâton de dynamite
Pile sous le nez
Parce que j'ai vu le pire qu'un homme peut voir
Et voilà pourquoi je suis sur le trottoir.

Quand ce fut terminé, les membres du public qui n'étaient pas des puceaux de la vie applaudirent à tout rompre au-dessus de leur tête et hurlèrent comme des loups.

Louise vint dire à Ace combien il avait été formidable. Ace la remercia, puis l'emmena derrière la scène vers un enclos délimité par un cordon de sécurité où l'on stockait tout un fourbi au rebut. Le soleil était coupé en deux par les arbres qui entouraient le parc. Les montagnes allaient bientôt l'engloutir. Ils s'installèrent dans une auto tamponneuse violette hors d'usage. Ace dit à Louise : « Tu as apporté les papiers ?

— Oui. » Elle avait pâli.

« Voyons un peu ça. »

Louise les sortit de son sac à main et lissa les feuilles pliées.

Ace les regarda, puis se pencha pour ôter sa chaussure. Il prit ce qui se trouvait sous la semelle, puis tendit les trois mille dollars à Louise, en coupures de cent. « J'aimerais te racheter ma maison », annonça-t-il.

Elle fondit en larmes. Puis elle acquiesça d'un signe de tête. C'était exactement ce qu'il fallait faire.

« Je mourrai avant qu'ils ne fassent sauter la montagne là-bas », lui assura-t-il. Elle acquiesça encore. Au dos d'une des feuilles du titre, ils rédigèrent un petit contrat et le signèrent. Louise regarda son argent, Ace son titre de propriété. Elle l'embrassa sur la joue et il la remercia.

De retour près de la scène, Zizi s'approcha d'Ace en arborant un sourire qui devait beaucoup à la gnôle. « Tu as été incroyable, chéri, dit-elle en se collant à lui.

— Merci, mon cœur », dit-il.

Il la tint serrée dans ses bras pendant que des gens qui faisaient la queue pour les attractions les bousculaient. Elle resta immobile tout le temps qu'il lui frotta le dos. Puis Zizi se redressa et partit en courant, pieds nus, prête à hypnotiser, harmoniser et prier le ciel grâce à ce qu'elle appelait la *Theremin Good Time Music*. Mais elle devait d'abord voir quelqu'un. Ace la suivit des yeux. Quand elle franchit le guichet au pas de course et traversa la Route 60, il remarqua qu'elle avait la plante des pieds noir anthracite.

Neuf heures arriva et passa. Flunky Cy, Dale et Everett avaient pris place sur scène devant les montagnes en bois hautes de quatre mètres. Ils étaient là, le regard fébrile et la gorge sèche, en se demandant où avait bien pu passer leur vedette. Son Wurlitzer luisait sous le projecteur. Les tiges métalliques parcourues d'électricité bourdonnaient. Quelqu'un avait déjà branché l'instrument.

La foule grondait, certains sifflaient entre leurs doigts. Il faisait nuit. Des parents raccompagnaient leurs enfants à la maison.

Sam consulta sa montre et secoua la tête. Il ouvrit la portière de son minibus Volkswagen et monta derrière en courbant l'échine. Puis il tira le rideau.

Louise et Larry entrèrent en scène sans plus attendre. Pendant que Larry accordait sa mandoline, Louise écarta le micro du thérémine et sa voix jaillit dans les baffles : « Celle-ci s'appelle *La Ballade de Gueule-Tranchée* et c'est l'histoire la plus véridique que vous ayez jamais entendue. »

Larry était un virtuose de la mandoline. Un vrai virtuose. Les spectateurs, stupéfaits, écoutèrent les paroles. Louise avait une voix plus aérienne que Hazel Dickens.

Les mineurs restaient pauvres à charger le charbon
Mais Gueule-Tranchée est arrivé pour sécher leurs larmes
Déterminé et ne cédant à nulle alarme
Il rendit coup pour coup, cet homme foncièrement bon.

A quelques rangées de la scène, Ace remercia Louise d'un signe de tête, Louise la fille de son premier et unique amour. Elle lui rendit son salut.

Alors que Zizi restait toujours introuvable, Ace monta sur scène pour la seconde fois de la soirée. Quelques applaudissements fusèrent dans le public. Everett déplia pour lui une chaise déglinguée, puis Ace s'assit, il porta le micro à ses lèvres et ferma de nouveau les yeux. Bien que doté d'une belle voix, il n'était pas connu comme chanteur. Il n'avait jamais tenté de chanter a cappella. Pas jusqu'à ce soir. « Alors, les amoureux, tout va bien ? » commença-t-il tout bas. Il ouvrit alors les yeux et se retourna vers Everett. Ace lui chuchota : « Prends l'autre micro et réponds-moi : "Oh oui, tout va pour le mieux." » Everett fit ce qu'on lui demandait.

« Alors, les amoureux, tout va bien ? » reprit Ace. Sa voix s'imposait à la foule attentive comme seules les voix âgées peuvent impressionner les gens. Il regarda Brandie monter dans la Volkswagen.

« Oh oui, tout va pour le mieux », chanta Everett.

Ace poursuivit sans attendre : « Papa a tué un lapin et l'a rapporté à la maison, les enfants se sont étouffés sur les os de ce lapin. Partez à la rivière, les gars, partez à la rivière. »

Au bout de deux couplets, le public réagissait quand Ace lui demandait de chanter le refrain.

« Oh oui, tout va pour le mieux », entendait-on des voix chanter, un peu faux.

« Un nouveau-né est arrivé dans la nuit, marcher, parler jusqu'au matin. Partez dans la montagne, les gars, partez dans la montagne. »

Johnnie Johnston, appuyé contre sa Cadillac derrière la scène, porta un mouchoir à ses yeux.

Ace donna tout ce qu'il avait et, avant de sortir son harmonica pour y souffler jusqu'à plus soif, il laissa sa tête partir en arrière et entonna le dernier couplet : « Les femmes des trois Etats lisent et écrivent, les femmes de Mingo mordent et griffent. Partez dans la montagne, les gars, partez dans la montagne. »

Quand il eut terminé son solo d'harmonica, deux minutes et demie à souffler par les narines tout en martelant la scène d'un pas dansant, la foule rugit de bonheur. Ce fut le moment que choisit Zizi pour monter sur scène en courant. Elle s'écrasa l'orteil contre la dernière marche et tomba. Se rattrapa de justesse avec les mains et se releva. Deux ou trois personnes rirent.

« Ça va ? » Ace lui frotta de nouveau le dos tandis qu'elle remettait le trépied du micro près du thérémine.

« Impec », fit-elle. Mais son rire sonnait faux. On y percevait une hystérie à peine contenue.

« Je m'appelle Zizi Kozma ! » cria-t-elle au public.

Les Kozmanauts jouèrent, plutôt mal, deux morceaux, *A Charge to Keep I Have* et *He Will Meet Me at the Portal*.

Le groupe réclama une pause sans plus attendre, mais Zizi refusa. Elle voulait un solo.

Les gens s'en allaient tandis que, derrière sa machine électrique, la virtuose du thérémine caressait l'air avec ses doigts délicats. C'était *Amazing Grace* et elle chanta pour accompagner les notes, de sa voix mélancolique de soprano. Personne n'avait jamais entendu une musique comparable et tous ouvrirent de grands yeux.

Ace surprit alors le mot « police » prononcé derrière lui. Il se retourna et vit la voiture de patrouille avancer lentement parmi les gens qui s'écartaient. Sur scène, Zizi et son thérémine chantaient à l'unisson « Mon bouclier et ma passion il sera ».

Ace marcha vers la voiture de police. En chemin, il regarda Brandie sortir du minibus par la porte latérale. Elle était folle de rage, elle s'ôtait des mèches de cheveux de la bouche et criait : « Espèce d'enfoiré de pervers ! » A l'intérieur, Sam secouait la tête en se disant que vraiment rien n'avait le moindre sens.

L'officier St. Clair arrêta son véhicule et en descendit. « T'emballe pas, Ace, le gamin est OK. Il va bien », dit-il. Il remonta son ceinturon, se gratta l'entrejambe.

La bouche d'Ace avait des choses à dire que son cerveau n'avait pas encore pensées. « C'est *toi* qui devrais pas t'emballer. Je sais qu'il va bien. Je me fais aucun souci pour Albert. J'ai juste un truc à te dire. »

St. Clair pensa tout à trac que ce vieux ne ressemblait vraiment pas aux autres. Il était imprévisible. « D'accord, vas-y, dit-il.

— La boîte à gants. Un .38 », lui dit Ace.

L'officier St. Clair releva la tête. « C'est quoi, ce charabia ?

— C'est mon pistolet. » Tout le corps d'Ace bourdonnait. « Je serai intraitable là-dessus.

— Hodge t'a contacté ? » Hodge était le jeune flic qui avait arrêté Albert en ville. St. Clair posa cette question, tout en sachant très bien que Hodge n'aurait jamais pu contacter Ace. L'arrestation avait eu lieu une heure plus tôt seulement.

Alors Ace retira son chapeau et le tint à deux mains devant son ventre. « Ecoute-moi bien, dit-il. Ton homme l'a coincé alors qu'il roulait dans cette Cutlass Supreme noire, c'est bien ça ? » Derrière lui, Zizi tenait longuement une note aiguë. Elle remua les bras tel un oiseau perché, réussit à faire sortir de sa gorge et de la machine un vibrato inouï.

« Comment le sais-tu ?

— Ecoute-moi. » Sa bouche édentée était désormais devenue un organe parfaitement indépendant du reste de son corps. Ebahi, St. Clair la fixait des yeux. « Je vais te dire un truc crucial », déclara Ace. A cet instant précis, Zizi acheva l'interprétation la plus étrange d'*Amazing Grace* que quiconque eût jamais entendue, puis, couverte de sueur, elle s'appuya contre la montagne en bois pendant qu'un public dérouté applaudissait. Ace prononça ces mots : « C'est moi qui l'ai mis dans la boîte à gants. C'est *mon* .38. »

St. Clair secoua la tête et resta bouche bée. « Mais…, fit-il. Mais tu refuses de monter dans une bagnole.

— Je m'y suis mis y a deux-trois semaines.

— A ton âge ? Sans permis ?

— Lundi dernier je suis passé au poste de la police d'Etat. Je leur ai prouvé que j'avais toujours une bonne vue. J'ai même ce qu'on appelle une "vision élargie". » Parfois dans la vie il fallait mentir, et parfois changer pour de bon. St. Clair lâcha un petit rire et secoua encore la tête. Après quoi Ace s'installa dans la voiture de patrouille à côté du flic et roula dans une automobile pour la première fois depuis 1952, quand il s'était réveillé, le visage collé au sol et à moitié mort.

Sur le chemin du poste de police, où Albert était assis dans une cellule, le bout des doigts noirci par l'encre, le mensonge prit de l'ampleur et gagna en crédibilité. Ce pistolet devait assurer la protection d'Ace, assura-t-il au policier. Ce soir même, il avait voulu prendre la Cutlass pour se rendre à Camden Park. Un certain Crews avait menacé de le tuer là-bas, assura-t-il.

La Cutlass était toujours garée devant le poste, en attendant la fourrière. A l'intérieur, Ace marcha droit vers la cellule de détention. Il agrippa les barreaux, puis ordonna à Albert de se lever et de le rejoindre. Quand le visage du gamin fut tout près du sien, il murmura : « Tout va bien se passer. Mais faut que tu te reprennes, tu m'entends ?

— Oui, m'sieur, fit Albert.

— Ace, éloigne-toi de lui », commanda l'officier St. Clair assis à son bureau. Il tentait de localiser Hodge, qui venait de partir pour le McDonald's.

La petite pièce sentait le moisi. Il y avait eu une inondation en avril et le système de surveillance était toujours en panne. La caméra installée dans l'angle ramassait la poussière. La peinture blanche se détachait du mur de brique en éclats gros comme des pièces d'un demi-dollar.

Ace trouva scandaleux de découvrir Albert en cage. Il ne permettrait pas que cette situation s'éternise.

La femme flic qui avait surveillé Albert demanda à St. Clair de quoi il retournait. Quand Ace venait chercher les rapports d'arrestation, elle n'avait jamais adressé la parole au vieillard, mais il avait remarqué à chaque fois les cheveux blonds de cette femme, des cheveux raides qu'avec de la laque elle gardait dressés sur sa tête.

« Ce bon vieux Ace ici présent affirme que c'était son .38 dans la boîte à gants.

— Il peut même le prouver, renchérit Ace. J'ai gravé une marque dessus avec l'os du pénis d'un raton laveur.

— Quoi ? » La flic partit d'un gros rire. « L'os de quoi ? » Elle était davantage vautrée qu'assise sur sa chaise.

« Ace, pour toi je vais sortir cette arme à feu du lot des preuves. Je vais vérifier l'existence de cette marque. Reste tranquillement assis. » St. Clair longea le couloir, prit une clef dans son meuble à tiroirs roulant, puis ouvrit la salle des pièces à conviction. Lorsqu'il y fut entré, Ace se retourna vers Albert pour lui adresser un clin d'œil.

Des mouches bourdonnaient dans le poste de police. Certaines se cognaient contre les vitres ou les lampes.

Ace s'approcha de la cafetière et se servit un café dans un gobelet. Dans le bocal en verre posé près du récipient à lait, il prit une poignée de morceaux de sucre. Une fois retourné près du bureau de la flic, il lui dit : « Mademoiselle, avez-vous déjà contemplé le monde magique de la mouche et des trois morceaux de sucre ?

— Vous, vous êtes impayable, pas vrai ? » La condescendance qu'elle manifestait envers les personnes âgées venait d'un manque de confiance en soi.

Albert observa la scène depuis sa cellule : Ace aligna les morceaux de sucre de droite à gauche sur le bureau de Cheveux-Jaunes. Avant de poser le troisième, il le lécha discrètement pour qu'elle ne remarque rien. « Maintenant, regardez-les bien », dit-il. Elle obéit. « Si vous vous concentrez suffisamment dessus, la mouche va atterrir sur celui situé complètement à gauche. » Ace montra le morceau de sucre et s'éloigna du bureau. Puis il recula encore. Albert le vit sortir du champ visuel de la flic et s'engager dans le couloir menant à la salle des pièces à conviction.

Pas une seconde le regard de la flic ne quitta le morceau de sucre indiqué par Ace. Quand la mouche atterrit dessus, elle s'écria : « Bon Dieu ! Que je sois… »

Elle n'eut pas le temps de finir sa phrase. Dans la salle des pièces à conviction, St. Clair cria quelques mots inintelligibles et Cheveux-Jaunes se leva, brusquement très inquiète.

Hodge, âgé de vingt ans, entra alors par la porte de derrière en tenant un carton qui contenait deux grands sacs de chez McDonald's. Il avait besoin de ses deux mains. « Et voilà les McRibs ! » lança-t-il. Puis il jeta un coup d'œil alentour et se figea.

Ace revenait de la salle des pièces à conviction. Il marchait derrière St. Clair, dont il avait tordu le bras dans le dos. Son autre main pressait le .38 contre la tempe du policier.

« Hodge, dit St. Clair. Hodge. Il suffit que tu m'assures avoir vidé le chargeur de cette arme avant de l'enregistrer. Tu me comprends ? » Depuis les restrictions budgétaires, ils manquaient de personnel. Le samedi, quand tous les flics du poste jusqu'au dernier étaient en patrouille, on ne pouvait pas tout vérifier deux fois.

Hodge ressemblait à une statue avec son carton de fast-food en équilibre dans les mains. Albert se trouvait sur sa gauche, Cheveux-Jaunes à droite. Elle n'avait pas eu le temps de dégainer son arme, mais le bouton-pression de son étui venait de sauter.

« Hodge ? répéta St. Clair.

— Tout le monde reste calme », ordonna Ace. Il maintenait le canon de son arme fermement appuyé contre la tempe de St. Clair. Pour bien lui faire comprendre qui était désormais le patron.

« Hodge ?

— Je m'en rappelle pas », avoua Hodge.

Le visage de St. Clair s'assombrit soudain. Il se demanda s'il devait chier dans son froc ou tomber dans les pommes.

Albert avait la bouche sèche. Il se lécha les lèvres, déglutit, essaya de respirer normalement.

Ace dit : « Je vous déclare maintenant à tous que cette arme m'appartient. Elle est à moi, pas au garçon. Ce matin, c'est moi qui l'ai mise dans la boîte à gants. »

Hodge ne bougeait toujours pas. Cheveux-Jaunes ne dégainait toujours pas son arme de service.

« Penche-toi et prends les clefs sur le bureau », ordonna Ace. St. Clair obéit, le .38 collé à la tempe. « Mets-les dans ma poche. » De son bras libre, St. Clair tâtonna derrière lui, trouva la poche de pantalon d'Ace et y fit tomber les clefs de l'Oldsmobile. « Bon, poursuivit Ace. Maintenant, écoutez-moi tous. Je vais partir d'ici avec mon flingue. Vous n'allez pas me donner la chasse, d'accord ? Albert va sortir de sa cellule en homme libre parce que vous n'avez aucune charge à retenir contre lui. Albert ?

— Oui ? » Albert se redressa, bomba le torse, rentra le ventre.

« Trouve-toi un avocat, si besoin est. Ils ne peuvent pas t'accuser sans preuve pour un seul délit. Tu m'entends ?

— Je t'entends, grand-père. »

De tous les noms dont on avait appelé Ace, c'était celui-là son préféré.

« Bon, St. Clair sait que je suis un type réglo. Je vous demande à tous de ne pas me donner la chasse, pour ne pas ajouter à la confusion de cette soirée. Quand je partirai, j'irai au Mexique pour y mourir au soleil. Je veux pas d'ennuis en chemin. Mon départ doit coïncider avec la fin de tout ça. Etes-vous d'accord avec moi ? »

Personne ne parla et Ace appuya davantage le canon du pistolet contre la tempe de St. Clair.

« Oui, finit par cracher le policier. Je connais Ace depuis des années. Tout ça va se terminer comme il l'a dit, j'en donne ma parole. »

Le poste de police resta un moment silencieux. « Tu as dit que tu me connaissais, je l'ai remarqué. Tu n'as pas dit que j'étais ton ami. » Lorsque Ace sourit, les deux flics qui pouvaient voir cette bouche ouverte se recroquevillèrent de peur. « J'aime ça. J'ai jamais connu qu'un seul policier qui a été mon ami. Vous tous, vous appréciez pas trop les bandits. » Il recula dans le couloir sans jamais cesser de braquer son arme sur St. Clair. Puis il franchit la porte et partit sur la route.

Il y en avait six dans le chargeur. Hodge n'avait pas ôté les balles de cette arme.

Les flics tinrent parole. Il n'y aurait pas de course-poursuite. Albert sortit de sa cellule, libre comme l'air.

Ace conduisit très vite jusqu'à Mingo, si vite qu'il n'arriva même pas à le croire. Il découvrit alors qu'il était facile de conduire une voiture. En deux heures, il mit cent cinquante kilomètres de virages et d'épingles à cheveux derrière lui.

Il acheta des provisions, un sac à dos, une bâche plastique et une pelle dans un supermarché de Williamson ouvert toute la nuit. Puis il alla trouver Warren Crews et logea une balle entre les yeux du vieillard pendant qu'il dormait seul sur un sommier nu. Il traîna le cadavre jusqu'à la voiture et le hissa sur la bâche étalée dans le coffre.

Il roula jusqu'à la maison de son enfance. Près de l'endroit où s'étaient dressées les toilettes extérieures, il creusa une tombe. Il y fit rouler Warren Crews et lui cracha dans les yeux pour Arly Jr., puis il le recouvrit de terre.

Il roula ensuite jusqu'au mont Sulfur Creek et rejoignit le sommet de ce que Larry Blevins avait appelé « le mont Ferrailleur ». Il laissa la voiture perchée en haut du précipice dans l'obscurité, un cadeau à l'adorateur chanceux de l'invention automobile. Ace ne faisait pas partie de ces gens-là.

Il mit ensuite une heure et demie pour retourner à pied jusqu'à la maison de Warm Hollow. Le poids du sac à dos lui fit sentir son âge.

Le soleil se leva au moment où il s'allongea au grenier, le titre de propriété au fond de sa chaussure avec les cinq cents dollars restants. Il ferma les yeux à l'instant où les habitants de la région des trois Etats ouvraient les leurs et découvraient l'édition dominicale de l'*Advertiser*. Ils s'appelèrent et lurent avec stupéfaction les mots de la rubrique de la police :

Un bandit se fait la malle et abandonne les citadins pour rejoindre le soleil du Mexique.

Hier, après y avoir résidé durant plus d'une décennie, un bandit a quitté cette ville. Tous les crimes commis furent pardonnés et les prisonniers, enfin libres, quittèrent leurs cages.

Le bandit constate l'inutilité de la plupart des choses qu'on croit aujourd'hui utiles, et la disparition de la plupart des choses jadis considérées comme admirables. Il regrettera peu vos aimables villes, seulement les amis et les parents qu'il laisse derrière lui. A eux, à vous, il crie du haut de son cheval :

Le temps est maintenant venu pour tous les hommes de bonne volonté de voler au secours de leur pays.

*

Au cours des jours, des mois et des années suivantes, les habitants des collines laissèrent curieusement tranquille cet excentrique dans sa vieille maison en rondins. Les hommes, les femmes et les enfants restèrent à l'écart du bonhomme. Quant à la compagnie charbonnière, elle trouva d'autres terres à chambouler.

Le vieillard s'activa sur la maison, il calfeutra les fenêtres pour éliminer les courants d'air et il y installa des meubles fabriqués avec le bois des arbres voisins.

Un jour, il trouva une boîte rouillée en fer-blanc sous une planche pourrie du grenier. Elle contenait les lettres de la jeune Clarissa, des lettres adressées à un garçon nommé Gueule-Tranchée, mais jamais envoyées parce qu'il habitait sous le même toit qu'elle. Ces feuilles de papier jauni et cassant, couvertes d'une écriture manuscrite, parlaient d'un amour jamais déclaré, parce que, en cette vie, toute déclaration finissait en cœur brisé. Le vieillard lut ces lettres en éprouvant une joie et un chagrin plus palpables que tout ce qu'il avait jamais ressenti en lisant les articles des journaux. Ensuite, il se reposa. Il ferma ses yeux las et s'imagina Clarissa en train d'écrire en secret toutes ces lettres à lui adressées. Les planches du grenier se réchauffèrent. Il entendit la respiration de sa sœur à côté de lui. Il accorda sa propre respiration à celle de Clarissa, la musique de ces souffles mêlés le berça et faillit l'entraîner vers le sommeil des morts.

Il s'assit brusquement. Puis il fit ses flexions du buste, ses pompes, ses sauts en extension. Il décida de vivre encore un peu, d'aller en ville de temps à autre, de se procurer certaines denrées telles que du bœuf séché et des Chesterfield. Il décida de ne plus jamais parler. Le trou pourri de sa tête, situé entre le nez et le menton, n'avait plus rien à dire.

Épilogue

Le vieillard finit de raconter son histoire au journaliste du *Time.* Il se reposa. Inquiet que le fil de pêche n'ait pas tenu bon durant tout son récit, il porta les doigts à sa bouche. Il n'y avait rien. Aucun fil de pêche. Seulement ses vieilles lèvres toutes craquelées au milieu du chaume de sa barbe, et puis les gencives nues et pourries à l'intérieur. « C'est fort de café ! » s'écria-t-il. Il dévisagea le journaliste à la recherche d'une réponse.

L'homme assis en face de lui à la table de la cuisine était un individu qu'il n'avait jamais vu. Une espèce d'homme générique, dépourvu du moindre signe particulier. Il avança la main au-dessus de la table vers le dictaphone, puis son pouce enfonça un bouton sur la minuscule machine en acier. La lumière rouge s'éteignit.

Le vieillard se prit alors les oreilles entre les mains, car une sonnerie assourdissante se déclencha soudain. « Rallumez votre loupiote, dit-il.

— Enlevez votre maquillage », répondit le journaliste d'une voix assez forte pour dominer le hurlement. Puis il se leva. Le vacarme cessa. Il dit au vieillard : « Je ne sais pas par quel nom il faut vous appeler. »

Il pouvait maintenant ôter les mains de ses oreilles en toute sécurité. Malgré sa confusion, il parla : « Appelez-moi comme les premiers m'ont appelé. Appelez-moi Gueule-Tranchée.

— D'accord, Gueule-Tranchée. » La voix de l'homme avait changé, elle était reconnaissable. « Que répondez-vous à ceux qui prétendent que votre récit est fabriqué, et non pas réel ? » Son corps semblait osciller tandis qu'il parlait, et le timbre de sa voix suivait ces mêmes ondulations. « Qui affirment que votre récit est volé à un livre d'histoire publié il y a douze ans par un chercheur de l'université de Marshall, spécialisé dans la mythologie des Appalaches ?

— Répétez-moi ça ? demanda le vieillard.

— Monsieur », poursuivit le journaliste. Il consulta la liasse de papiers qu'il tenait entre ses mains. « Que dites-vous de ce certificat de décès, par infanticide, d'un certain Early Taggart en février 1903 dans le comté de Mingo, en Virginie-Occidentale ? » A mesure qu'il parlait, l'ouverture de sa bouche diminuait et diminuait encore, jusqu'à ce que les mots sortent par un minuscule trou ourlé.

« Pourquoi parlez-vous comme ça ? s'enquit le vieillard.

— En langues inconnues ? » Alors le journaliste se lança dans une petite gigue. Accompagnée de tremblements. Et tout en tremblant, il chanta : « Un nouveau-né apparu en ville, c'est le diable qui parle, maman doit le noyer. » C'était la chanson de la mère biologique, ainsi que sa voix. Cette chanson continua avec la voix de Hob Tibbs, d'Arthur H. Estabrook et de J.B. Smith : « Le diable a mis la main sur Dieu. Comme tu voudras, mon gars. Tu as vu tout ce rouge, tu entends ce hurlement ? C'est l'invention d'acier, qui creuse ta tombe. »

Le vieillard découvrit alors qu'il n'avait aucun souvenir, qu'il n'avait peut-être pas vécu du tout. Qu'il était peut-être resté assis en silence pendant des jours et des jours, à regarder une lumière rouge sur une minuscule machine en acier. A écouter le hurlement électrique des rouages.

Mais c'était de la bouillie pour les chats. Il alluma une autre Chesterfield et ferma les yeux très fort. « Je sais ce qui est réel », dit-il.

Quand il rouvrit les yeux, il était seul dans la maison. Si le journaliste avait encore été là, s'il n'avait pas été une simple apparition, le signe évident que lui-même avait perdu toutes ses facultés mentales, le vieillard aurait annoncé à son hôte qu'il avait déjà rencontré et entendu des gens de son acabit. Un embobineur, voilà ce qu'il était. Rien de plus qu'un vendeur d'eugénisme, le prophète d'un faux dieu. Un homme comme lui ne pouvait pas mieux parler de ce qui était réel, qu'un journaliste new-yorkais parachuté au beau milieu de ces foutues collines de Mingo. « Je ne compte pas me laisser embobiner », déclara le vieillard, d'une voix curieusement étouffée.

Il toucha de nouveau ses lèvres. Le fil de pêche était là. Il passa les doigts dessus. « C'est fort de café ! » s'écria-t-il. Lorsque ses mains rejoignirent la table, il découvrit sa vieille machine à écrire Underwood posée dessus, ses doigts sur les touches. Effrayé, il se leva brusquement et l'arrière de ses genoux renversa la chaise.

« Bah, se dit le vieillard, ainsi va la vie. » Il avait enfin perdu l'esprit, pensa-t-il. Enfin, il commençait à voir des choses et des gens qui n'étaient pas là.

La suite était facile à imaginer.

Il y avait de la glace sur la fenêtre de la cuisine, au-dedans comme au-dehors. Mais il ne prit pas son manteau de laine sur la patère. Il rejoignit la porte d'entrée en boitant, saisit son bâton de marche en sassafras posé contre le chambranle. De sa main libre, il toucha le bouton de la porte. Puis il se figea. Ne le tourna pas.

Dehors, tout serait sans doute rouge et effondré, nivelé pour l'éternité. Dehors, tout aurait sans doute disparu.

Il sentit quelque chose se presser contre une de ses fesses. Il porta la main à la poche arrière de son pantalon et en extirpa cette chose. La flasque Derringer. Aucune marque sur son flanc ne signalait le passage du temps. L'argent brillait intact, comme si on venait de cracher dessus pour l'astiquer. Il lut les mots élégamment gravés dessus :

Sans fond

&

Sans fin

Il dévissa le bouchon, approcha le goulot du trou de sa bouche, puis avala tout ce qu'il put avaler. L'alcool lui réchauffa les os, le requinqua.

Le vieillard se mit alors à sourire, pour autant qu'on puisse sourire quand on a la bouche cousue avec du fil de pêche. « Bon », dit-il, puis il tourna le bouton de la porte et sortit. Il faisait froid dehors, mais il avança dans cet air piquant, dépassa les endroits où se trouvaient autrefois les toilettes extérieures, la grange et le jardin potager. Il arriva à l'orée des bois. Il s'engagea parmi les arbres et partit vers les montagnes.

Cette nuit-là, l'homme de cent huit ans connu sous de nombreux noms grimpa encore plus haut, et tous les bébés pleurnicheurs qui vivaient dans ces montagnes s'apaisèrent. Il se débarrassa de son bâton de marche et gravit la pente en décrivant des lacets. Il se servait de ses bras pour assurer son équilibre, comme un trapéziste.

En arrivant au sommet du mont Sulfur Creek, il sourit encore, assez largement cette fois pour arracher tous les points de couture sur ses lèvres. Il n'accorda aucune attention à la douleur. Car alors, occupant tout son champ visuel, il les contempla.

Ce n'était pas la surface de la lune, ni le mont Ferrailleur, ni le grand vide incolore, aussi lisse qu'une table de billard. Sa vision ne vira pas au rouge, ses oreilles ne s'emplirent d'aucun hurlement électrique. Les montagnes ne s'étaient jamais écroulées. Elles étaient là devant lui, réelles et vraies.

Partout autour de lui, il sentit la présence de la veuve. Il la remercia d'une voix sonore d'avoir essayé. Puis il trouva un hickory convenable et s'allongea sous ses branches. C'était comme si aucune guerre n'avait jamais ensanglanté le sol sous son corps. Comme si le monde était le lieu idéal.

Tout lui revint alors. Et tout était comme avant.

Remerciements

Je suis redevable à de nombreux ouvrages dont les auteurs ont inlassablement consigné l'histoire d'un peuple pour ne pas l'oublier. J'ai une dette particulière envers *Best of Hillbilly* d'Otto Whittaker, *The Battle of Blair Mountain* de Robert Shogun, *Thunder in the Mountains* de Lon Savage, *Mountains of Music* de John Lilly, et *The Foxfire Book* d'Eliot Wigginton. Je dois aussi beaucoup au CD *Work & Pray*, qui reflète le monde du Dr. Cortez Reece. J'aimerais remercier les archives du *Williamson Daily News*, le *Wheeling Register* qui a publié très tôt des reportages sur le pénitencier de Moundsville, et feu Joe Chambers pour la transcription vidéo du récit de son père touchant aux événements du 19 mai 1920. Pour m'informer sur la campagne de 1960 du futur président Kennedy durant les primaires en Virginie-Occidentale, j'ai consulté *An Unfinished Life* de Robert Dallek et *John F. Kennedy : A Biography* de Michael O'Brien.

Je serais fautif si je ne signalais pas la première personne qui prononça devant moi une version de l'expression « passer la corde au cou et descendre un verre d'eau », qui dans l'univers de Gueule-Tranchée devient une sorte de leitmotiv. C'est « Diamond Bob » qui l'a prononcée devant moi, et je remercie Jerome Washington, un écrivain qui sait mieux que moi ce qui est réel, de l'avoir écoutée et notée.

Merci à tout le personnel de la West Virginia University Press pour son aide. Merci aussi aux ateliers d'écriture qui m'ont aidé financièrement durant toutes ces années, et surtout aux écrivains engagés par les responsables de ces ateliers pour enseigner.

Pour m'avoir donné le temps d'écrire, et pour beaucoup plus encore, je tiens à remercier mon épouse Margaret, sans qui je serais complètement perdu. Merci aussi à Reece et T-Bird, d'être les garçons et les meilleurs amis que vous êtes. Je suis reconnaissant envers mes parents, Carol et Maury Taylor, respectivement originaires des comtés de Marion et de Mingo. Depuis le début, ils m'ont soutenu de toutes les manières possibles. Mon père surtout mérite mes remerciements : par son authentique intérêt pour ses proches et les lieux où ils ont vécu, il a fait naître en moi un intérêt comparable. Je ne pourrai jamais le remercier assez pour cela, car aujourd'hui ce genre d'intérêt ne court pas les rues.

Remerciements

TABLE

Cet ouvrage a été composé par IGS-CP à L'Isle-d'Espagnac (Charente)
Imprimé en France par CPI Bussière
à Saint-Amand-Montrond (Cher) en janvier 2011
N° d'édition : 16600. - N° d'impression : 110416/4.
Première édition dépôt légal : janvier 2011.
Nouveau tirage dépôt légal : février 2011.